Finish für zwei

Heike M. Taubert

AF176762

Buch

Sommerhitze in Buenos Aires. Ein Jockey wird ermordet.
Völlig unerwartet bekommt der mit sich selbst hadernde
Kommissar Jorge Costanini für seine Ermittlungen
ausgerechnet eine junge Studentin an seine Seite. Die
Ermittlungen im Hippodromo sind mühsam, die Szene lässt
sich nicht in die Karten gucken. War der Tote in
Betrügereien verwickelt oder einfach nur zur falschen Zeit
am falschen Ort? Widersprüchliche Zeugenaussagen
erschweren die Nachforschungen. Durch die Hilfe eines
Freundes können die zwei nach und nach das Netz aus
Korruption entwirren und kommen dahinter, warum der
junge Jockey sterben musste.

Autorin

Heike M. Taubert wurde 1965 geboren. Sie hat Buenos Aires
für viele Jahre zu ihrer Wahlheimat gemacht und lernte die
unterschiedlichen Facetten Argentiniens und Südamerikas
auf Ihren Reisen durch den Kontinent kennen. Aktuell lebt
die Autorin in Berlin.

Finish für zwei

Heike M. Taubert

Impressum

Bibliografische Information der Deutschen Nationalbibliothek
Die Deutsche Nationalbibliothek verzeichnet diese Publikation in
der Deutschen Nationalbibliografie; detaillierte bibliografische
Daten sind im Internet über dnb.dnb.de abrufbar.

Herstellung und Verlag: BoD - Books on Demand, Norderstedt

ISBN
9783751918541

Die Figuren in diesem Buch und deren Erlebnisse sind frei erfunden. Jede Verbindung zu lebenden oder verstorbenen Personen sind rein zufällig und nicht beabsichtigt.

Prolog

»Großartig! Fantastische Zeit lassen wir es gut sein.«
Der Trainer klopft dem Jockey, der eben schwungvoll
vom Pferd gesprungen ist, auf die Schulter. »Gut
gemacht. Die Stute ist in Topform.«
Leandro klopft dem Pferd den Hals, löst den Sattelgurt,
fängt den leichten Sattel im Flug auf und übergibt das
Pferd dem Pfleger.
»Ich muss los«, verabschiedet sich der Trainer eilig.
»Warte, einen Moment noch, bitte. Ich muss dir was
Wichtiges sagen.«
»Später. Ich hab jetzt keine Zeit.«
»Aber es ist wirklich sehr wichtig«, ruft Leandro ihm
hinterher doch der Trainer sitzt bereits auf seinem Roller
und fährt davon.
Leandro geht in die Sattelkammer, nimmt sich eine
Flasche eiskaltes Wasser aus dem Kühlschrank und trinkt
die Flasche in einem Zug leer. Er wundert sich,
normalerweise hat der Trainer immer ein offenes Ohr für
ihn und diesmal ist es wirklich wichtig, er hat schon viel
zu lange damit gewartet. Leandro zieht sich um. Er
schnürt gerade die Joggingschuhe zu, als Facundo in die
Sattelkammer kommt.
»Leo ich suche mein Handy, hast du es gesehen?«
»Hier auf dem Tisch.«
Leandro schiebt ihm das Telefon rüber.

»Che Flaco, was ist, keine Lust auf Bewegung? Willst du nicht mit Joggen kommen?«, flachst Leandro und sieht Facundo herausfordernd an.

»Auf keinen Fall, nix für mich. Hab auch noch zu tun«, antwortet Facundo und geht zurück an seine Arbeit.

»Wenn ich zurück bin trinken wir noch einen Mate zusammen. Einverstanden?«, ruft Leandro ihm nach.

Facundo nickt und Leandro läuft los. Er nimmt den üblichen Weg über die Straße vorbei an der Bahnstation Lissandro de la Torre, dann die Valentin Alsina entlang. Er will heute bis zur Ciudad Universitaria laufen, zurück dann vorbei am Parque Norte. Das ist eine gute Runde, um ein paar Pfunde loszuwerden. Als Jockey muss er ständig auf sein Gewicht achten, doch für ihn ist es kein großer Kampf. Er kommt aus einfachen Verhältnissen und hat früh lernen müssen, mit wenig auszukommen. Leandro läuft hinter dem River Stadion zu der Brücke, die über die Autobahn führt. Direkt am Aufgang steht ein Mann und versperrt ihm den Weg. Leandro erkennt ihn und bleibt erschrocken stehen.

»Hola Leandro, erinnerst du dich? Da drüben im Auto ist jemand, der mit dir sprechen will.«

Der Mann zeigt auf die schwarze Limousine mit den abgedunkelten Scheiben. Er schüttelt den Kopf und will seinen Weg fortsetzen.

»Ich habe keine Zeit Señor, bitte lassen Sie mich vorbei«, erwidert Leandro.

»Nun warte doch Junge« Der Mann ist ausgestiegen. Er kommt auf Leandro zu und legt ihm freundschaftlich den Arm auf die Schulter. »Komm, ich begleite dich ein Stück, einverstanden?«

Leandro sieht sich unsicher um und nickt zögernd. Sie gehen auf die Brücke. Der Fahrer ist wieder ins Auto gestiegen und fährt langsam neben den beiden her.

»Hast du etwa Angst vor mir?«

Leandro blickt von der Brücke hinunter zu den fahrenden Autos. »Nein Señor«, entgegnet er kleinlaut.

»Keine Sorge Junge. Du erinnerst dich noch daran, worüber wir gesprochen haben? Ich will nur wissen, ob du noch einmal über unser Angebot nachgedacht hast?«

Sie stehen nun mitten auf der Brücke. Der Mann sieht Leandro in die Augen. Der weicht dem Blick aus.

»Ich erinnere mich Señor. Ich habe meine Meinung nicht geändert.«

»Und da bist du ganz sicher? Wir bieten dir eine Menge Geld.«

Leandro nickt wortlos.

»Also gut Junge. Wir können noch was drauflegen, wenn es das ist. Was verlangst du? Ich spreche mit meinem Chef.«

»Nein. Es ist nicht das Geld Señor. Ich mache das nicht, bitte lassen Sie mich gehen«, antwortet Leandro kleinlaut.

»Du bist ein gottverdammter Narr Junge!« Missmutig sieht er Leandro an.

»Bitte Señor, ich muss weiter.«

»Schluss jetzt mit dem Gewinsel! Bitte Señor, bitte Señor«, äfft er Leandro zornig nach.

»Was glaubst du wer du bist? Nichts als ein jämmerlicher kleiner Jockey, ziemlich talentiert gebe ich zu, aber eben nicht mehr als ein jämmerlicher Jockey. Wenn ich will, kann ich dich hier und jetzt von der Brücke werfen und weißt du was? Morgen geht alles weiter als wärst du nie dagewesen. Die werden einen anderen finden und du bist vergessen. Du und deine verschissene Loyalität. Du hast nicht die geringste Ahnung, wem du hier einen Gefallen abschlägst.«

Zu Tode erschrocken sieht Leandro den Mann an. Er ist völlig erstarrt und kann nichts sagen.

»Jetzt hör mir gut zu Junge. Mein Boss bittet nicht mehr. Du wirst das Rennen nicht gewinnen. Dafür werde ich sorgen, ob mit deiner Hilfe oder ohne sie. Hast du verstanden?«

Der Mann dreht sich um und springt ins Auto.

Leandro steht wie gelähmt auf der Brücke und sieht dem Wagen nach. Für Sekunden stockt ihm der Atem, ihm wird schwindelig, er muss sich für einem Moment am Geländer festhalten. Dann läuft er los, schneller immer schneller als könne er dadurch die Begegnung von eben abschütteln. Die letzten Sätze des Mannes klingen ihm in den Ohren. Leandro hat keine Ahnung was er machen soll. Der Trainer muss ihm helfen, er wird ihm alles sagen. Völlig außer Puste mit hochrotemKopf kommt er am Stall an: Es pocht heftig in seinen Schläfen.

»Na zu schnell gelaufen? Du siehst ja furchtbar aus«, besorgt sieht Facundo seinen Freund an.

Mit zitternder Hand nimmt Leandro den Mate. Er nimmt einen Schluck, stellt den Mate auf den Tisch, steht auf und geht zur Tür.

»Che, Facundo mein Freund tut mir leid, wir reden ein andermal. Ich muss weg. Pass gut auf alles hier auf.«

Eine nicht enden wollende Hitzewelle plagt die Bewohner von Buenos Aires. Seit mehr als vier Wochen zeigt das Thermometer über 42 °C an, dazu die hohe Luftfeuchtigkeit. Selbst während der Nacht kühlt es sich nicht ab. Niemand kann bei diesen Temperaturen schlafen.

Jorge und Orfilio sitzen auf der Plaza Almagro unter den Schatten spendenden Platanen. Die beiden Männer haben ihre Klappstühle mitgebracht. Jorge hat frische Medialunas aus der Bäckerei gegenüber geholt. Orfilio gießt den Mate auf und reicht ihn Jorge. Sie wollen den Vormittag in der kleinen, grünen Oase in ihrem Viertel verbringen. Jorge hat sich heute frei genommen. Die liegengebliebene Büroarbeit hat er erledigt und in den letzten Tagen kamen keine neuen Fälle hinzu. Es ist, als würden selbst die Verbrecher bei der Hitze lethargisch. Ihm soll es recht sein. Er hat in den letzten Monaten viel zu viel gearbeitet. Orfilio schlägt die Zeitung auf, als Jorges Handy klingelt. Er sieht auf das Display.

»Señora Clara?«, murmelt er vor sich hin und meldet sich.

»Hola?«

»Kommissar Costanini, wir haben eine Leiche in Palermo. Die Kollegen erwarten Sie am Fundort. Calle Olleros im Hippodromo.« Señora Clara teilt Jorge den Fundort mit und legt auf.

»Ausgerechnet jetzt«, grummelt Jorge vor sich hin.

Sein Freund sieht ihn fragend an.

»Zu dumm. Orfilio, ich muss los. Es gibt Arbeit. Ein Toter in Palermo.«

Jorge steht auf und klappt seinen Stuhl zusammen.
Orfilio nickt enttäuscht.

»Schade aber nicht zu ändern. Hier nimm wenigstens noch einen Schluck.«

Er reicht Jorge den Mate.

»Wo ist denn die Calle Olleros am Hippodromo?«

»Die kleine Straße wo es zu den Stallungen geht, du fährst vorbei am Hippodromo und biegst von der Avenida Libertador rechts ab. Ist dort der Tote gefunden worden?« Orfilio sieht Jorge fragend an.

»Ja. In einem der Ställe soweit ich weiß.«

»Den Namen des Toten kennst du nicht, Jorge?« Seine Stimme zittert bei der Frage.

»Nein Orfilio, noch nicht. Ich melde mich bei dir, sobald ich mehr Informationen hab. Ich weiß, du hast dort viele Freunde.«

Jorge versucht ihn zu beruhigen und klopft ihm auf die Schulter.

»Bis dann, mein Freund. Wir sehen uns«, verabschiedet sich Jorge, nimmt seinen Stuhl und winkt Orfilio im Gehen zu.

Orfilio bleibt nachdenklich sitzen. Er macht sich Sorgen. Hoffentlich ist keinem seiner Freunde etwas zugestoßen. Auf der gegenüberliegenden Seite geht seine Nachbarin Anita mit ihrem Hund spazieren. Als sie ihn sieht, kommt sie zu ihm rüber und plaudert fröhlich drauflos. »So früh schon auf den Beinen Herr Nachbar. Sie konnten wohl auch nicht schlafen bei dieser Hitze«, begrüßt ihn Señora Anita fröhlich. Orfilio nickt und bietet ihr einen Mate an.

Sie unterhalten sich kurz über die steigenden Preise und das Wetter. Normalerweise hält Orfilio gern ein Schwätzchen mit ihr, doch heute kann er sich nicht auf das Gespräch konzentrieren. Seine Gedanken kreisen um den Toten auf der Rennbahn.

Anita bemerkt seine Abwesenheit. »Ist alles in Ordnung?«

»Ja entschuldigen Sie, ich habe nur schlecht geschlafen.«

»Mir geht es genauso, es ist unmöglich bei dieser Hitze. Ich muss weiter mein lieber«, verabschiedet sie sich. Orfilio packt die Thermoskanne und den Mate in den Korb, legt die Zeitung dazu, klemmt sich den Stuhl unter den Arm und geht langsam nach Hause. Als er seine Wohnung aufschließt, hört er noch das Telefon klingeln. Er ist zu langsam. Der Anrufbeantworter blinkt. Sein Bruder hat ihm eine Nachricht hinterlassen. Er lädt ihn in sein Haus am Meer ein. Das wäre doch eine schöne Abwechslung, überlegt sich Orfilio. So könnte ich für ein paar Tage der stickigen Hitze hier entkommen und mir frischen Wind um die Nase wehen lassen. Orfilio mag den kleinen Ort San Clemente. Ruhig ist es dort. Ideal für lange Spaziergänge am Strand. Er ruft seinen Bruder gleich zurück.

Die Straßen von Buenos Aires sind trotz der Ferienzeit mal wieder hoffnungslos verstopft. Als Jorge am Hippodromo eintrifft warten die Kollegen bereits auf ihn. »Ach der Herr Kommissar! Auch schon da! Wir sind schon seit einer Ewigkeit hier«, neckt ihn der

Gerichtsmediziner. Er steht rauchend neben dem Auto und zwinkert seiner Assistentin zu.

»Wo liegt er?«, antwortet Jorge ohne auf den Spott seines Kollegen einzugehen.

Luis zeigt ihm die Richtung. »Dort im Stall. In einer der Boxen.«

Jorge betritt das Stallgebäude. Rechts und links stehen die Pferde in ihren Boxen. Das Ein oder Andere sieht neugierig von seinem Heu auf. Er geht durch bis zum hinteren Ausgang. Am Ende des Ganges steht eine junge Frau. Jorge schätzt sie auf Mitte zwanzig.

»Wer sind Sie und was machen Sie hier am Fundort der Leiche?«, fährt Jorge die junge Frau im Vorbeigehen an.

»Kollegen, ich bitte darum den Fundort abzusperren. Ich kann hier niemanden brauchen, der die Spuren ruiniert«, ruft er den uniformierten Polizisten zu.

»Sie müssen Kommissar Jorge Costanini sein. Ich bin Ihre Assistentin, Letizia. Freut mich, habe schon viel von ihnen gehört«, stellt sich die junge Frau vor.

»Meine Assistentin?« Verdutzt sieht Jorge sie an. »Warum weiß ich nichts davon?«

Im selben Moment kommt der Dienststellenleiter um die Ecke und winkt Jorge zu.

»Hola Jorge, darf ich dir deine Assistentin Letizia Diaz vorstellen.«

»Oh danke Chef, das habe ich eben getan«, antwortet Letizia charmant und zu Jorge gewandt.

»Der Tote ist hier, Herr Kommissar?«

»Fernando wir müssen reden.«

Jorge schiebt sich an seinem Chef vorbei in die Box. Der Tote liegt auf der linken Seite der Box auf dem Bauch, mit dem Kopf unter dem Futtertrog und ist notdürftig mit Stroh bedeckt. Die Beine Richtung Boxentür. Er trägt Sportschuhe, Jeans und ein hellblaues Poloshirt. Der Mann ist klein, schmal und wirkt durchtrainiert. Fernando steht neben Jorge.

»Armer Kerl. Ihm ist der Schädel regelrecht zertrümmert worden, da muss jemand sehr wütend gewesen sein.« Jorge wendet sich an die umstehenden Kollegen. »Hier hat doch niemand was angefasst, oder?«

Die Kollegen schütteln den Kopf. Das Stroh sieht durchwühlt aus. Jorge sieht sich um. Er entdeckt eine schmale Tür gegenüber der Box, geht hinüber und will sie öffnen. Sie ist verschlossen.

»Können wir?« Der Gerichtsmediziner, der Jorge in den Stall gefolgt ist, beugt sich hinunter zur Leiche um den Toten umzudrehen.

Jorge nickt und wartet einen Moment bis der Gerichtsmediziner eine erste Untersuchung durchgeführt hat. »Louis, kannst du schon etwas zum Todeszeitpunkt sagen?«

»Die Totenstarre ist noch nicht voll ausgeprägt. Seit heute Morgen denke ich, genaueres nach der Obduktion, wie immer Jorge. Sicher ist, dass er nicht hier in der Box erschlagen wurde. Dann wäre hier mehr Blut.«

»Danke, Louis. Ihr könnt ihn dann mitnehmen und die Spurensicherung kann jetzt rein.«

»Hier, das hatte er bei sich.«

Fernando zeigt Jorge ein Schlüsselbund, und eine Geldbörse mit dem Ausweis des Toten, einer Kreditkarte und 5000 Peso Bargeld.

»Scheint kein Raubmord gewesen zu sein«, bemerkt er nüchtern.

Fernando übergibt Letizia die Sachen des Toten.

»Also, der Tote ist Jockey und heißt Leandro Quispe. Er sollte heute in fast allen Rennen starten«, informiert Letizia Jorge. »Ich hab das mal gegoogelt. Er ist derzeit der Starjockey des argentinischen Turfs.«

»Wer hat den Toten gefunden?«

Jorge sieht seinen Chef an. »Der Trainer hat den Toten gefunden. Er wartet draußen auf einer Bank, ich bring dich zu ihm«, antwortet Fernando.

»Letizia, bleiben Sie bitte hier bis die Spurensicherung da ist und sorgen Sie mit den Kollegen dafür, dass niemand den Tatort betritt.«

»Selbstverständlich Chef. Aber ist es denn nicht der Fundort? Wir wissen doch nicht, wo der Mord begangen wurde«, entgegnet die frischgebackene Assistentin.

Fernando schmunzelt. »Sehr talentiert, schlagfertig und kompetent.«

»Che, Fernando. Was hast du dir dabei gedacht? Eine Assistentin ohne mir vorher etwas zu sagen?«, beklagt sich Jorge bei seinem Chef, »die kannst du gleich in eine andere Abteilung schicken. Du weißt, dass ich lieber allein arbeite.«

»Ja ich weiß, nur ich fürchte da hast du keine Wahl mein lieber Jorge. Auch ich habe erst vor ein paar Stunden davon erfahren. Letizia ist die Nichte des Polizeidirektors, die für vier Wochen ein Praktikum machen will. Sie studiert Jura und will Staatsanwältin werden. Es kam von ganz oben. Keine Chance. Du kannst dir sicher vorstellen, was eine Ablehnung für die gesamte Dienststelle bedeuten würde.«

»Oh nein Fernando. Ich habe keine Lust die Steigbügel für Karrieresüchtige höhere Töchter zu halten. Hier geht es darum Mordfälle aufzuklären und präzise zu arbeiten. Und überhaupt, das gab es noch nie! Praktikanten in der Mordkommission. Ich mach da nicht mit!«

»Mein lieber Jorge«, seufzt der Kommissariatsleiter, »ich dachte, ich könnte uns das ersparen. Betrachte es als Befehl. Letizia wird die kommenden vier Wochen als deine Assistentin arbeiten und du bindest Sie in alle Details der Ermittlungen ein. Solltest du dich weigern, ziehe ich dich von dem Fall ab. Verstanden?«

»Hab ich verstanden. Wo finde ich den Trainer?«

»Komm, ich bring dich zu ihm.«

Jorge ist stinksauer, ohne ein weiteres Wort folgt er seinem Chef. Immer diese Vetternwirtschaft hierzulande, ärgert er sich innerlich. Damals, als er sich entschied Kommissar zu werden, hatte Jorge noch die Illusion, für Recht und Gesetz einzustehen und gegen den allgegenwärtigen Filz und Klüngel vorzugehen. Mit den Jahren kam dann für ihn die Ernüchterung. Er muss immer wieder mit ansehen, dass auch viele seiner Kollegen für ein paar Peso im entscheidenden Moment in eine andere Richtung schauen. Dann dieser langsam arbeitende Staatsapperat mit einer Liebe zu überbordender Bürokratie, in der Handeln durch Dokumentieren ersetzt wird. Oder die Tatsache, dass diejenigen, die oftmals am stärksten gegen die Gesetze verstoßen, am Ende doch davon kommen.

»Warst du schon einmal bei einem Rennen hier?«, holt
Fernando ihn aus seinen Gedanken.

Jorge schüttelt den Kopf. Die beiden gehen einen Pfad am
Rande der Trainingsbahn entlang. Auf einer Bank im
Schatten eines Baumes sitzt ein kleiner, stark untersetzter
Mann mit kurzen, grauen Haaren und rundem Gesicht.
»Darf ich dir Señor Mariano Lopez vorstellen. Er ist hier
Trainer und hat den Toten gefunden.«

Jorge sieht ihn überrascht an. Irgendwie hat er sich einen
Trainer von Rennpferden sportlicher vorgestellt. »Guten
Tag Señor Lopez. Mein Name ist Jorge Costanini, ich leite
die Ermittlungen in dem Mordfall Leandro Quispe. Ich
muss Ihnen ein paar Fragen stellen?«

Fernando bekommt einen Anruf und macht auf dem
Absatz kehrt. »Bis später. Die Presse.«

»Mariano, nennen Sie mich Mariano mein lieber.« Der
Trainer reicht dem Kommissar die Hand. Er scheint
Jorges verblüfften Gesichtsausdruck richtig zu deuten.
»Ja ich kann mir vorstellen was Sie denken Herr
Kommissar. Wie kann denn dieser Dicke ausgerechnet
Rennpferde trainieren, aber ich muss ja selber nicht mehr
reiten. Verstehen Sie?« Ein kurzes Lächeln zeigt sich in
seinem Gesicht bevor er traurig fortfährt. »Der arme
Leandro. Es ist so schrecklich, so furchtbar, wer macht
denn so etwas? Herr Kommissar? Er war so ein guter
Junge.« Mariano bekommt feuchte Augen. »Leandro
sollte heute in sieben Rennen an den Start gehen. Was
mache ich nur? Ich bekomme doch keinen Ersatz, für
Leandro sowieso nicht. Er war der beste, so wie er reitet
niemand Rennen.«

»Bitte beruhigen Sie sich Mariano. Es tut mir sehr leid, doch es wäre schön, wenn Sie mir trotzdem ein paar Fragen beantworten könnten.«

Mariano nickt »Gern, wenn ich helfen kann, Herr Kommissar.«

»Wann haben Sie den Toten gefunden?«

»Es muss so gegen neun Uhr gewesen sein. Einige Pferde für die heutigen Rennen wurden gerade von einem Transporter geführt und in die Boxen gebracht. Es war einiges los. Ich wollte mich versichern, dass die Pferde gesund und in guter Verfassung sind. Wir haben alle Boxen in dem Stall, in dem ich den armen Leandro gefunden habe. Señora Christina bezahlt immer für die ganze Saison im Voraus, auch wenn manche Boxen frei bleiben. Sie will keine Fremden im Stall und bei ihren Pferden.«

»Entschuldigen Sie, Señora Christina?«, unterbricht Jorge den Trainer.

»Señora Christina Rios Castillo. Sie besitzt das Gestüt und alle Pferde, die bei mir im Training sind. Alle werden, oh Entschuldigung, wurden von Leandro in den Rennen geritten.«

Jorge notiert sich kurz den Namen der Besitzerin. »Was ist dann passiert Mariano, Sie haben also den Stall betreten? Und dann?«

»Bin ich von Box zu Box gegangen wie ich es immer tue und hab die Pferde angeschaut. Wie gesagt, ob sich keins verletzt hat. Dann bin ich zu der Box von *Dulce de Leche* gekommen. Das Pferd war nicht in seiner Box. Ich habe gesehen das Facundo mit dem Pferd unterwegs war. Die

19

Stute soll heute im Hauptrennen als Favoritin ins Rennen gehen. Da geht es um sehr viel Geld, wissen Sie? Facundo hat außerdem eine ganz besondere Beziehung zu dem Pferd. Er lässt sie nie allein. Er schläft sogar in ihrer Box. Diesmal musste er die Stute allerdings in eine andere Box stellen, weil die Tränke kaputt ist. Das hat er mir heute Morgen gesagt.«

»Facundo, wer ist das?«, fragt Jorge, während er sich in Gedanken über den Namen des Pferdes wundert, dass nach dem beliebten süßen Brotaufstrich aus Milch, Zucker und Vanille benannt ist.

»Der Pfleger, Herr Kommissar.«

»Was haben Sie dann gesehen?«

»Ich habe in die Box hineingeschaut, warum weiß ich nicht. Die Boxentür war offen. Da bin ich rein und sah Leandro auf dem Boden liegen und da war überall Blut an seinem Kopf. Dann bin ich sofort zum Pförtner gelaufen und habe den Notarzt und die Polizei angerufen.«

»Sind Sie in die Box hineingegangen um zu sehen, ob er noch am Leben ist?«

»Ich habe seinen Namen gerufen, ihn kurz gerüttelt, an der Schulter. Aber da war das Blut und er hat sich nicht bewegt. Dann habe ich sofort telefoniert.«

»Ich danke Ihnen sehr Mariano. Wenn ich noch weitere Fragen habe, wie kann ich Sie erreichen?«

Mariano kramt kurz in seiner Jackentasche und gibt Jorge seine Karte.

»Hier steht meine Telefonnummer drauf. Ich muss zur Rennleitung und alle Starts von Leandro zurückziehen. Es muss ja jemand machen. Ach ist das alles furchtbar.«

Völlig aufgelöst will sich der kleine dicke Mann in Bewegung setzen.

»Selbstverständlich Mariano, ganz kurz noch. Wo finde ich den Pfleger Facundo jetzt?«

»Normalerweise bei den Paddocks, dort am Eingang. Sehen Sie, da am hinteren Stall. El Flaco, der große Dünne mit der gelben Jacke.«

Jorge sieht sich auf dem Weg zu den Ställen die Umgebung genauer an. Das Hippodromo ist ein weitläufiges Areal mit Sandbahnen und einem Teich in der Mitte. Auf der einen Seite begrenzt durch die Bahnlinie und dem angrenzenden Park und auf der gegenüberliegenden Seite hinter den Tribünen sind die Hochhäuser von Palermo zu sehen. Er spürt, wie ihm der Schweiß den Rücken herunterläuft und geht langsam zurück, um nach dem Pfleger zu suchen. Eine elegante Dame kommt eilig und wild gestikulierend auf ihn zu. Hinter ihr versucht seine neue Assistentin vergeblich Schritt zu halten.

»Sind Sie dafür verantwortlich, dass mich diese Person meinen Stall nicht betreten lässt?«, wettert sie und deutet auf Letizia.

Sie steht direkt vor Jorge. Der gönnt sich insgeheim eine kleine Freude darüber, dass die übereifrige Assistentin so schnell einen Dämpfer einstecken musste. Willkommen in der realen Welt der Ermittlungen Letizia.

»Ich möchte mich beschweren. Sie haben kein Recht, mir den Zutritt zu meinem Eigentum zu verwehren«, fährt die Frau Jorge an.

»Guten Tag Señora. Ich bin Kommissar Jorge Costanini.«

»Christina Rios Castillo«, entgegnet sie knapp.

»Ich verlange sofort meinen Stall zu betreten. Meine Pferde müssen heute wichtige Rennen laufen. Da ist jede Störung Gift und kostet mich eine Menge Geld.«

»Ich verstehe Ihre Aufregung Señora, ist doch einer Ihrer Mitarbeiter ermordet worden. Ich ermittle in dem Mordfall. Wir müssen den gesamten Stall absperren, damit die Spurensicherung arbeiten kann. Ich versichere Ihnen, dass wir den Ort so schnell es geht wieder freigeben.«

Christina entgleiten für einen kurzen Moment die Gesichtszüge.

»Was heißt einer meiner Mitarbeiter ermordet? Wer denn um Himmels willen? Und warum informiert mich keiner darüber?«

»Das habe ich eben am Stall versucht Señora Rios Castillo. Sie ließen mich ja nicht zu Wort kommen«, antwortet Letizia.

»Der Tote ist Leandro Quispe. Meines Wissens der Jockey, der Ihre Pferde reitet, Señora.«

»Was Leandro, nein das glaube ich nicht.«

Christina ringt ein paar Sekunden um Fassung.

»Egal. Ich muss sehen, dass meine Pferde heute erfolgreich laufen. Es geht um sehr, sehr viel Geld. Das können Sie sich gar nicht vorstellen.«

Christina wühlt in ihrer Handtasche.

»Ich glaube, Sie haben noch nicht ganz verstanden worum es hier geht Señora Rios Castillo. Ein Mensch ist ums Leben gekommen. Er ist ermordet worden. Ich möchte Sie bitten, mir ein paar Fragen zu beantworten Señora. Sie kannten den Jockey Leandro Quispe?«

»Ums Leben gekommen, ermordet. Selbstverständlich kenne ich ihn. Er ist ja exklusiv unter Vertrag bei mir. Ich kann das alles nicht glauben. Was mache ich denn jetzt? Ich brauche einen anderen Jockey für die Rennen heute.« Hektisch durchsucht sie weiter ihre Handtasche.

»Señora Rios Castillo bei allem Respekt, ich glaube nicht, dass heute eines Ihrer Pferde an den Start gehen wird. Ihr Trainer ist gerade auf dem Weg zur Rennleitung um die Starts abzusagen. Der Jockey Ihrer Pferde ist tot.«

»Das lassen Sie mal meine Sorge sein Kommissar. Reiter gibt es wie Sand am Meer und alle wollen meine Pferde reiten. Nun muss ich erst einmal den Trottel von Trainer stoppen. Meine Pferde laufen heute, soviel ist sicher«, faucht sie.

Christina macht auf dem Absatz kehrt, und rast Richtung Rennleitung davon.

»Ich brauche dringend Ihre Aussage Señora«, ruft Jorge ihr hinterher.

»Später. Ich habe jetzt keine Zeit.«

Christina drückt im vorbeieilen der abseits stehenden Letizia ihre Karte in die Hand.

»Hier können Sie mich erreichen Kindchen. Ich bin noch bis morgen Abend in der Stadt.«

Jorge, perplex von dem Auftritt der Señora, setzt seinen Weg zum Stall fort. Letizia geht ebenfalls zurück. Die Sonne knallt unbarmherzig vom Himmel. An den Paddocks ist Hochbetrieb. Jorge fragt einen jungen Mann, der eine Karre vor sich herschiebt, nach Facundo. Der zeigt auf den dünnen, groß gewachsenen Jungen, der gerade ein hellbraunes Pferd in den Stall bringt. Jorge ruft aus der Entfernung seinen Namen, damit der Junge auf ihn wartet.

Facundo dreht sich kurz um.

»Ich hab jetzt keine Zeit, ich muss füttern«, ruft er zurück und verschwindet im Stall.

Jorge folgt ihm.

Der Junge kommt gerade mit einem Eimer aus einer der Boxen.

»Sie sind Facundo, richtig? Ich bin Kommissar Jorge Costanini und ermittle in dem Mordfall an Leandro Quispe. Ich muss Ihnen ein paar Fragen stellen.«

»Ich weiß nichts, ich hab nichts gemacht, ich bin immer mit *Dulce de Leche* unterwegs Herr Kommissar.«

Facundo wirkt nervös, er geht zurück in die Box und lehnt sich an das Pferd, dass tatsächlich die gleiche Farbe wie der süße Brotaufstrich hat. Jorge sieht, dass er geweint hatte.

»Facundo, ich darf doch du sagen?«

Der nickt und wird ruhiger.

»Niemand behauptet, dass du etwas gemacht hast. Ich befrage dich als Zeugen. Vielleicht kannst du uns helfen, den Mörder zu finden. Wann warst du heute Morgen im Stall?«

»Wie immer, ich schlafe im Stall, ich bin immer hier. Also nicht in diesem Stall, sondern dort wo normalerweise die Pferde von der Señora sind, nicht dieser hier. Habe dort geschlafen wie immer.«

»Und wo genau war das?«

Jorge geht neben Facundo her, während der weiter das Futter in den Trögen verteilt.

»Ich schlafe immer bei *Dulce* vor einem Rennen.«

»Du meinst vor der Box?«

»Nein in der Box, immer schlafe ich da, damit sie nicht allein ist.«

»Die Box, in der wir Leandro gefunden haben? Wann bist du aufgestanden und hast die Box verlassen?«

»Heute hat sie eine andere Box gehabt, die Tränke in ihrer Box ist kaputt. Viertel vor sieben, da stehe ich immer auf Herr Kommissar, die Pferde wollen ihr Frühstück pünktlich, sonst sind sie unruhig. Und der Chef kommt und kontrolliert und wenn es nicht okay ist, gibt es Ärger. Das sind Sportler, die brauchen ihren Rhythmus, sagt der Chef immer und der Chef ist gut mit den Pferden. Der weiß was die brauchen.«

Facundo scheint sich gefangen zu haben. Also fragt Jorge weiter.

»Kannst du mir sagen, ob dir etwas aufgefallen ist heute Morgen Facundo? War da noch jemand? Hast du jemanden gesehen?«

Als würde er sich beobachtet fühlen, sieht Facundo immer wieder zur Stalltür.

»Nichts Herr Kommissar. Alles wie immer. Niemand nur die Pferde und ich und niemand sonst.«

Jorge fällt auf, wie schnell der Pfleger auf seine Frage geantwortet hat.

»Facundo ich muss wirklich alles wissen. Du musst mir ganz genau sagen wie dieser Morgen war? Jedes kleine Detail ist wichtig. Wir wollen wissen, warum Leandro tot in der Box lag. Wir müssen herausfinden, wer ihm das angetan hat. Verstehst du?«

Der Junge nickt, fährt sich durchs Haar, kratzt sich nervös am Kopf und tritt von einem Bein aufs andere.

Jorge ist sich beinahe sicher, dass der Junge etwas gesehen haben muss. Es scheint als hätte er vor jemandem Angst.

»Kommissar, ich muss mich jetzt wieder um die Pferde kümmern. Der Chef kommt und ich will keinen Ärger.«

Von der anderen Seite des Stalles kommt Mariano auf die beiden zu.

»Facundo geh und mach *Dulce* fertig, lass sie sich ein bisschen in der Führmaschine warm machen und vergiss die Bandagen nicht.«

»Ja Trainer.«

»Nun wie mir scheint, ist es Señora Rios Castillo gelungen einen anderen Jockey für die heutigen Rennen zu verpflichten«, stellt Jorge nüchtern fest.

»Ach, Herr Kommissar, erinnern Sie mich nicht daran. Beinahe hätte mich diese Frau vor allen in der Rennleitung geohrfeigt. Ich habe mich noch nie so gedemütigt gefühlt. Konnte Ihnen Facundo weiterhelfen?«

»Nun ich denke ich werde ihn noch einmal befragen müssen. Wir sind ja eben unterbrochen worden.«

»Der Junge hat ganz sicher nichts getan, das können Sie mir glauben. Der lebt ganz und gar für das Wohlergehen der Pferde. Der bekommt nicht so viel mit von dem was um ihn herum passiert, wenn es nicht um die Pferde geht. Haben Sie bemerkt wie unruhig er ist?«

»Ja das ist mir aufgefallen. Ich verstehe nur nicht, worauf Sie hinaus wollen. Was bedeutet das; er bekommt nicht so viel mit?«

»Nun«, seufzt Mariano, »ich erzähle Ihnen seine
Geschichte, jedenfalls das was ich davon kenne.«
Die beiden Männer verlassen den Stall.

»Wissen Sie Kommissar, Facundo ist ein bedauernswertes
Geschöpf. Er hat mit elf Jahren angefangen Crack zu
rauchen. Er hat auf der Straße gelebt. Aufgewachsen ist
Facundo in einem der großen Armenviertel in Bajo Flores
und es sind ihm schlimme Dinge als Kind passiert. Mit
sieben Jahren musste er mit ansehen, wie seine kleine
Schwester, damals fünf Jahre alt, vom Stiefvater
missbraucht wurde. Die Mutter hatte nichts
mitbekommen oder mitbekommen wollen. Der Stiefvater
war ein gewalttätiger Mensch. Facundos Mutter und die
beiden Kinder waren ihm schutzlos ausgeliefert. Als
Facundo etwa zehn Jahre alt war, hielt er es nicht mehr
aus. Er wollte seiner Schwester helfen, sie verteidigen.
Der Stiefvater prügelte ihn fast zu Tode und warf ihn aus
dem Haus mit den Worten, das nächste Mal würde er ihn
umbringen, wenn er sich noch einmal blicken lässt. Seine
Mutter konnte ihm nicht helfen. Kurz vor seinem elften
Geburtstag hatte Facundo kein zu Hause mehr. Er schloss
sich einer Gruppe anderer Kinder an, die auf der Straße
lebten. Das war nun seine neue Familie. Sie hielten sich
aneinander fest, jeder von ihnen hatten ein ähnliches
Schicksal wie Facundo hinter sich. Die Gruppe überlebt
durch Betteln und Kunststücke. Natürlich war es nur eine
Frage der Zeit, bis dann irgendwann Drogen ins Spiel
kamen.«

Jorge ist bestürzt über das, was ihm der Trainer erzählt.
Natürlich kennt er solche und ähnliche Schicksale, er

kennt die Situation vieler Kinder die im frühsten Kindesalter sich selbst überlassen sind. Er weiß um das Elend zahlreicher Familien in den Armenvierteln und in den Randbezirken der Stadt. Und er weiß auch, dass niemand dieser Menschen auf wirkliche Hilfe oder Unterstützung zählen kann. Menschen ohne Chancen, Kinder ohne Zukunft, die niemanden interessieren, vergessen vom Staat, vergessen von allen. Jedes Mal dreht sich Jorge der Magen um vor Wut über ein System, dass tatenlos Menschen sich selbst in ihrem Elend überlässt und in dem Armut kriminalisiert wird. Er kann und will sich nicht daran gewöhnen.

»Wie hat Facundo es denn hierher geschafft, Mariano?«
»Leandro hat ihn mitgebracht, ihm hat er auch seine Geschichte erzählt. Vor zwei Jahren war das. Er hat ihn irgendwo im Park hier in Palermo gefunden, als er joggen war. Facundo irrte wohl völlig high und orientierungslos durch den Park. Er wäre wohl beinahe überfahren und von der Polizei einkassiert worden, als Leandro dazu kam. Er sagte den Polizisten, Facundo sei sein Bruder und er hätte ihn schon überall gesucht. Die Polizisten glaubten ihm, waren wahrscheinlich froh darüber, sich nicht weiter kümmern zu müssen. Leandro brachte Facundo in die Stallanlagen und richtete ihm heimlich ein kleines Lager in einem damals leerstehenden Trakt ein. Ich habe es nicht bemerkt. Mehrmals täglich besuchte Leandro ihn und brachte ihm essen und trinken. Er erzählte ihm von den Pferden, die hier waren und das er mit ihnen arbeitete und einmal nahm er Facundo mit zu den Tieren. Dies schien Facundo, und glauben Sie mir Herr Kommissar so verrückt es auch klingt, verzaubert

zu haben. Wissen Sie, Pferde sind neugierig und nähern sich Menschen ganz unvoreingenommen. Etwas was Facundo scheinbar nie zuvor in seinem Leben erfahren hat. Er wollte alles über Pferde wissen und Leandro brachte ihm alles, was er wusste bei. Eines Tages, ich war auf der Suche nach einem neuen Pfleger, stellte Leandro mir Facundo vor. Glauben Sie mir Herr Kommissar, er ist der beste Pfleger, den ich je hatte. Mit Menschen kann er nicht viel anfangen aber den Pferden, den vertraut er.«
Die Geschichte des Jungen berührt Jorge. Deshalb also, war Facundo vorhin so nervös.

»Mariano, ich müsste noch einmal mit Facundo sprechen, meinen Sie das ist morgen möglich?«

»Ich spreche mit ihm Herr Kommissar, machen Sie sich keine Sorgen, er wird ihre Fragen beantworten. Ich muss mich nun verabschieden, das Rennen beginnt in Kürze. Meine Nummer haben Sie, bis dann.«

»Ich danke Ihnen, Mariano. Viel Glück!«

Es dämmert bereits, die Flutlichtanlagen sind bereits eingeschaltet, die gesamte Rennstrecke ist beleuchtet. Was mag das wohl für eine Welt sein, der Galopprennsport fragt sich Jorge und macht sich auf die Suche nach seiner Assistentin. Letizia hält sich noch immer im Stall auf und beobachtet die Arbeit der Spurensicherung.

»Kollegen, hat jemand ein Wasser für mich? Ich bin am Verdursten.«

»Hier nehmen Sie Jorge.«

Letizia reicht ihm eine Flasche.

»Danke. Und wie sieht es mit brauchbaren Spuren aus?«

Jorge trinkt die Flasche in einem Zug leer und blickt rüber zu den Kollegen.

»Viel ist da nicht. Werden wir nach der Analyse sehen.«

»Aber wir haben scheinbar die Tatwaffe.«

Letizia hält triumphierend einen abgebröckelten Ziegelstein in einer Plastiktüte hoch.

»Und hier auf dem Stein, das könnten doch Blutspuren sein.«

Sie deutet auf winzige Verfärbungen, die sich darauf befinden.

»Wo habt ihr den gefunden?«

»Der lag dort vorne, neben dem Eingang zum Stall.«

»Gute Arbeit Kollegen. Danke! Also dann Abfahrt ins Labor und wir beide fahren zur Dienststelle. Möchten Sie mit mir fahren Letizia?«

»Nein vielen Dank, ich bin selbst mit dem Auto da, allerdings kenne ich dem Weg nicht.«

»Na dann fahren Sie mir einfach hinterher.«

Beide steigen in ihre Autos, der Verkehr ist um diese Zeit nicht mehr so stark. Jorge biegt links in die Avenida Libertador und fährt in Richtung Avenida Nueve de Julio, vorbei an Palermo und an Recoletta, einem der nobelsten Viertel der Stadt. Auf der rechten Seite der Straße reiht sich ein luxuriöses Apartmenthochhaus an das andere. Breite, gründlich gesäuberte Bürgersteige, beeindruckende Eingangstüren auf Hochglanz polierte Gold glänzende Klingelschilder und jedes Haus mit eigenem Pförtner. Hier wohnen die wirklich wohlhabenden der Stadt. Jedes Mal, wenn Jorge hier vorbeifährt werden ihm die Gegensätze zwischen extremem Reichtum und extremer Armut so deutlich wie nirgendwo sonst in der Stadt. Gleich auf der anderen Seite der Avenida Libertador, etwa achthundert Meter Luftlinie hinter den Bahngleisen erstreckt sich eines der größten Armenviertel von Buenos Aires. Nachdenklich biegt Jorge in die Avenida Nueve de Julio ein.

Kein schlechter Einstieg denkt Letizia als sie im Auto sitzt. Gut am Anfang hatte sie schon das Gefühl, dass ihr neuer Chef alles andere als begeistert war, sie als neue Assistentin zu haben. Und sie kann es auch verstehen. Ganz wohl war auch ihr nicht als Onkel Hernán vorschlug, seinen Einfluss zu nutzen und ihr das Praktikum in der Mordkommission zu ermöglichen. Letizia kommt aus einer einflussreichen Familie. Sie selbst ist jedoch bisher immer dagegen gewesen daraus persönliche Vorteile zu ziehen. Sie wollte sein wie alle ihre Freunde von der Uni. Nur in diesem einen Fall ist sie ihren Prinzipien nicht treu geblieben und hat nach langem Ringen mit sich selbst das Angebot ihres Onkels angenommen. Das hat ihr einen riesigen Streit mit Pia eingebracht. Pia ist eine richtige Kämpferin. Sie kommt aus einfachen Verhältnissen und musste sich immer alles hart erarbeiten, die Schule, die Uni alles. Immer hat sie irgendwelche Nebenjobs um sich ihr Studium zu finanzieren. Ihre Eltern können sie nicht unterstützen. Pia hasst Privilegien und sie hasst Leute, die sie nutzen um voranzukommen. Genau das hat sie Letizia unmissverständlich klargemacht und ihre Sachen gepackt. Letizia hat ihr versucht zu erklären, dass es eine einmalige Chance ist. Nie nehmen die Praktikanten in der Mordkommission. Höchstens im Archiv und sie möchte doch Staatsanwältin werden und da ist es fantastisch als Studentin so nah an den polizeilichen Ermittlungen sein zu können. Das alles hatte sie versucht Pia zu erklären, doch es gab kein Einlenken. Pia hat sie nur angeschrien. ›Ja eine einmalige Chance und die andern die auch Staatsanwälte werden wollen und keinen Onkel in der Polizeidirektion haben die bekommen niemals diese Chance. Entweder etwas ist allen Studenten zugänglich oder niemanden, das ist meine Meinung. Du hast deine Wahl getroffen, ich meine. Ich kann nicht mit jemandem leben der Privilegien nutzt und Vorteile akzeptiert. Ciao.‹ Pia schlug die Tür des Apartments zu. Letizia lief ihr weinend hinterher aber Pia ließ sich nicht aufhalten. Sie hatte die Straße bereits überquert, hielt den Bus an, stieg ein und fuhr ohne sich noch einmal umzusehen weg. Es zerreißt Letizia das Herz, wenn sie an den gestrigen Abend denkt. Sie steigt aus dem Auto und folgt Jorge ins Kommissariat.

»Ich zeige ihnen kurz das Büro und ihren Platz. Heute passiert nicht mehr viel, wir brauchen die Ergebnisse der Gerichtsmedizin und der Kriminaltechnik. Die gibt es nicht vor morgen früh. Ich habe eben mit den Kollegen telefoniert.« Auf dem Weg zum Büro bemerkt Jorge das Letizia Tränen in den Augen hat. »Das ist hier die Mordkommission Letizia. Kleiner Tipp, lassen Sie das nicht so nah an sich heran. In diesem Job muss man kühlen Kopf bewahren, um einen guten Job zu machen.« Jorge öffnet die Tür zum Büro, lässt Letizia den Vortritt, zeigt auf den freien Tisch links am Fenster. »Den Schreibtisch können Sie nutzen, um einen Computer kümmer ich mich gleich. Morgen ist der da. Sie können jetzt Feierabend machen, wir sehen uns morgen früh um neun Uhr hier«, verabschiedet er sich von Letizia.

Sie zögert einen Moment, bevor sie das Büro verlässt. Hm, vielleicht war ich doch zu schroff zu ihr, wir hatten doch alle unseren ersten Tag, denkt Jorge, als er allein im Büro ist und nimmt sich vor, Letizia morgen um Entschuldigung zu bitten. Er erinnert sich noch genau an seinen allerersten Fall, direkt von der Akademie kam er damals und wurde einem knurrigen, schlechtgelaunten Oberkommissar zugeteilt. Sanchez hieß er und er hatte nur noch wenige Monate bis zu Pensionierung. Nichts konnte Jorge ihm damals recht machen. Es ging um einen schrecklichen Raubmord. Ein Mann hatte seine Frau und beide Kinder verloren. Die Familie wollte in die Ferien fahren. Die Frau und die Kinder waren bereits ins Auto gestiegen, während der Vater noch einmal ins Haus zurückging, um etwas zu holen. Drinnen hört er erst Motorräder dann Schüsse. Er rannte aus dem Haus und sah die Motorräder um die Ecke biegen. Als er zum Auto kam, lagen seine Frau und die beiden Kinder schwer verletzt und blutüberströmt im Wagen. Sie starben auf dem Weg ins Krankenhaus. Für ein paar hundert Peso und ein Handy. Der Fall ging monatelang durch die Medien. Alles haben sie damals in Bewegung gesetzt, um die Täter zu erwischen. Jede noch so kleine Spur haben sie verfolgt, jedem Hinweis sind sie nachgegangen, nichts. Sie konnten die Mörder nicht ermitteln. Irgendwann wurde der Fall dann zu den Akten gelegt. Jorge wendet sich wieder der Gegenwart zu und greift zum Telefon.

»Hola Fernando, hör zu wir treffen uns morgen früh, wenn ich die Ergebnisse der Kollegen habe. Ach und organisierst du bitte einen Computer für meine Assistentin. Ich bin dann weg. Danke. Ciao bis morgen.« Jorge lässt sein Auto stehen und geht zu Fuß nach Hause. Seit Maria weg ist, hat er es nicht besonders eilig in die leere Wohnung zu kommen. Beide haben sich eine Auszeit von ihrer Ehe genommen, um sich darüber klar zu werden, ob und wenn ja wie sie zusammen weitermachen wollen. Alles war so eingefahren, sie hatten sich in den letzten Jahren voneinander entfernt. Es begann als Maria ihren Job in der Redaktion verlor. Sie hatte als Journalistin die letzten Jahre kaum Aufträge und war unzufrieden, von Selbstzweifeln zerfressen und wurde depressiv. Er hat in dieser Zeit sehr viel gearbeitet und hatte keine Zeit für ihre Probleme. Heute tut es ihm unendlich leid, sie so allein gelassen zu haben. Sie stritten ständig. Gemeinsame Unternehmungen gab es kaum noch, auch die Kommunikation war auf ein notwendiges Minimum reduziert. So konnte es nicht weitergehen, das wussten beide nur zu gut. Vor ein paar Wochen traf Maria zufällig einen alten Studienfreund, der für eine Menschenrechtsorganisation in Brasilien arbeitet. Beide hatten sich damals zu Studentenzeiten in einer Gruppe gegen die Vertreibung indigener Volksgruppen aus dem Norden des Landes eingesetzt. Ramiro bot Maria an, ihn und seine Gruppe bei den Recherchen zu Menschenrechtsverletzungen an indigenen Gruppen in Brasilien zu unterstützen. Viel zu verdienen gibt es zwar nicht, doch das war Maria nicht wichtig. Sie wollte wieder etwas tun, ihrem Dasein einen Sinn geben.

Außerdem wollte sie fort aus Buenos Aires. Maria sagte zu. Nun telefonieren sie mehrmals in der Woche. Jorge öffnet die Tür zu seinem Appartment. Er hat Hunger und wärmt sich den Rest Pasta von gestern auf, öffnet eine Flasche Rotwein und setzt sich vor den Fernseher. In den Nachrichten werden schon wieder Preiserhöhungen für Strom und Gas angekündigt. Was ist nur in diesem Land los. Neben den ständigen Erhöhungen der Lebensmittelpreise und der Preise für öffentliche Verkehrsmittel nun das. Viele aus seinem Bekanntenkreis wissen schon jetzt nicht, wie sie bis zum Monatsende über die Runden kommen sollen und bezahlen schon ab Mitte des Monats ihre Lebensmittel in Raten. Wo soll das bloß alles noch enden? Es ist spät geworden, Jorge fallen die Augen zu, er schaltet den Fernseher aus und legt sich schlafen.

Orfilio konnte Jorge nicht erreichen, um ihm zu sagen, dass er verreisen wird. Aus den Nachrichten im Fernsehen hat er inzwischen erfahren, dass der Tote im Hippodromo Leandro Quispe ist. Natürlich kannte er den jungen Jockey. Ein paar Mal hatten sie miteinander geredet. Er ist seit Jahren der talentierteste und erfolgreichste Jockey in Argentinien. Ein einfacher junger Mann mit unglaublichem Instinkt im Rennen eine Lücke zu erspähen. Er verstand mit der Kraft der Pferde im Rennen gekonnt umzugehen, taktisch herausragend und sympathisch dazu. Orfilio hat ihn sehr bewundert und nun soll er tot sein, er kann es nicht glauben. Armer

Junge. Seit seiner Kindheit, als sein Großvater ihn und seinen Bruder das erste Mal mit zum Hippodromo genommen hatte, faszinieren Orfilio die Rennpferde. Doch nie in seinem Leben hat er gewettet. Zu viele in seinem Bekanntenkreis sind dem verfallen, einige haben sich in die Misere geritten aus der sie nur schwer, manche auch gar nicht, wieder herauskamen. Ehescheidungen, Obdachlosigkeit. All das Elend, wenn alles verloren ist, hat er in seinem Umfeld beobachtet. Oft hat er guten Freunden seine Hilfe angeboten, sie bei sich wohnen lassen, ihnen Geld geliehen und oft wurde er enttäuscht. Er hat sich geschworen nie auch nur einen Peso auf ein Pferd zu setzen. Aber er liebt es zu Fachsimpeln, sich stundenlang über Pferde und deren aktuelle Form zu unterhalten und diese schönen Tiere zu sehen. Orfilio legte sich zeitig schlafen; am nächsten Tag will er früh losfahren.

Noch ist Jorge der einzige im Büro. Der Bericht der Gerichtsmedizin liegt bereits auf seinem Schreibtisch. Auf dem Weg hat er ein paar Medialunas gekauft. Jorge setzt sich mit einem Kaffee an den Schreibtisch und überfliegt den Bericht. Die Untersuchungen bestätigen, dass Leandro Quispe erschlagen worden ist. Es mussten mehrere Schläge mit ziemlicher Kraft ausgeübt worden sein. Den Todeszeitpunkt hat der Gerichtsmediziner auf etwa fünf Uhr morgens festgelegt, keine weiteren äußeren Verletzungen bis auf die tödlichen Kopfverletzungen. Die Tatwaffe ist ohne Zweifel der Stein, der in der Nähe des Fundortes der Leiche gefunden wurde. Laut Kriminaltechnik fanden sich neben den Blutspuren des Opfers weitere Blutspuren darauf. Eine mögliche Spur zum Täter? Es konnten klare Fingerabdrücke von mindestens zwei Personen sichergestellt werden. Weitere Fingerabdrücke sind nur bruchstückhaft vorhanden, also eher schwierig zu identifizieren.

»Guten Morgen Jorge, so früh schon dran, sehr vorbildlich mein lieber«, ruft Fernando gutgelaunt durch die offene Tür. »Was sagt die Gerichtsmedizin? Ich komme gleich zu dir.«

Eine Minute später betritt Letizia das Büro.

»Guten morgen Chef.«

»Hola«, antwortet Jorge knapp. Am Morgen ist er kein Freund vieler Worte.

Letizia und Fernando haben den Bericht auch bekommen. Nachdem ihn alle gelesen hatten, setzen sie sich zusammen.

»Also«, sagt Fernando, »wir haben die Tatwaffe mit eindeutigen Fingerabdrücken. Außerdem wurden weitere Fingerabdrücke gefunden und Blutspuren, die nicht vom Opfer stammen, sind auf der Tatwaffe identifiziert worden.«

»Dann brauchen wir nur Fingerabdrücke und DNA-Proben der für die Tat in Frage kommenden Personen und vergleichen diese mit den Spuren.« Letizia klingt stolz.

»Sehr gut Letizia.«

Fernando blickt anerkennend zu ihr rüber.

»Und wer sind ihrer Meinung nach die für die Tat in Frage kommenden Personen, Letizia?«, fragt Jorge und erntet einen vorwurfsvollen Blick von seinem Vorgesetzten.

Letizia lässt sich jedoch nicht beirren.

»Also ich denke an die, die unmittelbar mit ihm zu tun hatten, also der Pferdepfleger und der Trainer. Von den beiden sollten wir zunächst Fingerabdrücke und DNA-Proben nehmen. Vielleicht auch die Gestütsbesitzerin.«

»Also gut Letizia, dann informieren Sie bitte die Kollegen von der Kriminaltechnik. Wir nehmen Proben von allen, die Zugang zu dem Gelände haben. Und wir brauchen noch den Beschluss von der Staatsanwaltschaft. Besorgst du den Fernando?« Jorge trinkt seinen Kaffee aus. »Ich frage mich, was das Motiv der Tat gewesen ist?«

»Ach Jorge, danach fragen wir, wenn wir den Täter überführt haben«, entgegnet Fernando und verlässt das Büro.

»Letizia ganz kurz bitte noch. Ich möchte mich bei Ihnen für meine Bemerkung gestern entschuldigen.«

»Angenommen. Aber ich habe auch nicht wegen des Toten geweint. Das war privat.«

Jorge überhört den leicht schnippischen Unterton.

»Rufen Sie bitte bei der Kriminaltechnik an, sobald wir den Beschluss haben, fahren wir nach Palermo. Ach und wegen der Pferdebesitzerin, laden Sie sie bitte für heute Nachmittag zu Befragung vor. Oder noch besser, sie soll auch zum Stall kommen wir befragen sie gleich dort.«

Es klopft, die Tür geht auf.

»Hallo Jorge, hier der Beschluss der Staatsanwaltschaft für dich.«

»Hola Lorena. Vielen Dank, das ging ja schnell. Wie geht's? Deine Familie alles okay?«

Die Sekretärin des Dienststellenleiters legt das Papier auf seinen Schreibtisch.

»Ja danke Jorge zum Glück geht es allen gut. Und bei dir?«

»Auch alles gut so weit«, entgegnet Jorge, »darf ich dir meine Assistentin Letizia Diaz vorstellen.«

»Willkommen im Club meine liebe, ich muss zurück an die Arbeit, wir sehen uns.«

»Bis dann und grüß die Familie.«

»Danke, mach ich gern, Grüße an Maria.«

Jorge kennt Lorena seit er hier angefangen hat. Sie ist die gute Seele des Kommissariats immer ein offenes Ohr für die Sorgen aller, immer liebenswürdig und verständnisvoll. Vor einigen Jahren erfuhr er, was für ein trauriges Schicksal sie hinter sich hat. Sie war eines der Kinder, die während der Militärdiktatur geraubt wurden und wuchs in einer fremden Familie auf. Ihre leiblichen Eltern sind beide gefoltert und ermordet worden. In ihrer Kindheit fehlte es Lorena zwar an nichts, sie wurde von ihren Adoptiveltern liebevoll und fürsorglich aufgezogen und doch hatte sie immer so ein Gefühl, das irgendetwas nicht stimmt. Vor ein paar Jahren wurde sie von einer Frau auf dem Weg zur Arbeit angesprochen. Die Frau sagte, sie sei ihre Tante. Zunächst wollte Lorena davon nichts wissen, doch die Beharrlichkeit der Frau, die sie fortan täglich an der Subte abpasste und ein paar Blocks begleitete, weckte irgendwann doch ihre Neugier. Sie ging mit ihr in ein Café, um sich ihre Geschichte anzuhören. Magali, so heißt die Frau, begann zu erzählen. ›Deine leibliche Mutter war meine Schwester. Ihr Name war Evelyna und sie war Lehrerin, dein Vater Arturo war auch Lehrer. Ich weiß bis heute nicht, was der Grund für ihre Festnahme gewesen ist. Du warst damals keine drei Jahre alt. An dem Tag als deine Eltern verhaftet worden sind, bist du bei mir gewesen.‹ Magali erzählte, dass an dem Nachmittag eine Frau und ein Mann zu ihr kamen, die ihr sagten, sie seien Freunde ihrer Eltern. Die hätten keine Zeit ihre Tochter abzuholen. Unter Tränen gestand ihr Magali, dass sie sich nie verziehen hat ihnen geglaubt zu haben. ›Tagelang hörte ich nichts von deinen Eltern. Ich war bei euch zu Hause, doch da war niemand, auch bei unseren Eltern, deinen Großeltern, nicht. Sie waren wie vom Erdboden verschluckt, ich machte mir große Sorgen. Später kamen nochmal zwei Männer und fragten was ich über die Aktivitäten deiner Eltern wusste. Nichts wusste ich und sie sagten noch ich soll nicht nach ihnen suchen, auch nicht nach dir und es sei besser, wenn ich das Land verlasse. Es war alles so unheimlich. Ich bekam große Angst und kaufte mir von all meinem ersparten Geld ein Flugticket und ging nach Spanien. Eine Zeitlang dachte oder vielmehr hoffte ich noch, deine Eltern hätten mit dir das Land verlassen. Später las ich Berichte über die vielen Verschwundenen und gab die Hoffnung auf, einen von euch je wiederzusehen. Als ich von deinen Großeltern hörte, dass sie sehr krank sind und Hilfe benötigen, kam ich nach all den Jahren zurück nach Buenos Aires und begann nach dir zu suchen. Deine Großeltern möchten dich gern kennenlernen.‹ Lorena erzählte all das damals Maria. Beide Frauen hatten sich auf einem Asado bei Fernando kennengelernt und angefreundet. Maria begleitete Lorena damals zu den Abuelas, den Großmüttern der Plaza de Mayo. Die Organisation verfügt über ein enormes Archiv, in dem verschwundene und deren Familien registriert sind. So ist es bis heute möglich, das Familien nach all den Jahren zueinander finden. Bei den Abuelas erfuhr Lorena vom Tod ihrer leiblichen Eltern. Sie wurden verhaftet, in eines der geheimen Folterzentren gebracht, verhört, gefoltert und ermordet. Angeblich sollten sie Montoneros gewesen sein. Beweise dafür hat es allerdings nicht gegeben. Möglicherweise sind ihre Namen von jemandem, der die Schmerzen der Folter nicht mehr ertragen hat, genannt worden. Die Militärs wollten Namen und wenn sie die hatten brachten sie die Menschen um. Lorena wohnt jetzt mit ihrer Tante Magali bei ihren Großeltern. Sie glaubt ihren Adoptiveltern, dass die nicht gewusst hatten was mit ihren Eltern passiert ist. Nun hat Lorena zwei Familien und nach wie vor liebt sie ihre Adoptiveltern. Jorge erinnert sich noch gut daran, als Maria ihm damals all das erzählte und zu ihm sagte, ›Lorena ist wirklich zu bewundern. Sie hätte sich vor Verbitterung und Traurigkeit aus der Welt zurückziehen können und jeder hätte es verstanden. Doch die sagt: Das ist mein Leben und mein Schicksal. Es macht mich unendlich traurig, meine richtigen Eltern nie wirklich kennengelernt zu haben. Trotzdem nehme ich mein Schicksal an. Sonst würde ich zugrunde gehen vor Kummer. Ich lebe und versuche ein guter Mensch zu sein, für andere da zu sein. Und ich bin sicher, meine Eltern hätten sich genau das gewünscht.‹ Jorge wird aus seinen Gedanken gerissen. »Ich habe mit der Kriminaltechnik telefoniert, die fahren jetzt los.«

»Gut Letizia, wir nehmen meinen Wagen. Haben Sie Christina Rios Castillo erreicht?«

»Ja, sie kommt zum Stall.«

Beide gehen zum Auto und fahren nach Palermo. Die Kollegen der Kriminaltechnik sind schon am Stall und stellen die Utensilien für die Abnahme der Fingerabdrücke und DNA-Proben bereit. Im Hippodromo geht es heute ruhiger zu. Ein paar Pferde stehen auf den Paddocks, andere laufen in der Führanlage im Kreis, einige traben über den Platz. Pfleger schieben Karren mit Futter und Einstreu. Scheinbar normaler Alltag. Mariano kommt ihnen entgegen.

»Hallo Kommissar, wie geht es Ihnen?«

»Danke gut Mariano. Und Ihnen? Ich hoffe, die Pferde sind gut gelaufen gestern?«

»Ach fragen Sie nicht ein Desaster, keines ist auch nur annähernd im Rahmen seiner Möglichkeiten gelaufen. Wie auch nach all dem und dann noch mit einem anderen Jockey.«

»Tut mir leid. Ich würde jetzt gern Facundo befragen. Wo kann ich ihn finden?«

»Augenblick, ich bringe sie zu ihm. Er ist noch immer sehr aufgewühlt.«

»Verstehe, doch ich kann ihm die Befragung leider nicht ersparen.« Beide Männer gehen in den Stall. Facundo verteilt gerade das Futter für die Pferde.

»Facundo, hier ist nochmal der Kommissar und möchte dir Fragen stellen. Kommst du? Keine Sorge ich mache hier weiter.«

»Guten Tag Kommissar.« Unsicher kommt der Pfleger auf Jorge zu.

»Hallo Facundo, wie geht's?« Ohne eine Antwort abzuwarten, wendet er sich an den Trainer. »Mariano, wo können wir hier in Ruhe reden?«

»Kommen Sie mit in die Sattelkammer. Ich passe auf, dass keiner stört.«

Sie betreten den kleinen Raum am vorderen Ende des Stalles. Der Blick aus dem kleinen Fenster geht hinaus auf die Trainingsbahn. Im Raum riecht es nach Pferdeschweiß und Lederöl, an den Wänden hängen Sättel und Zaumzeuge. Sogar ein kleiner Kühlschrank steht hier.

»Für Medikamente«, sagt Mariano und zeigt auf den Kühlschrank. Sie setzen sich an den großen Holztisch in der Mitte. Facundo sieht scheu zu Letizia.

»Das ist meine Assistentin Letizia, du hast sie gestern auch schon gesehen.«

Facundo nickt.

»Sie hört nur mit zu und schreibt etwas auf. Ist das okay für dich?«

Facundo nickt wieder und sieht Jorge an.

»Also Facundo, du hast mir gestern erzählt das alles wie immer war. Wie ist denn immer?«

»Ich stehe viertel vor sieben auf, füttere die Pferde und wenn die fertig sind, bringe ich manche raus zum Paddock. Andere gehen in die Führanlage oder ich mache sie bereit zum Reiten. Wenn Rennen sind dann ist keins zum Reiten. Und dann mache ich die Boxen sauber.«

»Also gestern hast du alles so gemacht bis auf das Vorbereiten zum Reiten.«

»Ja genau.«

»Wie lange dauert das alles?«

»Kann ich nicht so genau sagen, ist jeden Tag anders mit den Pferden, mal mehr zum Reiten, mal weniger. Immer anders. Ich mache was gemacht werden muss. Der Trainer kommt jeden Tag mit dem Plan.«

Jorge spürt, dass Facundo ihm schon mehr vertraut als gestern. »Gut Facundo. Ich frage dich nochmal. Hast du jemanden gesehen oder ist dir irgendetwas aufgefallen was anders war?«

»Nein, nichts war anders als sonst. Habe auch niemanden gesehen.«

»Und zu der Box, in der wir Leandro gefunden haben, bist du auch nicht gegangen?«

»Nein, Herr Kommissar. Was soll ich denn da, wenn kein Pferd drin ist? Hab genug zu tun morgens, da guck ich nicht in eine leere Box.«

Jorge schmunzelt. »Danke, das war alles für heute und wenn dir doch noch was einfällt, hier ist meine Telefonnummer.« Jorge gibt Facundo seine Karte.

»Da kannst du mich immer anrufen. Ach und draußen sind Kollegen von mir, die nehmen dir noch Fingerabdrücke ab und eine Speichelprobe für einen DNA Abgleich.«

»Muss ich das machen? Ich frage den Trainer.«

»Ja, Facundo. Das ist Routine, wir machen das mit jedem der hier arbeitet, auch mit dem Trainer.«

»Mariano kommen Sie bitte mal«, ruft Jorge den Stall herunter.

»Bitte gehen Sie mit Facundo zu meinen Kollegen. Wir benötigen Fingerabdrücke und Speichelproben für einen DNA Abgleich von allen hier auf der Anlage, auch von Ihnen Mariano. Reine Routine. Die Kollegen zeigen Ihnen auch die Anordnung von der Staatsanwaltschaft.«

»Aber wir sind doch nicht verdächtig Kommissar, oder?« Verständnislos schüttelt der Trainer den Kopf.

»Wie ich schon sagte, alles Routine wir müssen alle Spuren gründlich untersuchen. Es wird Unschuldige entlasten.«

Facundo und der Trainer machen sich auf den Weg zu den Kriminaltechnikern.

»Wann wollte Señora Rios Castillo hier sein, Letizia?«

»In etwa einer halben Stunde.«

»Kommen Sie machen wir eine kleine Pause.« Jorge zeigt auf eine Bank am Stall.

»Was meinen Sie Jorge? Finden Sie nicht, dass der Pfleger ziemlich nervös war bei der Befragung? Mir kommt der verdächtig vor.«

Jorge, der die Geschichte des Jungen kennt und sich daraus dessen Verhalten erklärt, erklärt seiner Assistentin. »So einfach ist es leider nicht Letizia. Stellen wir jeden, der unsicher in der Befragung ist, unter Verdacht? Die Menschen befinden sich bei einer Vernehmung in einer Ausnahmesituation. Sie reagieren unterschiedlich darauf. Einer nervös, ein anderer abweisend, wieder andere spielen etwas vor. Aus den Verhaltensweisen seine Schlüsse zu ziehen, ist das Eine, doch Ermitteln bedeutet außerdem, nach dem Motiv für eine Tat zu suchen. Nehmen wird den Pfleger zum Beispiel. Leandro war sein bester, wahrscheinlich auch einziger Freund.« Jorge erzählt Letizia in wenigen Sätzen die Geschichte des Pflegers. »Lassen Sie uns die Ergebnisse der Kriminaltechnik abwarten. Vielleicht bringt uns das weiter.«

In diesem Moment parkt ein schwarzer Geländewagen mit verdunkelten Scheiben neben dem Stall. Señora Christina Rios Castillo steigt aus. Elegant gekleidet wie gestern. Auf der Beifahrerseite steigt ein ebenso elegant gekleideter Herr aus.

»Guten Tag Kommissar Costanini, darf ich Ihnen meinen Mann vorstellen. Alfredo.«

»Angenehm, Jorge Costanini, das ist meine Assistentin Letizia Diaz«, und zu Christina, »Sie kennen sich ja bereits.«

Alfredo gibt beiden zur Begrüßung die Hand.

»Danke das Sie sich die Zeit nehmen Señora Rios Castillo. Ich muss Ihnen ein paar Fragen stellen, lassen Sie uns in die Sattelkammer gehen, dort sind wir ungestört.«

»Wenn wir helfen können, komm Alfredo.«

»Ich würde Sie gern allein befragen Señora.«

»Vor meinem Mann habe ich keine Geheimnisse. Er kommt mit«, bestimmt Christina.

»Gut, bitte nehmen Sie Platz.« Jorge rückt die Hocker so, dass er beiden gegenüber sitzt, an seine Seite setzt sich Letizia mit dem Notizbuch.

»Señora Rios Castillo, wann kamen Sie gestern zum Stall?«

»Das wissen Sie, als wir uns dort getroffen haben und ich meinen Stall nicht betreten durfte.«

»Und vorher waren Sie nicht dort?«

»Nein natürlich nicht. Was soll die Frage? Verdächtigen Sie mich etwa?« Gereizt erhebt sie die Stimme.

»Señora Rios Castillo, wir möchten uns lediglich ein Bild machen, sonst nichts. Wie läuft es normalerweise hier an den Renntagen ab.«

»Also normalerweise bin ich nie im Stall hier in Buenos Aires, auch nicht, wenn Rennen sind. Ich habe dafür meine Mitarbeiter die sich um alles kümmern. Nur gestern, als mich der Sicherheitsdienst angerufen hat das etwas passiert ist und die Polizei da ist, bin ich hergekommen.«

»Verstehe ich das richtig, nicht der Trainer ihrer Pferde hat Sie informiert, sondern der Sicherheitsdienst?«

»Das ist korrekt.«

»Aber wäre es nicht naheliegender, Sie wären vom Trainer informiert worden?«

»Möglicherweise schon, jetzt wo Sie es sagen Kommissar. Aber der Trainer hat an einem Renntag alle Hände voll zu tun. Gestern kam es mir nicht merkwürdig vor, heute schon.«

»Señora Rios Castillo Sie kannten den Jockey Leandro Quispe gut?«

»Nun, er reitet seit zwei Jahren alle meine Pferde. Verzeihung, ritt alle meine Pferde. Ein sehr guter Rennreiter, meine Pferde haben mit ihm viel Geld eingebracht.«

»Wie war ihr Verhältnis.«

47

»Was meinen Sie mit Verhältnis? Er hat für mich gearbeitet.« Christina wirkt plötzlich angespannt.

»Nun ich meine, ob es vielleicht auch eine persönliche Ebene so etwas wie Freundschaft gab? Ich möchte nur herausfinden wie gut Sie ihn kannten, Señora Rios Castillo. Schließlich hat er einen großen Anteil am Erfolg Ihrer Pferde.«

»Grundsätzlich pflege ich keinen privaten Umgang oder gar Freundschaften mit meinen Angestellten. Ich respektiere sie und sie respektieren mich, ich zahle einen fairen Lohn und das ist es. Jeder muss seine Leistung abliefern. Alfredo, sag dem Herrn Kommissar das es so abläuft.«

Alfredo sieht seine Frau an und bestätigt deren Aussage.

»Ja Liebling genau so ist es, kein privater Umgang mit Angestellten.«

»Und außerdem«, fügt sie noch hinzu, »ich habe gute Pferde und einen guten Trainer, reiten kann die jeder und auch mit ihnen gewinnen. War das alles Herr Kommissar? Wir müssen zurück ins Gestüt, dort wartet Arbeit, die sich nicht von allein macht. Unsere Angestellten brauchen meine Anweisungen.« Plötzlich hat sie es eilig.

»Vorerst habe ich keine Fragen ansonsten melde ich mich bei Ihnen Señora Rios Castillo. Danke.«

»Auf Wiedersehen, Alfredo komm.« Beide gehen zum Auto.

»Ach entschuldigen Sie bitte Señora, noch eine Sache bitte. Würden Sie so freundlich sein und ihre Fingerabdrücke und DNA-Proben zur Verfügung stellen. Die Kollegen sind hier.«

»Müssen wir das?«

»Wir nehmen die Proben von allen hier. Auch um mögliche Täter auszuschließen.«

»Also gut. Gehen wir Alfredo.«

Leicht pikiert schiebt Christina Alfredo Richtung Spurensicherung.

Jorge und Letizia folgten den beiden aus dem Stall. Sie sehen, dass die Kollegen bereits zusammenpacken und geben von weitem Zeichen noch zu warten.

»So das war alles für heute, fahren wir. Solange wir die Ergebnisse der Proben nicht haben, bleibt nichts weiter zu tun. Kann ich Sie irgendwo absetzen Letizia?«

»Soll ich nicht mit ins Büro kommen?«

»Vor Montagmittag werden wir keine Laborergebnisse haben. Die Kollegen arbeiten nicht am Wochenende.«

»Also gut. Wäre nett, wenn Sie mich dann auf der Avenida Santa Fe am Botanischen Garten rauslassen könnten.«

Letizia mag noch nicht nach Hause gehen. Sie setzt sich auf eine Bank im Botanischen Garten, ein paar der halbwilden Katzen hier schleichen um sie herum. Letizia ist sich sicher, dass Pia auch heute während ihrer Abwesenheit nicht zurückgekommen ist. Gestern hat sie den ganzen Abend versucht sie zu erreichen. Letizia würde alles darum geben, die Situation noch einmal zu besprechen. Sie will Pia nicht verlieren. Aber wie soll sie ihre Freundin zurückgewinnen? Diese Frage geistert ihr seit gestern im Kopf herum und im Grunde kennt Letizia die Antwort. Die einzige Möglichkeit ist, wenn sie das Praktikum aufgeben würde. Doch ist sie wirklich bereit dazu, fragt sie sich. Natürlich bedeutet ihr die Beziehung viel, sehr viel sogar. Aber alles, ihre zukünftige Karriere. Sie ist sich nicht sicher. Pia ist sich immer sicher. Das bewundert sie auch so an ihr, diese Geradlinigkeit. Die würde nie und nimmer Vorteile akzeptieren. Pia sagt, wenn immer wieder Vorteile gewährt und akzeptiert werden, wie soll sich denn dann eine gerechtere Gesellschaft entwickeln. Wenn alle korrupt sind und bleiben ändert sich hier nie etwas. Um diese Aufrichtigkeit beneidet Letizia sie. Sie selbst hat es immer leicht gehabt. Ihrer Familie gehören große Ländereien, sie züchten Rinder und bauen Soja an. Letizia konnte die beste Schule und eine private Universität besuchen. Sie muss sich keine Sorgen darüber machen, wie sie ihre Miete und das Essen bezahlt. Immer konnte sie sich ganz auf sich und ihr Studium konzentrieren. Bei Pia ist es anders. Pia verließ schon früh das elterliche zu Hause, sie wollte auf eigenen Beinen stehen und begann früh zu jobben, ihr Abitur machte sie in der Abendschule. Auch während ihres Studiums muss sie arbeiten, um ihr kleines WG Zimmer zu bezahlen. Letizia denkt daran, wie sie sich kennenlernten. Auf einer Party der sozialwissenschaftlichen Fakultät. Letizia wurde von ein paar Freunden überredet mitzukommen. Dort gab es einen Infostand über ein Projekt, dass Nachhilfeunterricht für Kinder aus Armenvierteln organisiert und Mitstreiter sucht. Hier sah sie Pia zum ersten Mal. Ihr fiel die junge Frau mit den wilden, dunklen Locken und dem Piercing sofort auf. Die offene, interessierte, sympathische Art von Pia auf andere zuzugehen, fand Letizia anziehend und so kamen beide ins Gespräch. Pia erzählte von dem Projekt.

Später holten sich beide ein Bier und plauderten über die Uni, das Leben, die Welt. Pia fragte Letizia, ob sie zwei Tage später mit ihr in eines der Armenviertel fahren möchte, um Nachhilfeunterricht zu geben. Sie verabredeten sich und tauschten ihre Nummern aus. Von da an war Letizia klar, dass sie sich in Pia verliebt hatte. Die zwei Tage kamen ihr wie eine Ewigkeit vor. Sie war so aufgeregt Pia wiederzusehen und wartete viel zu früh am Treffpunkt. Pia und noch drei andere Helfer holten sie ab. Der Minibus der Organisation hielt am Rande der Villa. Die jungen Leute zogen sich die Shirts mit dem Logo der Hilfsorganisation an und stiegen aus. Letizia war noch nie zuvor in einer der Villas Miserias und hatte keine Ahnung was sie erwartet. In der Welt, in der Letiza aufgewachsen ist, gelten diese Orte als Lebensgefährlich und die Menschen, die hier leben, werden als Verbrecher betrachtet. Sie erinnert sich, wie unsicher sie sich fühlte und alles um sich herum betrachtete. Sie sah in die schmalen Gassen, die in die Villa hineinführen. Die Häuser sind zusammengezimmert aus Zement, Ziegelsteinen und Wellblech, Wassertanks sind auf fast allen Dächern und Stromkabel hängen wild durcheinander. Teilweise trennt nicht einmal ein Meter die gegenüberliegenden Häuser voneinander. Neben überquellenden Müllcontainern türmen sich Berge von Abfall, in denen die Ärmsten der Armen noch nach essbarem oder verwertbarem suchen. Wasser läuft in Rinnsalen die Gassen herunter. Einige der Häuser sind bunt angestrichen, doch die meisten wirken irgendwie unfertig. Am Rande der Villa gibt es kleine

Lebensmittelläden, Kioske, Cyber-Cafés und einen Markt auf dem Essen oder Kleidung verkauft wird. Aus einst provisorischen Bauten hat sich im Laufe der Jahre eine Stadt in der Stadt entwickelt. Letiza beobachtete das ständige Kommen und Gehen. Die Menschen verloren sich in den schmalen Gassen, die in das Viertel hinein führen. Jugendliche saßen in Gruppen vor den Häusern, andere spielten Fußball mit einem Ball, dem die Luft fehlt. Cumbiamusik dröhnte aus den Bars. Pia bemerkte Letizias Unsicherheit. Sie erzählte ihr, dass die meisten Leute, die hier leben, versuchen irgendwie über die Runden zu kommen. Sie halten sich mit schlecht bezahlten Jobs über Wasser, ihr Verdienst lässt kein anderes Leben zu. Die jungen Helfer mussten eine Weile warten. Von hier aus geht es nur zu Fuß weiter. Pia erklärt, dass sie nicht allein hineingehen dürfen, obwohl sie den Weg kennen. Das hier ist eine eigene Welt. Hier gelten andere Regeln. Wer nicht hier wohnt und mit niemandem unterwegs ist der hier wohnt kann schnell in Schwierigkeiten kommen. Das Leben hier wird von Drogenbanden bestimmt und die entscheiden auch wer hineinkommt und wer nicht. Letizia hörte Pia zu und wich ihr nicht von der Seite. Nach kurzer Zeit kam jemand, der die vier Helfer herzlich begrüßte und sich Letizia als Javier vorstellte. Er lebt hier, arbeitet als Sozialarbeiter in der Villa und ist ein alter Freund von Pia. Beide hatten die Idee mit dem Nachhilfeunterricht. Er ging voran in eine der engen Gassen. Nach etwa zehnminütigem Zickzack tut sich völlig unerwartet ein kleiner Platz auf. Hier befindet sich das Gemeinschaftsgebäude mit einer kostenlosen

Essensausgabe. In dem kleinen Gebäude können sie einen Raum für den Unterricht nutzen. Als sie ankamen, warten schon ein dutzend Mädchen und Jungen auf sie. Pia erzählte Letizia das viele der Kinder niemals die Nachhilfe versäumen, obwohl sie bereits gut in der Schule sind. Ihnen macht das Lernen Spaß und sie kommen so aus ihren beengten vier Wänden heraus. Pia schnappte sich die Kinder, die beim letzten Mal darum gebeten hatten, ein paar Matheaufgaben noch mal erklärt zu bekommen. Sie wusste, dass Letizia sehr gut Englisch spricht und erinnerte sich daran, dass zwei der Mädchen Schwierigkeiten mit der Sprache hatten. So gab Letizia ihre erste Nachhilfestunde in Englisch. Es machte ihr Spaß, die Zeit verflog und sie mussten sich auf den Heimweg machen, um noch vor Einbruch der Dunkelheit aus der Villa herausgebracht zu werden. Letizia ging von da an regelmäßig mit und die Kinder wuchsen ihr ans Herz. So entwickelte sich mit der Zeit auch die Beziehung zu Pia. Sie sahen sich immer öfter. Irgendwann bot Letizia Pia an bei ihr einzuziehen, weil ihre WG aufgelöst wurde. Es war unmöglich, eine bezahlbare Bleibe in der Stadt zu finden. Pia willigte ein, bestand allerdings darauf, ihren Teil der Miete zu zahlen. Wenn Letizia an all das zurückdenkt, kommen ihr wieder die Tränen. In ihren Gedanken versunken merkt sie nicht, dass der Botanische Garten gleich schließt. Der Wachmann bittet sie, den Park zu verlassen. Langsam macht sie sich auf den Weg zu ihrer Wohnung.

Auf dem Weg nach Hause klingelt Jorge bei Orfilio. Der scheint nicht dazu sein. Vielleicht ist er spazieren, denkt er sich und nimmt sich vor, ihn später anzurufen. Zu Hause findet er keine Ruhe, in seinen Gedanken kreisen ständig Fragen, auf die er Antworten sucht. Was wollte der Jockey so früh morgens am Stall? Wurde er dorthin bestellt und wenn ja von wem und warum? Wo wurde er erschlagen? Was kann das Motiv gewesen sein? Eifersucht? Wettbetrug? Hat sich der Jockey in etwas verstrickt? Doping? Wurde er erpresst? Wer profitiert von dem Tod des Jockeys? Es wurde kein Mobiltelefon beim Toten gefunden. Hatte er keins oder hat der Täter es mitgenommen? Und Facundo, der Pfleger? Weiß er wirklich nichts? Er war sein Freund und er hat Leandro den Job zu verdanken. Was ist mit dem Trainer? Warum hat nicht er die Gestütsbesitzerin informiert? Und welche Rolle spielt Christina Rios Castillo? Jorge ist nicht entgangen wie angespannt sie plötzlich wirkte, als er die Frage zum Verhältnis zu ihren Mitarbeitern stellte. Zufällig oder hatte er in ein Wespennest gestochen? Doch warum sollte sie denjenigen töten, der ihr zu ihren Erfolgen verholfen hat?

Jorge nimmt sich vor, morgen noch einmal zum Stall zu fahren.

Facundo ist spät dran. Die vielen Fragen und die fremden Menschen, das war zuviel für ihn heute. Alles was den normalen Tag unterbricht, verunsichert Facundo. Er braucht geregelte Abläufe. Insgesamt zwanzig Pferde hat er zu versorgen. Das Bewegen der Pferde, das

Vorbereiten zum Reiten, das Füttern und Säubern der Boxen, für all das braucht er Zeit. Er konnte noch nicht richtig darüber nachdenken, was seit gestern passiert ist. Er kann nicht begreifen, dass Leandro tot ist und muss weinen. Immer wieder fragt sich Facundo, warum Leandro morgens im Stall war. Was wollte er so früh hier? Der sollte doch nicht da sein. Wie konnte das alles passieren? Er ist verzweifelt. Leandro war sein Freund, der einzige Mensch der je etwas für ihn getan hat. Er hatte alles über Pferde von Leandro gelernt. Wen soll er denn jetzt fragen? Die letzten Pferde haben das Training beendet. Facundo nimmt dem Reiter das Pferd ab. Er löst den Sattelgurt, hängt den Sattel über eine Bank und geht zum Waschplatz, um das Pferd abzukühlen. Danach will er es noch aufs Paddock stellen. Facundo liebt seine Arbeit mit den Pferden. Den Tieren ist es egal wer er ist, woher er kommt und wie sein Leben war. Sie geben ihm unvoreingenommene Zuneigung, etwas was er nie zuvor in seinem Leben erfahren hatte. Er könnte heute nicht mehr ohne Pferde leben und der einzige Freund, den er hatte, ist nun tot. Facundo erinnert sich noch genau an den Tag, als Leandro ihn zu den Pferden gebracht hatte. Es war ein regnerischer Spätherbsttag. Am Morgen war er mit seiner Clique unterwegs. Sie schliefen seit Jahren unter einer Brücke der Autobahn. Er und seine Freunde hatten sich dort mit Brettern, Matratzen und Kartons ein provisorisches zu Hause geschaffen. Die Jungs hielten fest zusammen, allein überlebt keiner die Straße. Jeder von ihnen war seit frühster Kindheit mit Gewalt konfrontiert. Sie waren sich selbst überlassen, niemand hat sich für sie interessiert. Sie brauchten einander, sie waren jetzt eine Familie. Jeden Morgen zogen sie los, um Geld aufzutreiben. Sie versuchten durch das Waschen von Autoscheiben an den Ampeln oder durch Kunststücke ein paar Pesos zu verdienen. Facundo war ziemlich geschickt beim Jonglieren. Manchmal saßen Sie in der Fußgängerzone der Calle Florida, an anderen Tagen auf der Plaza Congreso oder der Avenida Corrientes um zu betteln, bis sie weggejagt wurden. Essen bekamen sie von einigen Restaurants. Die Angestellten hatten fast immer ein Herz und gaben ihnen, was übriggeblieben war. Mit dem verdienten Geld kauften sich die Jungs billigen Wein und Paco. Alle von ihnen sind irgendwann dieser Billigdroge verfallen. So lässt sich für sie das Leben auf der Straße ertragen. Am Tag als er Leandro kennenlernte, waren die Jungs wie immer zusammen unterwegs. Sie wollten auf die Avenida Santa Fe, am Bahnhof Palermo Autoscheiben waschen und etwas Geld erbetteln. Immer wechselten sie sich ab. Mal wuschen die einen die Autofenster und die anderen bettelten auf die Straße. Facundo wusch an dem Tag Autoscheiben. Es lief gut. Sie bekamen nach ein paar Stunden soviel Geld zusammen, dass sie sich schon am frühen Nachmittag das nötige Geld für ihre Ration Paco zusammenhatten. Sie besorgen sich den Stoff in der Nähe. Es blieb noch Geld übrig, die Jungs holten sich billigen Wein und zogen in die Parks von Palermo. Sie rauchten und tranken, schliefen ein und rauchten und tranken wieder. Facundo wachte irgendwann auf und war allein. Scheinbar waren seine Freunde unterwegs um Nachschub zu besorgen. Ihm war schlecht. Er fühlte sich verfolgt, sein ganzer Körper krampfte sich zusammen. Plötzlich sprang er auf und rannte los, immer schneller, immer weiter. Er wusste nicht, wo er war. Er schrie und rannte um seine imaginären Verfolger loszuwerden. Er weiß nicht wie lange. Facundo erinnert sich nur noch dunkel, wie plötzlich zwei Polizisten vor ihm standen und ihn aufhalten wollten. Er rannte weiter bis er plötzlich fiel und die Polizisten ihn einholen konnten. In dem Moment muss wohl Leandro vorbeigekommen sein und gesehen haben, dass die beiden ihn versuchten in ihr Auto zu zerren. Leandro erzählte ihm später, dass er den Polizisten erklärte, er sei sein Bruder und er hätte ihn schon überall gesucht. Die beiden Polizisten waren offenbar froh darüber, dass sie ihn los waren und überließen ihn Leandro. Perplex von allem was passiert war und inzwischen irgendwie apathisch, trottete Facundo hinter Leandro her. So begann Facundos neues Leben mit den Pferden. Nachdem nun auch das letzte der Pferde versorgt ist, geht Facundo in die Sattelkammer. Er öffnet den Kühlschrank und holt ein Stück Pizza heraus. Ohne Appetit beißt er ein Stück ab, er denkt an Leandro und bricht in Tränen aus. Dann nimmt er seinen Schlafsack, legt sich in die Box zu *Dulche de Leche*. Hier fühlt er sich sicher und schläft sofort ein.

Für Mariano Lopez gibt es am Tag nach dem Rennen nicht viel zu tun. Die Pferde bekommen eine Pause. Er macht sich Sorgen. In der nächsten Woche sollen neue Pferde zu ihm ins Training kommen und er muss sehen, wie er nun alles ohne Leandro organisiert. Die Rennen gestern waren ein Desaster. Besonders die hoffnungsvolle junge Stute *Dulce de Leche* ist komplett unter ihren Möglichkeiten geblieben und hat nicht einmal ein kleines Preisgeld erlaufen. Als letzte, weit hinter dem Feld kam sie ins Ziel. Mariano wundert das nicht. Musste doch schnell ein anderer Jockey für die Rennen gefunden werden und dieses Pferd ist extrem sensibel. Leandro hatte gerade für solche Pferde ein besonderes Händchen. Eduardo, der gestern die Rennen ritt, ist zwar ein guter Jockey, doch er hatte nie zuvor dieses Pferd geritten. Wenn es nach Mariano gegangen wäre, wären die Pferde ohnehin nicht an den Start gegangen. Mariano verlässt den Stall früher als üblich. Es muss irgendwie weitergehen. Nun heißt es abwarten, für wen sich Christina als zukünftigen Jockey entscheidet. Ein ums andere Mal fragt er sich, warum das alles passiert ist. Und außerdem haben sich die Mexikaner noch nicht wieder bei ihm gemeldet. Was hat das zu bedeuten? Die wollten gestern anrufen. Mariano wohnt nicht weit vom Stall entfernt und geht das Stück zu Fuß. Auf dem Weg denkt er daran zurück, wie Leandro damals zu ihm in den Stall kam. Leandro war gerade mal fünfzehn Jahre. Ein ruhiger, bescheidener in sich gekehrter Junge. Mariano muss schmunzeln, als er sich daran erinnert, wie Leandro ihm von seiner Ankunft in Buenos Aires erzählt hat. Leandro stammt aus der Provinz Corrientes. Er ist auf der Farm aufgewachsen, auf der sein Vater angestellt ist und der Älteste von sieben Kindern. Mit acht Jahren begann Leandro, seinem Vater bei den Arbeiten mit den Pferden zu helfen. In die Schule ist er irgendwann nicht mehr gegangen. Er hatte gerade mal lesen und schreiben gelernt. Leandro verbrachte seine Zeit lieber mit den Pferden. Dem Vater war es recht jemanden zu haben, der ihm bei der Arbeit half. Der Junge schien ein natürliches Talent für den Umgang mit den Tieren zu haben und selbst ängstliche, sensible Pferde vertrautem ihm nach kurzer Zeit. Am liebsten hätte Leandro wie sein Vater auf der Farm gearbeitet, doch der Besitzer wollte niemanden mehr einstellen. Das Geld in seiner Familie wurde immer knapper. Seine Geschwister wurden älter, die Lebensmittelpreise stiegen an und viel verdiente der Vater nicht. Leandro solle sich einen Job suchen, um die Familie zu unterstützen, sagte sein Vater ein halbes Jahr vor seinem fünfzehnten Geburtstag. Leandro konnte sich nicht vorstellen etwas anderes zu machen, als mit Pferden zu arbeiten. Zufällig erfuhr Leandro vom Hufschmied, dass in Buenos Aires Pferdepfleger im Hippodromo in Palermo gesucht werden. Das war genau das, was er machen wollte, auch wenn es schwer für ihn war, seine Familie zu verlassen. Um sich das Geld für das Busticket nach Buenos Aires zu verdienen, begann Leandro in einem Restaurant in der Nähe zu arbeiten. Sobald er das Geld zusammen hatte, nahm er den nächsten Bus in die Hauptstadt. Schon auf dem riesigen Busbahnhof in Buenos Aires fühlte sich Leandro verloren. Die Millionenstadt machte ihm Angst. Er dachte an seine Eltern und vermisste seine Familie und sein Dorf. In der Stadt in die er mit seinem Vater fuhr, um Einkäufe zu machen, gibt es nur eine Geschäftsstraße und einen kleinen Platz mit dem Rathaus und der Kirche. Hier dröhnte ihm nach wenigen Minuten der Kopf von dem ganzen Lärm. Die Autos, die aus allen Richtungen kommen, die vielen Menschen und alle haben es eilig. Wildes hupen der Busse um ihn herum schreckt ihn auf. Leandro holte seinen Zettel mit der Wegbeschreibung heraus und lief los zum Hippodromo. Vom Busterminal ging er an einem riesigen Armenviertel vorbei und dann entlang der Bahnhöfe in Retiro bis zu einer breiten Straße, der Avenida Libertador. Dort bog er rechts ab. Es war weit zum Hippodromo in Palermo, doch Leandro wollte sein Geld sparen und keinen Bus nehmen. Endlich kam er zur Calle Olleros, wo der Eingang zum Pferdestall ist. Erleichtert atmete er den bekannten Geruch der Pferde ein. Er sollte nach Mariano Lopez fragen. Der war bereits im Bilde, der Schmied hatte ihn angerufen und Leandro wärmstens empfohlen. So begann der Junge aus Corrientes noch am selben Tag mit der Arbeit im Stall. Mariano war schon nach kurzer Zeit überzeugt, jemand ganz besonderen eingestellt zu haben. Er sah wie ruhig und geduldig Leandro gerade mit schwierigen Pferden arbeitete. Mariano erkannte sein Talent und schlug ihm vor, die Jockey Lizenz zu erwerben. Er konnte auch Christina von Leandros Talent überzeugen. So bekam er seine ersten Rennen zu reiten. Sie gaben ihm Zeit, Erfahrungen zu sammeln und mit jedem Rennen wurde er besser. Er besaß einen natürlichen Instinkt dafür, wann welches Pferd seine beste Leistung zeigen kann. Leandro teile sich die Rennen klug ein, um im entscheidenden Moment die Reserven aus den Pferden herauszuholen. Mit der Zeit hatte sich zwischen dem Trainer und dem Jockey eine Art väterlicher Freund Sohn Beziehung entwickelt und Mariano lud Leandro oft zu sich nach Hause ein. Auch seine Tochter Susana, die Tiermedizin in Cordoba studiert und nur noch selten bei ihm zu Hause ist, mochte Leandro gleich. Sie war es auch, die ihren Vater dazu überredete Leandro vorzuschlagen, bei ihm einzuziehen; so sei er nicht so allein. Susana gegenüber war Leandro unsicher, nahezu schüchtern. Nie zuvor hatte er eine so gebildete Frau kennengelernt. Ganz anders als die Mädchen, die er aus seinem Dorf kannte. Mit der Zeit taute Leandro auf. Mariano und Susana mochten die Geschichten, die er von seinem Leben in Corrientes erzählte. Mariano schließt seine Tür auf. Plötzlich erinnert er sich daran, dass Leandro ihn wegen einer wichtigen Sache sprechen wollte. Das ist ein paar Tage her und er hatte keine Zeit für ihn. Was mag das wohl gewesen sein, was er ihm sagen wollte?

Christina und Alfredo reden wie immer nicht viel auf der Fahrt zum Gestüt. Sie hatten sich nie viel zu sagen außer ganz am Anfang ihrer Beziehung. Seit langer Zeit besteht ihre Ehe nur auf dem Papier, jeder geht seine eigenen Wege. Natürlich ist Alfredo aufgefallen, dass Christina für einen kurzen Moment nervös wurde, als der Kommissar nach dem persönlichen Verhältnis zu Leandro Quispe gefragt hat. Er weiß, dass Christina den jungen Jockey besonders mochte und das nicht nur, weil er ihr zu viel Geld verholfen hatte. Doch wie immer hat sie sich schnell gefangen und abgeklärt und selbstsicher reagiert. So ist sie. Christina hatte das Gestüt von ihrem

Vater übernommen. Er war ein erfolgreicher Züchter allerdings, ein strenger, unnachgiebiger Vater der das Gestüt streng, nahezu diktatorisch führte und die Angestellten wie Leibeigene behandelte. Auch seine Frau und seine Tochter kommandierte er herum. Christinas Mutter ließ sich kaum noch sehen, sie litt unter ihrem despotischen Ehemann und zog es vor, in der Stadtwohnung in Buenos Aires zu leben. Christina fehlte ihre Mutter sehr. Sie liebte sie, gleichzeitig fühlte sie sich von ihr im Stich gelassen. Niemals machte ihr Vater ein Geheimnis daraus, dass er statt Christina lieber einen Sohn gehabt hätte, der das Gestüt übernehmen kann. Damals auf der großen Feier zu Christinas fünfzehntem Geburtstag, verkündete ihr Vater, seine Tochter ist ja nun eine Frau und steht für den meistbietenden als Ehefrau zur Wahl. Schließlich bringt sie ja ein erfolgreiches Gestüt mit. Christina war zutiefst verletzt, lächelte jedoch brav wie sie es gelernt hatte. Dem Vater widersprach niemand. Ihre Verletzung schlug in Wut um und sie nahm sich vor, von nun an alles über Pferdezucht und Rennpferde zu lernen, um später selbst das Gestüt zu leiten. Auf keinen Fall werde sie einen von diesen langweiligen, verwöhnten, dummen Söhnchen heiraten. Von diesem Tag an verbrachte sie ihre gesamte freie Zeit in den Pferdeställen. Sie half überall mit und eignet sich das Wissen von den Angestellten im Gestüt an. Sie lernte alles über Zuchtlinien, erfolgreiche Pedigrees, über Exterieur und Interieur von Pferden, die Aufzucht und Fütterung bis hin zum Training von Rennpferden. Und es machte ihr Spaß und das um so mehr, weil sie dies hinter dem Rücken ihres Vaters tat. Sie sah nun die ganze

Pferdezucht nicht mehr als etwas Geheimnisvolles an, wie ihr Vater immer behauptet. In dieser Zeit freundet sie sich mit dem gleichaltrigen Sohn des Stallmeisters an. Aus der Freundschaft wurde irgendwann ihre erste Liebe, die natürlich geheimgehalten werden musste. Sie verbrachte mit Manuel die wohl schönste Zeit ihres Lebens, drei Jahre lang malten sich beide ihre gemeinsame Zukunft aus. Nach ihrem achtzehnten Geburtstag eröffnet sie ihrem Vater, dass sie Manuel heiraten wird. Ihr Vater tat etwas, was beide in ihrer jugendlichen Naivität nicht voraussehen konnten. Er jagte Manuel und seine ganze Familie vom Gestüt. Er gab ihnen Geld für einen Neuanfang, denn er wusste nur zu gut, dass der Großteil seiner Erfolge der guten Arbeit von Manuels Vater zu verdanken war. Es fiel ihm nicht leicht, ihn gehen zu lassen. Doch er konnte nicht zulassen, dass seine Tochter und der einfache Stallarbeiter ein Paar sind. Er verbot Manuel jede Kontaktaufnahme mit Christina. Er drohte ihn umzubringen und seine Familie zu ruinieren, wenn er ihn noch einmal in der Nähe seiner Tochter sehen würde. Christina, wie vom Blitz getroffen, verließ kurze Zeit später das Gestüt. Sie konnte es dort nicht mehr ertragen ohne Manuel. Sie zog zu ihrer Mutter nach Buenos Aires und begann zu studieren. Nie wieder hat sie etwas von Manuel gehört. Sie glaubte, dass er ihre Liebe verraten hat und war tief verletzt. Christina wäre mit ihm gegangen, wenn er sie gefragt hätte. Von den Drohungen ihres Vaters hatte sie keine Ahnung. Erst viele Jahre später erfuhr sie von ihrer Mutter, dass Manuel keine Wahl blieb. In ihrem letzten Jahr an der Uni hatte sie dann Alfredo kennengelernt, er studierte Landwirtschaft. Seine Familie hat ein großes Weingut in der Provinz Mendoza und andere Ländereien. Beide fühlten sich zwar zueinander hingezogen, doch Liebe war es nie zwischen ihnen, eher Pragmatismus. Auch Alfredo litt unter einem strengen Vater und so kam Christina die Idee, Alfredo ein Geschäft vorzuschlagen. Sie würden zwar heiraten und trotzdem soll jeder sein eigenes Leben führen. So kann sie das Gestüt von ihrem alten und mittlerweile doch sehr gebrechlichen und dementen Vater endlich übernehmen und sich ihrer geliebten Pferdezucht widmen und Alfredo könnte das Weingut leiten. Genau das taten sie.

Schon am Morgen ist die Hitze unerträglich, keine einzige Wolke ist am Himmel zu sehen. Jorge hat miserabel geschlafen. Völlig durchgeschwitzt und wie gerädert steht er auf und geht unter die Dusche. Das Wasser kommt nur tröpfchenweise aus dem Hahn. Nicht schon wieder die Pumpe denkt er sich und macht sich einen Kaffee und Tostados mit Butter und Marmelade. Am liebsten würde er heute einen seiner geliebten Spaziergänge durch die menschenleeren Straßen machen. Sonntags ist Buenos Aires eine andere Stadt. Nicht so überfüllt wie an den Wochentagen, an denen mehrere Millionen Menschen aus der Peripherie zur Arbeit ins Zentrum der Stadt strömen. Obwohl Jorge in Buenos Aires geboren wurde und hier aufgewachsen ist, hat seine Faszination für seine Stadt nie nachgelassen. Die Prachtstraßen mit ihren Wohnhäusern und Palästen nach französischem und italienischem Vorbild, die Ende des neunzehnten Jahrhunderts gebaut wurden, beeindrucken ihn immer wieder aufs Neue. Gebäude deren Fassaden mit Ornamenten und Figuren verziert sind prägen ganze Straßenzüge.Herrschaftliche Hauseingänge mit Skulpturen aus Marmor, die wie ein Empfangskomitee erscheinen, verweisen auf eine prosperierende Wirtschaft in der Vergangenheit. Hier haben europäische Architekten Meisterwerke geschaffen. Jeder, der hier baute, brachte seinen eigenen Stil mit. Jedes Haus, jede Straße erzählt Jorge eine Geschichte von Einwanderung, Reichtum und Armut, Gewinn und Verlust. Immer wieder fühlt er sich bei seinen Spaziergängen wie auf einer Reise durch die Epochen der Geschichte. Er sieht die Menschen vor sich, die voller Hoffnung auf ein besseres Leben an den Rio de la Plata, den Silberfluss kamen, um aus der Armut und der Enge der alten Welt auszubrechen. Die Geschichte fast aller Argentinier beginnt in Europa. Die Peruaner stammen von den Inkas, die Mexikaner von den Azteken und die Argentinier kommen von den Schiffen, wird in Lateinamerika über die argentinische Bevölkerung gesagt. Jorges Großvater väterlicherseits kam einst aus dem Süden Italiens, die Familie seiner Mutter aus Spanien. Buenos Aires ist noch immer ein Schmelztiegel der Kulturen. Bis heute sind viele der eingewanderten Familien noch eng mit den Traditionen ihrer europäischen Vorfahren verbunden, obwohl sie Europa nie betreten haben. Jorge weiß, dass viele seiner Landsleute noch immer ein Problem mit ihrer Identität haben. Hier in Lateinamerika sind sie die

Europäer und in Europa sind sie die Lateinamerikaner. Für ihn ist das einer der Gründe, warum es in Buenos Aires, nach New York, die zweithöchste Dichte an Psychoanalytikern gibt. Seine sonntäglichen Spaziergänge durch die menschenleeren Straßen von Buenos Aires ist Jorges Zeit zum Durchatmen, seine Zeit zum Nachdenken. So manches Mal geht Jorge anschließend in seine Lieblingspizzeria auf ein oder zwei Portionen Pizza Mozzarella, immer am Stehtisch. Er liebt dieses Ritual. Und nie kann er an den zahlreichen Buchhandlungen auf der Avenida Corrientes vorbeigehen, ohne mindestens eine von ihnen betreten zu haben. In einer dieser Buchhandlungen hat er damals auch Orfilio kennengelernt. Er erinnert sich an die Situation als beide im selben Moment nach dem letzten Exemplar eines Buches griffen. Beide lachten und kamen ins Gespräch. Zufällig stellte sich heraus, dass sie in der gleichen Straße wohnen. Das Buch haben sie sich dann geteilt, mal steht es bei ihm mal bei Orfilio.

Jorge sieht auf die Uhr. Es ist noch zu früh um bei Orfilio anzurufen, also macht er sich auf den Weg zum Hippodromo. Am Eingang zeigt Jorge dem Mitarbeiter des Sicherheitsdienstes seinen Ausweis und fragt ihn, ob er Dienst hatte als der Mord passiert ist.

»Nein Herr Kommissar, das war mein Kollege, der kommt in zwei Stunden zum Dienst«

Jorge geht zum Stall, in dem der Tote gefunden wurde. Facundo macht gerade eine Box sauber, als er den Kommissar kommen sieht. Er sieht ihn erschrocken an.

»Guten Morgen Facundo. Keine Angst ich stelle dir heute keine Fragen, ich will mich nur ein wenig umsehen hier«, ruft Jorge dem Pfleger zu.

Facundo nickt und widmet sich wieder seiner Arbeit. Jorge geht zu der Box, in der der Tote gefunden wurde. Gegenüber der Box ist eine kleine Tür, die nach draußen hinter den Stall führt. Er öffnet die Tür und tritt hinaus. Komisch, denkt er, als wir den Toten gefunden haben, war die Tür verschlossen. Draußen liegen Strohballen aufgestapelt und Schubkarren stehen herum, daneben ein Stapel mit Holz und Gerümpel. Jorge sieht sich weiter um und bemerkt an der weißen Stallwand rötlich braune Flecken. Das könnten Blutspritzer sein, denkt Jorge. Er hat wie immer Laborhandschuhe und ein paar der kleinen Plastiktüten bei sich und kratzt vorsichtig etwas von den Spuren von der Wand. Das sollte den Kollegen von Labor reichen, um es zu analysieren. Jorge sieht zwei Pfleger zusammenstehen und geht zu ihnen rüber. »Hola, guten Morgen, ich bin Kommissar Jorge Costanini, ich ermittle in den Mordfall an Leandro Quispe. Darf ich ihnen kurz ein paar Fragen stellen?«

Beide unterbrechen ihr Gespräch und sehen ihn erstaunt an. »Wenn es nicht zu lange dauert, wir müssen gleich weitermachen.«

»Geht ganz schnell. Waren Sie vorgestern hier, der Tag an dem der Tote gefunden wurde?«

»Ich nicht, ich hatte frei«, sagt der größere, »aber Nico der hatte Dienst.« Er sieht seinen Kollegen an.

»Stimmt, ich kam so gegen acht Uhr in den Stall. Ich sollte ein paar Pferde im Training reiten, die morgens mit dem Transporter ankamen. Da waren Sie und Ihre Kollegen schon da.«

»Das heißt, Ihnen ist auch nichts Ungewöhnliches aufgefallen.«

»Na schon. Die Aufregung hier und das Sie und Ihre Kollegen da waren, war schon ungewöhnlich, aber sonst. Als ich ankam, wusste ich nicht was los war, die anderen haben es mir später erzählt.«

»Und Sie?«, wendet sich Jorge noch einmal an den anderen Pfleger, »haben Sie in der Nacht etwas gesehen oder gehört?«

Der Pfleger sieht in entgeistert an.

»Nein, wie denn auch. Ich war zu Hause bei meiner Familie, die können Sie fragen. Ich wohne nicht hier im Stall, Herr Kommissar. Wenn das alles war, wir müssen wieder an die Arbeit.« Die beiden Pfleger lassen ihn, ohne eine Antwort abzuwarten stehen.

Jorge sieht ihnen hinterher. Es ist bereits nach zehn, er will mit dem Mitarbeiter von der Sicherheitsfirma sprechen und macht sich auf den Weg zum Eingang.

Der junge Mann schien ihn zu erwarten und kommt ihm entgegen. »Guten Morgen Kommissar, sie wollten mich sprechen.«

»Guten Morgen, ja ich würde Ihnen gern ein paar Fragen stellen. Nett, dass Ihr Kollege Sie bereits informiert hat. Wie ist Ihr Name?«

» Ricardo Vargas, Kommissar, ich hatte vorgestern Dienst als das alles passiert ist und ich kann mir nicht erklären, warum ich nichts gesehen oder gehört habe. Ich bin immer aufmerksam, mach das hier schon viele Jahre, nie ist etwas passiert und nun das. Nie ist jemand ungesehen hereingekommen. Ganz bestimmt nicht. Herr Kommissar, glauben sie mir, es ist mir ein Rätsel. Das hab ich auch Ihren Kollegen gesagt«, beeilt sich der Wachmann zu erklären.

Jorge ist sich sicher, dass Vargas Schwierigkeiten von allen Seiten bekommen hatte und nun um seinen Job bangt. »Also, Sie haben die ganze Schicht an der Pforte aufgepasst, haben nie den Posten verlassen? Auch nicht um zur Toilette zu gehen?«

»Nein, nie das ist streng verboten. Wir können nur zur Toilette, wenn ein Streifenwagen hier ist. Der kommt etwa ein Mal pro Stunde vorbei und bleibt dann kurz hier. Die Polizisten passen dann auf.«

»Ricardo, bei einem langen Nachtdienst, werden Sie da nicht auch mal müde? Ein kurzes Einnicken?«

»Ich nicht Kommissar, noch nie bin ich im Dienst eingeschlafen. Außerdem kommen manchmal auch die Pfleger, die hier wohnen, auf einen Mate vorbei.«

»Und eine andere Möglichkeit unbemerkt in die Ställe zu kommen gibt es nicht?«

»Doch Herr Kommissar, zahlreiche. Sehen Sie sich um. Das riesige Areal hier und nur ein Wachmann an der Tür zu den Ställen. Da kann jeder über den Zaun.«

»Und die Überwachungskameras?«

»Ach Herr Kommissar, die funktionieren schon lange nicht mehr. Die hängen dort nur zum Schein. Keiner kümmert sich und repariert die. Und selbst wenn, wer soll sich das alles ansehen? Einer allein an der Tür wohl kaum.«

»Noch etwas Ricardo. Leandro Quispe, haben Sie den kommen sehen?«

»Nein Señor. Das wundert mich ja auch. Ich frage mich die ganze Zeit, warum ich ihn nicht gesehen habe. Ich kann es nur so erklären, dass er gekommen ist, als der Streifenwagen hier war. So zwischen drei und vier Uhr morgens.«

»Gut ich lasse das überprüfen. Ich danke Ihnen Ricardo.« Jorge kann es nicht fassen. Hier kann scheinbar jeder, der mit geringen sportlichen Talent ausgestattet ist, unbemerkt über den Zaun klettern. Ein Ort an dem Pferde gehalten werden, deren Wert weit über den eines Einfamilienhauses hinausgeht, ist so lasch bewacht. Offenbar glauben die Pferdebesitzer, dass die Kameras zur Überwachung intakt sind und sie sich der Sicherheit ihrer Pferde gewiss sein können. Sonst hätten die doch längst etwas unternommen. Jorge stellt sich vor, was Christina Rios Castillo für einen Aufstand machen würde. Er geht ein Stück an dem Zaun entlang und schon nach wenigen Metern ist ihm klar, dass es kein Problem ist, hier unerkannt rein und raus zu kommen. Vorausgesetzt jemand weiß, dass die Kameras nicht funktionieren. Was für eine Aufgabe für die Spurensicherung denkt er sich beim Betrachten der Länge des Zauns. Er geht noch einmal zu Vargas.

»Wer ist denn für die Instandhaltung der Kameras verantwortlich, wissen Sie das?«, fragt er ihn.

»Das ist die Aufgabe der Sicherheitsfirma, für die ich arbeite. Bitte sagen Sie nicht, dass der Hinweis von mir kommt, ich hab schon genug Ärger am Hals.«

»Machen Sie sich keine Sorgen Ricardo.« Jorge verabschiedet sich und notiert sich die Daten der Sicherheitsfirma. Morgen wird er dort mal vorbeischauen.

Es ist bereits Nachmittag und so langsam meldet sich sein Magen, doch er hat keine Lust sich zu Hause etwas zu kochen. Also fährt er zur Costanera Sur, um dort an einem der Imbisswagen ein gegrilltes Steak im Brot zu essen. Anschließend will er noch eine Runde in der Reserva Ecologica drehen. Das hatte er das letzte Mal mit Maria zusammen gemacht, kurz bevor sie nach Brasilien geflogen ist. Es kommt ihm wie eine Ewigkeit vor. Maria liebt dieses Fleckchen Natur am Ufer des Flusses. Immer wenn ihr die Stadt zu viel war, floh sie dorthin um etwas Natur zu erleben, wie sie immer sagte. In den letzten Jahren ist es immer schöner hier geworden. Die Bäume sind gewachsen und spenden nun an den heißen Sommertagen den willkommenen Schatten. Es gibt ein Informationszentrum, wo die Flora und Fauna erklärt wird. Oft kommen Schulklassen her. Zahlreiche Vogelarten brüten im Schilf der Lagunen. Jorge erinnert sich das es eine Zeit gab, in der es öfter in der Reserva brannte. Viele nahmen an, dass hier Brandstifter im Auftrag der Bauwirtschaft am Werk waren. Das Areal gilt nach wie vor als Filetstück für Investoren der Immobilienwirtschaft. Gern würden einige das Gelände bebauen und Puerto Madero bis zum Flussufer hin ausdehnen. Puerto Madero ist in den 90er Jahren auf dem stillgelegten Hafengelände entstanden. Als damals der alte Hafen zu klein wurde und der Schiffsverkehr im neuen Hafen abgewickelt wurde, lag diese Gelände lange Zeit brach und verlassen. Später wurden die ungenutzten Hafenanlagen und Speicher aus Backstein saniert und ausgebaut und beherbergen nun Restaurants und Büros. Zahlreiche Appartmenthochhäuser wurden gebaut, auch internationale Stararchitekten haben hier mitgewirkt. Es heißt, die Preise für Apartments hier sollen denen in London oder New York um nichts nachstehen. Für Jorge gehört Puerto Madero nicht zu seinem Buenos Aires. Alles zu artifiziell, steril unpersönlich eben kein gewachsenes Viertel. Er liebt die alten Tangoviertel im Süden der Stadt, San Telmo, Boedo, La Boca, Abasto. Orte an denen sein Idol Carlos Gardel unterwegs war und wo es auch heute noch kleine Cafés und Bars gibt, in denen sich die Nachbarn treffen und gemeinsam Tango hören und sich ab und zu auch ein Paar zu einem Tänzchen hinreißen lässt. Wie in den alten Zeiten, die er aus den Erzählungen seines Großvaters kennt. Inzwischen ist später Nachmittag und Jorge macht sich auf den Heimweg, er will noch mit Orfilio sprechen und ruft ihn vom Handy aus an. Wieder vergeblich. Zu Hause auf dem Anrufbeantworter hat Orfilio ihm eine Nachricht hinterlassen. Er ist für ein paar Tage zu seinem Bruder ans Meer gefahren.

»Wir müssen unbedingt mit den Verantwortlichen der Sicherheitsfirma sprechen. Ich habe gestern mit dem Pförtner gesprochen der Dienst hatte, als der Mord passierte. Er sagte mir, dass es ein Kinderspiel ist, unbemerkt auf das Gelände zu kommen. Fast alle der installierten Überwachungskameras sind kaputt.«

Jorge sitzt mit Letizia und dem Dienststellenleiter in der Besprechung. Kopfschüttelnd nehmen beide das Gesagte zur Kenntnis.

»Außerdem«, fährt Jorge fort, »ist keinem von uns die Tür gegenüber der Box, in der der Tote gefunden wurde, aufgefallen. Diese Tür führt hinter den Stall. Dort wird Stroh gelagert und jede Menge Gerümpel liegt dort herum. Ich habe an der Wand Flecken, die Blutspritzer sein könnten, gefunden und die Proben bereits zur Analyse in die Kriminaltechnik gegeben. Ziemliche Schlamperei, dass niemand daran gedacht hat und sich auch diesen Teil vorgenommen hat.« Jorge ärgert sich über diese Unaufmerksamkeit.

»Soweit ich weiß, war die Tür abgeschlossen«, erwidert Letizia, »und mir wurde gesagt, die sei immer abgeschlossen. Darum hab ich nicht weiter nachgesehen. Es tut mir leid, mein Fehler.«

»Wer hat gesagt das die Tür immer abgeschlossen ist? Und warum habe ich die Information nicht?«

»Entschuldigung, ich hab es einfach vergessen, Sie zu informieren Jorge. Der Trainer hat mir gesagt, dass die Tür immer verschlossen ist.«

»Okay. Dann müssen wir wissen, wer alles einen Schlüssel zu dieser Tür hat. Gestern als ich dort war, war die Tür übrigens nicht abgeschlossen. Schon merkwürdig, oder?«

Der Dienstellenleiter schaltet sich kurz ein. »Die Ergebnisse der Fingerabdrücke sollten wir gleich bekommen. Die DNA Analyse könnte noch zwei Stunden dauern. Ich hab etwas Druck gemacht. Schöner Mist, dass die Kollegen am Wochenende nicht arbeiten.«

»Also dann warten wir ab, was die Ergebnisse bringen. Letizia machen Sie doch bitte einen Termin mit der Sicherheitsfirma, ich würde gern am Nachmittag mit denen reden.«

Während Letizia telefoniert, überlegt Jorge warum ihm der Trainer nichts von der Tür gesagt hat. Hatte er es einfach nicht für wichtig erachtet, weil er das schon seiner Assistentin gesagt hatte?

Es klopft, ein Kollege kommt herein und übergibt Fernando einen Umschlag. »Die Ergebnisse der Fingerabdrücke.«

»Lass sehen Fernando.«

Jorge nimmt das Papier. »Es gibt zahlreiche unvollständige Fingerabdrücke, die nicht zugeordnet werden können. Doch hier ein Match.« Jorge überfliegt den Bericht und liest laut vor, »… Fingerabdrücke die Eindeutig dem Pfleger Facundo zugeordnet werden können. Hundertprozentige Übereinstimmung.«

»Also dann nichts wie los, schnappen wir uns den Burschen. Ich lasse ihn holen.« Der Dienststellenleiter will aus der Tür eilen.

»Fernando bitte, der Junge wird kein Wort sagen, wenn wir ihn so abholen lassen«, stoppt Jorge seinen Chef. Er weiß, dass die Kollegen nicht gerade zimperlich mit Verdächtigen umgehen. »Der ist doch eh schon total durch den Wind. Lass uns noch die DNA Ergebnisse abwarten und ich fahre dann hin und hole ihn ab.«

»Wenn wir warten und er dann bereits über alle Berge ist? Wir wollen ihn ja zunächst nur befragen.« Fernando hat kein Verständnis für das Vorgehen von Jorge.

»Also gut, dann fahre ich jetzt los und hole ihn. Und ja, ich nehme mir einen Beamten mit.«

Jorge stößt beim rausgehen fast mit Letizia zusammen, die ihn fragend ansieht.

»Der Chef wird es ihnen erklären«, ruft Jorge ihr im Gehen zu.

Jorge und der Kollege sitzen im Auto in Richtung Palermo. Es geht stockend voran, weil eine der Avenidas für eine Demonstration gesperrt ist. »Wenn das so weitergeht brauchen wir mehr als eine Stunde bis dorthin.« Der Kollege ist genervt. Jorges Handy klingelt, Fernando ist am Apparat.

»Die DNA Ergebnisse sind da. Das Blut auf dem Stein stammt hauptsächlich vom Toten, aber und nun pass gut auf Jorge, es gibt noch andere DNA Spuren auf der Tatwaffe.« Der Dienststellenleiter will es spannend machen und macht eine kleine Pause.

»Nun raus damit, Fernando.« Ungeduldig wartet Jorge am Telefon.

»Du wirst es nicht glauben, da sind auch DNA Spuren von Facundo gefunden worden und weitere, die wir nicht zuordnen können. Also bring mir den Vogel her.«

»Was ist mit den Spuren, die ich gestern an der Wand gefunden habe?«

»Die Analyse läuft, am Nachmittag haben wir sie.«

»Ach bitte Fernando, tu mir einen Gefallen und richte Letizia aus, dass sie den Termin mit der Sicherheitsfirma auf morgen verschieben soll. Danke bis später.«

Jorge legt auf und kommt ins Grübeln. Die Spuren deuten darauf hin, dass Facundo den Mord begangen hat. Jorges Bauchgefühl sagt etwas anderes. Vielleicht gibt es ja eine ganz einfache Erklärung dafür, dass seine Spuren auf der Tatwaffe sind.

Endlich biegen Sie in die Stallanlage ein.

»Bitte Kollege, würden Sie zunächst im Wagen warten. Ich möchte erst allein mit dem Jungen reden.« Jorge möchte ohne den uniformierten Kollegen zu Facundo gehen.

»Hallo Kommissar.«

Mariano winkt von weitem und kommt auf Jorge zu.

»Haben Sie noch Fragen?«

»Hallo Mariano; ja wir müssen Facundo mit aufs Präsidium nehmen. Wir haben noch ein paar Fragen an ihn. Ist er da?«

»Das wird ihm gar nicht gefallen, Sie kennen ihn ja. Können Sie ihm nicht hier Ihre Fragen stellen? Außerdem brauche ich ihn hier.« Der Trainer ist verärgert.

»Diesmal leider nicht. Glauben Sie mir, ich würde ihn auch lieber hier befragen aber es geht nicht.« Beide gehen zum Stall.

»Facundo, der Kommissar möchte Dich nochmal sprechen. Diesmal musst du mitfahren.«

»Aber was ist mit meiner Arbeit Trainer, ich muss die doch machen.«

Unsicher sieht Facundo zu Jorge. »Hola Kommissar.«

»Mach dir keine Sorgen, ich kümmer mich drum. Wenn du zurückkommst, machst du dann den Rest«, beruhigt Mariano den Pfleger.

Der Kollege am Wagen macht eine Bewegung zu den Handschellen, doch Jorge gibt ihm zu verstehen, dass dies nicht nötig ist. Die drei steigen ins Auto, Facundo und Jorge sitzen hinten. Die Fahrt zum Präsidium geht deutlich schneller als die Hinfahrt. Jorge bringt Facundo in den Verhörraum und fragt ihn, ob er was trinken möchte. Facundo schüttelt den Kopf und sieht sich verunsichert um.

»Eine Minute, ich bin gleich wieder da.«

Jorge verlässt den Raum, holt den Bericht der Kriminaltechnik und bringt eine große Flasche Wasser und zwei Becher mit in den Raum. Es ist heiß und stickig, er stellt den Ventilator an.

»Facundo, ich erkläre dir jetzt, warum du hier bist. Wir haben deine Fingerabdrücke und Blut von dir auf dem Stein gefunden, mit dem Leandro erschlagen worden ist. Kannst du mir erklären wie beides dort hinkommt?«

Erschreckt sieht Facundo Jorge an. »Was für ein Stein, Herr Kommissar?«

Jorge macht kurz ein Zeichen an seine Kollegen draußen. Er geht zur Tür, nimmt die in eine Plastiktüte verwahrte Tatwaffe an sich und zeigt Facundo den Stein.

»Dieser Stein Facundo, mit dem ist Leandro erschlagen worden.«

Facundo sieht sich den Stein an, will danach greifen, doch Jorge schüttelt den Kopf. »Das geht leider nicht.«

»Ich kenne den Stein.«

Jorge ist verblüfft.

»Der hat an dem Tag, als Leandro gestorben ist, auf dem Paddock gelegen und ich habe ihn aufgehoben, damit sich kein Pferd wehtut. Wenn ein Pferd plötzlich auf einen so großen Stein tritt, kann es sich verletzen und es kann keine Rennen laufen. Deshalb sammle ich immer alle Steine auf. Hab ich von Leandro gelernt.«

»Findest du öfter solche Steine in den Paddocks, Facundo?«

»Nein Herr Kommissar, schon lange nicht mehr. Hat mich auch gewundert, wo der herkommt.«

»Und wo hast du den Stein dann hingebracht?«

»Vor den Stall gelegt, Herr Kommissar. Wollte den dann wegwerfen, aber als ich den holen wollte, war er schon weg.«

»Den haben wir mitgenommen. Ist dir denn an dem Stein was aufgefallen, Blut vielleicht?«

»Hab den doch nicht angeschaut den Stein, nur eingesammelt, Herr Kommissar.«

»Facundo, wir haben auf dem Stein auch Blut von dir gefunden. Kannst du mir erklären, wie das dorthin gekommen ist?«

»Also Herr Kommissar gucken Sie mal.« Facundo zeigt Jorge seine Hände. Am Zeigefinger und auch Mittelfinger hat er Schnittwunden.

»Da habe ich mich geschnitten, als ich den Strohballen aufgeschnitten hab. Bin abgerutscht mit dem Messer und autsch geschnitten. Passiert mir öfter, nicht schlimm. Tut nicht weh, hat nur geblutet.«

»War das am selben Tag.«

»Ein Tag vorher war das, blutet aber immer wieder, wenn ich dran komme. Glauben sie mir nicht, Herr Kommissar?«

»Doch Facundo ich glaube dir. Eine Frage noch. Die Tür gegenüber der Box, in der wir Leandro gefunden haben, ist die immer zugeschlossen?«

»Nein Herr Kommissar, die ist immer offen. Ich hole dort hinter dem Stall immer das Stroh für die Boxen, die dort sind. Das ist einfacher und ich muss nicht durch den ganzen Stall mit dem Stroh. Verstehen Sie?«

»Gut, bitte Facundo. Überleg doch nochmal, ob du wirklich nichts Ungewöhnliches gesehen hast an dem Morgen als Leandro starb. Ich bin gleich wieder da.« Jorge verlässt den Raum.

»Nun was machen wir?«, Jorge fragt seinen Chef, »für mich klingt das plausibel, was er ausgesagt hat.«

»Oder es ist verdammt gut ausgedacht und auswendig gelernt«, erwidert Fernando, »die Indizien sprechen eindeutig gegen ihn.«

»Auswendig gelernt? Du glaubst das nicht wirklich, oder? Fernando bitte.«

»Wir brauchen ein Geständnis! Sieh zu, dass du es aus ihm heraus bekommst. Das ist dein Job. Ich beantrage einen Haftbefehl bei der Staatsanwaltschaft und er bleibt in Untersuchungshaft.«

»Das kannst du nicht machen, Fernando. Außerdem, mein Job ist es, Mörder zu überführen und nicht Geständnisse zu erzwingen.«

»Ach, für dich ist er unschuldig, was macht dich da so sicher? Er hat nicht einmal ein Alibi für die Tatzeit.«

»Wie denn auch? Er lebt im Stall und die Pferde können wir schlecht befragen.« Jorge ist wütend.

»Oder bist du einfach nur am schnellen Erfolg interessiert. Da kommt dir der Ex-Junkie gerade recht und du kannst einen Fall abschließen.«

»Sei vorsichtig Jorge. Wir kennen uns schon sehr lange, aber hier gehst du zu weit.«

»Ich bitte dich, es besteht keinerlei Fluchtgefahr, dieser Junge will einfach nur bei seinen Pferden sein. Lass ihn nach Hause und wenn die Staatsanwaltschaft bei der dünnen Sachlage den Haftbefehl ausstellt, können wir ihn immer noch einsperren. Derweil ermittle ich weiter.«

»Gut«, lenkt Fernando ein »wenn du mit den Ermittlungen nicht weiterkommst, fährt das Bürschlein ein. Und wenn er verschwindet, hast du ein Riesenproblem. Verstanden.«

»Ist mir klar, Chef.« Jorge dreht sich um und geht zu Facundo.

»Komm, ich bringe dich zurück zum Stall.«

Jorge will noch einmal mit dem Trainer sprechen wegen der Tür, die laut seiner Aussage immer abgeschlossen ist. Es war später Nachmittag, das Training der Pferde war beendet als sie wieder auf dem Hof ankommen. Mariano kommt ihnen entgegen. »Das hat ja lange gedauert. Konnte Facundo Ihnen weiterhelfen,Herr Kommissar?« Facundo, der zum Stall unterwegs ist, ruft er zu, »du kannst gleich füttern und dann die Pferde reinbringen und putzen. Die Boxen kannst du dann morgen sauber machen. Das geht schon mal einen Tag, streu einfach nur Stroh drüber.«

»Zu dem aktuellen Ermittlungsstand darf ich Ihnen nichts sagen, aber eine Frage hab ich noch Mariano.«

»Worum geht es?«

»Es geht um die Tür gegenüber der Box, in der wir Leandro gefunden haben. Sie sagten meiner Kollegin, die sei immer abgeschlossen. Ist das korrekt?«

»Kann sein, ich erinner mich nicht mehr so genau, was ich gesagt habe. Aber wenn die junge Dame es so aufgeschrieben hat, wird es wohl so gewesen sein.«

»Mariano mich wundert nur, dass laut Facundos Aussage die Tür immer offen ist. Er sagte mir das er durch diese Tür immer das Stroh für die hinteren Boxen transportiert.

»Stimmt, jetzt wo sie es sagen. Dann war es vielleicht ein Missverständnis. Ich meinte die Tür soll immer geschlossen sein, damit im Stall keine Zugluft entsteht. Da hab ich vielleicht verschlossen oder abgeschlossen gesagt.«

»Gut danke für die Klarstellung. Noch etwas Mariano, gleich kommen noch einmal die Kollegen von der Spurensicherung. Ich habe hinter dem Stall Blutspuren gefunden, also lassen Sie bitte alles so wie es ist. Ich markiere die Stelle mit Absperrband.«

Mariano ist nun doch aufgebracht und ändert seinen Tonfall; nichts mehr zu spüren von seiner anfänglichen Hilfsbereitschaft. »Kommissar, wann können wir denn hier endlich wieder wie gewohnt arbeiten. Sie können sich nicht vorstellen welche Auswirkungen diese Unruhe und die ständige Anwesenheit fremder hier auf unsere hochsensiblen Pferde hat. Abgesehen davon vergrault es nicht zuletzt auch neue Kunden, die ihre Pferde hier trainieren lassen wollen, wenn ständig die Polizei hier ist.«

Jorge horcht auf. Was ist das denn mit neuen Kunden? Hat Mariano nicht einen exklusiven Vertrag mit Christina Rios Castillo? Er behält diese Frage erst einmal für sich. Die Kooperationsbereitschaft des Trainers scheint jetzt wirklich an ihre Grenzen gestoßen zu sein.

»Mariano wir müssen unsere Arbeit hier gründlich machen. Hier ist ein Mensch erschlagen worden und wir suchen nach seinem Mörder. Da brauche ich Ihr Verständnis und Ihre Unterstützung. Wir versuchen die Arbeit hier so schnell wie möglich abzuschließen.« Jorge verabschiedet sich. Zur Sicherheitsfirma zu fahren, ist es bereits zu spät, dort würde er heute niemanden mehr antreffen. Also fährt er ins Büro zurück, unterwegs holt er sich noch schnell ein Sandwich. Letizia sitzt an ihrem Schreibtisch.

»Der Bericht der Kriminaltechnik ist fertig.«

Sie gibt ihm das Papier.

»Das Blut von der Wand stammt vom Toten.«

»Dachte ich es mir doch. Das bedeutet, er ist hinter dem Stall erschlagen worden. Ich danke Ihnen, dass Sie die Kollegen schon losgeschickt haben. Gute Arbeit. Ich habe das Stück hinter dem Stall bereits abgesperrt und Bescheid gegeben, dass die Kollegen anrollen.«

»Woher wussten Sie das?« Letizia ist überrascht, hatte sie doch vergeblich versucht Jorge zu erreichen. »Ach und haben Sie eigentlich nie ihr Handy an?«

»Es gibt Momente, in denen ich besser nicht gestört sein möchte.« Jorge lächelt rüber zu seiner Kollegin. »Sie sehen ja die Informationen erreichen mich trotzdem.«

Leicht mit dem Kopf schüttelnd setzt sich Letizia wieder an ihren Schreibtisch. Für sie ist es nahezu unmöglich das Mobiltelefon mal auszuschalten. Wirklich old school dieser Kommissar, denkt sie bei sich.

»Übrigens Letizia, ich habe den Trainer nochmal wegen der kleinen Tür gegenüber der Box befragt und wissen Sie, was er gesagt hat?«

»Nein Jorge wie sollte ich«, fällt sie ihm ins Wort und verdreht dabei die Augen.

Jorge übergeht den vorlauten Unterton seiner jungen Assistentin.

»Es sei ein Missverständnis gewesen. Er meinte verschlossen und nicht zugeschlossen gesagt zu haben. Nun ich nehme das mal so hin.«

»Interessant, ich bin mir sicher, die Frage so gestellt zu haben, dass nur abgeschlossen gemeint sein konnte.« Letizia sucht das Protokoll heraus und hält es Jorge vor die Nase. »Da steht es. Abgeschlossen! Sehen Sie. Vielleicht ist ja für ihn abgeschlossen nicht gleichbedeutend mit zugeschlossen.«

»Schon gut, lassen wir es erst mal so stehen. Fügen Sie bitte trotzdem eine Notiz zum Bericht hinzu, an dem Sie ja bereits schreiben, wie ich gesehen habe. Der Termin mit der Sicherheitsfirma, wann ist der morgen?«

»Um elf Uhr.«

»Gut dann treffen wir uns morgen neun Uhr im Büro, da wissen wir vielleicht auch schon, ob die Spurensicherung noch etwas gefunden hat und fahren dann gemeinsam in die Sicherheitsfirma. Wenn Sie möchten, können Sie jetzt Feierabend machen Letizia.«

»Eine Frage hab ich noch Jorge. Glauben Sie wirklich nicht, dass der Pfleger der Mörder ist?«

»Letizia, was ich glaube, ist nicht relevant. Ich möchte nur alle Spuren gefunden und ausgewertet haben und in alle Richtungen ermittelt haben, bevor ich jemanden hinter Gitter bringe.«

»Schon, aber die Fingerabdrücke und die Blutspuren auf dem Stein, das sind doch Indizien.«

»Stimmt und ich finde seine Erklärungen dazu überaus nachvollziehbar. Diese Indizien sind für mich zu wenig für einen Haftbefehl. Sie haben es ja gehört.«

»Ja das klang realistisch, was er gesagt hat, aber er hätte sich das auch ausdenken können«, hakt Letizia nach.

»Mein Bauchgefühl sagt mir, dass dieser Junge die Wahrheit sagt.«

»Also vertrauen Sie Ihrem Bauchgefühl mehr als den Fakten, Jorge?«

»Ich vertraue ihm auch, neben den Fakten. Mir fehlt hier das Motiv. Warum hätte Facundo den töten sollen, der ihm am meisten geholfen hat?«

»Hm. Stimmt auch wieder.« Nachdenklich sieht Letizia aus dem Fenster und fährt dann ihren Computer runter.

»Also ich gehe dann mal, bis morgen Jorge.«

»Bis morgen, schönen Abend.«

Jorge liest sich noch einmal den Bericht der Gerichtsmedizin durch. Dort steht, dass die tödlichen Schläge Leandro nicht von oben, sondern von der Seite und von schräg unten getroffen haben müssen. Was darauf schließen lässt, dass der Täter eher kleiner war. Ein größerer Mensch schlägt von oben zu. Zum einen, weil er da deutlich mehr Kraft entwickelt und außerdem

84

ist es der normale Bewegungsablauf. Oder der große Mensch schlägt zu während er den Stein aufhebt. Jorge fährt seinen Rechner runter und macht sich grübelnd auf den Heimweg. Er fragt sich, warum der Trainer sich merkwürdig verhält, missverständliche Aussagen macht und nun auch dieser Satz bezüglich neuer Kunden. Informationen von Insidern wären jetzt hilfreich. Jorge würde einiges dafür geben mit Orfilio zu sprechen, um über ihn Kontakte in die Galopprennszene zu bekommen. Wie überall wird sicher auch dort gemunkelt und das Ein oder Andere hinter vorgehaltener Hand ausgetauscht.

Jorge kommt unausgeruht und mürrisch ins Büro. »Guten Morgen, sagen Sie bitte dem Chef, dass wir in zwanzig Minuten mit der Besprechung beginnen.«
»Der hat schon nach ihnen gefragt, Sie sollen direkt zu ihm ins Büro kommen«, erwidert Letizia.
Jorge nimmt die Treppe zum Büro von Fernando.
»Hola Lorena.
»Alles gut Jorge? Du siehst müde aus.«
»Hab schlecht geschlafen. Ist er drin?«
Jorge ist heute kurz angebunden, normalerweise hat er immer Lust auf ein Schwätzchen mit Lorena. Er weiß, dass sie ihn versteht. Beide kennen sich gut genug.
»Ja. Er erwartet dich.«
Jorge klopft und öffnet die Tür zum Büro seines Vorgesetzten.
»Komm rein und setz dich. Kaffee?«

»Danke gern.«

Jorge trinkt genüsslich den ersten Schluck. Der Kaffee den Lorena macht ist unschlagbar.

»Lass uns noch einmal den Fall durchgehen, obwohl der für mich gelöst ist. In welche Richtung willst du noch ermitteln, Jorge?«

»Es kann sein, dass jemand unbemerkt auf das Gelände gelangt ist. Du erinnerst dich daran, was der Wachmann ausgesagt hat. Alle Kameras rund um den hinteren Teil des Geländes wo sich auch die Ställe befinden sind seit Wochen kaputt. Nichts wird aufgezeichnet. Da ist es ein leichtes, hineinzukommen. Ich habe nachher einen Termin mit der Sicherheitsfirma und fahre mit Letizia hin.«

»Gut, gut, mach das, wobei ich nicht viel erwarte. Aber bitte investiere nicht so viel Zeit, wir haben Indizien, die den Pfleger belasten.«

»Und was soll das Motiv sein? Leandro war sein einziger Freund, warum sollte er ihn erschlagen?«

»Was weiß denn ich was im Kopf eines Junkies abläuft. Ein Anfall von Zorn oder er ist bei einem Streit außer Kontrolle geraten.«

»Ex Junkie. Der Junge hat es durch Leandro da rausgeschafft, der ist ihm sein Leben lang dankbar und bringt ihn nicht um.«

»Bring mir Beweise die ihn entlasten Jorge, sonst beantrage ich den Haftbefehl. Warum ich dich herbestellt habe. Wie macht sich die Praktikantin? Ihr Onkel hat gestern Abend noch bei mir angerufen. Eine talentierte junge Frau findest du nicht.«

»Ist ganz okay, hilft mir.« Jorge mag es nicht zugeben, dass Letizia in der Tat eine Hilfe ist und ihm vor allem einiges an der gehassten Schreibarbeit abnimmt.

»Gut, freut mich zu hören, dann kann ich ihren Onkel beruhigen. Also lass dich nicht aufhalten. An die Arbeit.« Jorge verlässt das Büro seines Chefs, dankt Lorena für den Kaffee und macht sich an die Arbeit.

»Kommen Sie Letizia, fahren wir zur Sicherheitsfirma.« Beide steigen ins Auto. Die Sicherheitsfirma hat ihre Büros in einem der Hochhäuser in Retiro. Sie meldeten sich beim Empfang. Zehn Minuten später kommt eine junge Frau Anfang dreißig.

»Guten Tag, mein Name ist Marita Gomez, ich bin die Assistentin von Señor Alvarez. Kommen Sie bitte, ich bringe Sie zu seinem Büro.«

Sie fahren in die zehnte Etage und folgen der jungen Frau einen langen Flur entlang. Rechts und links befinden sich Büroräume deren Türen geschlossen sind. Das Büro des Chefs befindet sich am Ende des Ganges.

»Bitte treten Sie ein.« Die Assistentin kündigt die Besucher an und hält beiden die Tür auf. »Kann ich Ihnen etwas anbieten, Kaffee, Wasser vielleicht?«

Señor Alvarez setzt sich an seinen Schreibtisch seinen Gästen gegenüber. »Was kann ich für Sie tun?«

»Am besten ich komme gleich zur Sache. Señor Alvarez, Ihre Firma ist für die Sicherheit des Hippodromos verantwortlich. Richtig? Sie haben Leute vor Ort und sind auch für die Kameraüberwachung verantwortlich. Auch richtig?«

»Eine schreckliche Geschichte Herr Kommissar. Es ist richtig, unsere Firma ist für die Bewachung und Sicherheit des Geländes zuständig. Es ist mir ein Rätsel, wie jemand ungesehen an meinem Mitarbeiter an der Pforte vorbeikommen konnte. Das ist für mein Unternehmen eine Katastrophe. Natürlich werde ich Konsequenzen daraus ziehen. Der Mitarbeiter wird das Unternehmen selbstverständlich verlassen«, beeilt sich Señor Alvarez zu erwidern.

»Nun ich habe Ihren Mitarbeiter befragt, der hat laut seiner Aussage zu keinem Zeitpunkt seinen Posten verlassen. Auf mich wirkte er sehr zuverlässig. Kann es sein, dass jemand auf einem anderen Weg das Gelände betreten haben könnte? Über den Zaun vielleicht?«

»Ausgeschlossen, wir haben überall Kameras installiert, da kommt niemand ungesehen hinein.«

»Señor Alvarez es wird ihnen doch sicher nichts ausmachen, uns die Aufzeichnungen aller Überwachungskameras zur Verfügung zu stellen. Es geht um die Nacht von Donnerstag auf Freitag und den frühen Freitagmorgen.«

Unruhig spielt Alvarez mit seinem Kugelschreiber. »Also es ist so«, antwortet er viel zu schnell, »die Aufnahmen sind bereits gelöscht. Wissen Sie die werden gesichtet und wenn nichts verdächtiges gesehen wird, werden die Aufnahmen direkt gelöscht. So können wir den Speicherplatz wieder nutzen.«

»Dann würde ich gern mit der Person sprechen, die die Aufnahmen angesehen hat. Möglicherweise wurde etwas übersehen.«

»Das geht leider auch nicht, der Kollege hat sich heute krankgemeldet. Aber ich sagte ja schon, das war nichts verdächtiges sonst hätte der Kollege Bescheid gesagt und ich hätte Sie sofort angerufen Herr Kommissar.«

»Señor Alvarez wie läuft es normalerweise ab. Wann werden die Aufzeichnungen angesehen? Und wo passiert das?«

»Hier im Haus, sie sind eben an dem Büro vorbeigekommen, der Videoraum, die Aufnahmen werden immer am späten Vormittag angesehen.«

»Also jetzt, richtig?«

»Ja ich denke, im Moment sollte ein Kollege damit beschäftigt sein.«

»Wir würden gern dabei sein und auch mit dem Kollegen sprechen. Können Sie das bitte möglich machen?«

Verdutzt sieht Alvarez Jorge an.

»Sie meinen jetzt gleich?«

»Ganz genau, das meine ich. Jetzt gleich.«

»Brauchen Sie dafür nicht einen Durchsuchungsbefehl oder wie das heißt?«

Jorge merkt, dass Alvarez immer nervöser wird. »Nein in diesem Fall nicht. Wir wollen ja nur die Aufnahmen sehen, um uns ein Bild zu machen, was Ihre Kameras aufzeichnen. Dafür ist kein Durchsuchungsbefehl nötig.«

Alvarez greift zum Telefon und tippt eine Nummer ein.

»Es geht niemand ran. Der Kollege ist bestimmt in der Mittagspause und der Raum ist immer abgeschlossen. Können Sie da nicht später wiederkommen?«

»Nein können wir nicht«, unterbricht ihn Jorge, der langsam die Geduld verliert und ein wenig lauter wird.

»Sie als Chef werden ja wohl einen Generalschlüssel haben und bitte lassen Sie den Kollegen seine Mittagspause unterbrechen. Wir ermitteln hier in einem Mordfall Señor Alvarez und haben keine Zeit zu verlieren.«

Alvarez telefoniert abermals, diesmal meldet sich jemand. »Es ist der Hausmeister, der kommt gleich mit dem Generalschlüssel. Herr Kommissar, lassen Sie uns gehen.« Er steht auf, Jorge und Letizia folgen ihm den Gang entlang. Der Hausmeister wartet bereits vor der Tür und schließt auf. Der Raum ist voller Monitore, die Hälfte davon ist eingeschaltet. Inzwischen hat Alvarez, der in der Zeit unablässig telefoniert und nervös hin und her läuft, wohl den Kollegen erreicht. »Er wird in fünf Minuten hier sein.«

Geht doch, denkt Jorge und bedankt sich bei Alvarez.

»Können Sie mir sagen, wie viele Kameras aktuell rund um das Gelände installiert sind?«

»So zwischen fünfundvierzig und fünfundfünfzig müssen es sein. Ich muss nachsehen. Die Kameras sind im Abstand von fünfzig Metern installiert, so garantieren wir eine lückenlose Überwachung.«

In dem Moment geht die Tür auf und ein großer korpulenter Mann steht in der Tür. Herzhaft in sein Sandwich beißend betritt er in den Raum. »Sie hatten mich angerufen Chef?«

»Danke, dass Sie ihre Mittagspause unterbrochen haben. Die beiden sind von der Polizei und haben Fragen zu unserer Videoüberwachung am Hippodromo.« Alvarez stellt Jorge und Letizia vor. »Sie wissen doch, der Mord am Freitag.« Alvarez wendet sich an Jorge. »Kann ich Sie jetzt allein lassen? Ich hab noch zu tun. Wenn noch was ist, Sie wissen ja wo Sie mich finden.« Ohne eine Antwort abzuwarten, geht Alvarez zurück in sein Büro.

»Guten Tag ich bin Antonio Ferrea. Wie kann ich Ihnen helfen?«, stellt sich der Mitarbeiter vor während er den letzten Bissen seines Sandwiches hinunterschluckt.

»Sie sehen sich täglich die Aufzeichnungen aller Kameras am Hippodromo an?«

»Ja das stimmt, täglich alle Aufzeichnungen vom Vortag.«

»Alle nacheinander oder zeigt jeder Monitor hier die Aufzeichnungen einer anderen Kamera?«

»Also es ist so. Jeder der zwölf Monitore, die Sie hier sehen, zeigt eine andere Kameraaufzeichnung, sonst ist das gar nicht zu schaffen. Es sind ja nicht nur die Aufzeichnungen von Hippodromo, wir haben auch noch zahlreiche andere Objekte, die werden auch hier angesehen.«

»Und das machen Sie hier ganz allein.«

»Nein normalerweise sind wir zu zweit. Der Kollege, der sonst noch hier ist, hat sich heute krankgemeldet.«

»Sehen Sie sich gemeinsam die gleichen Aufnahmen an? Wie muss ich mir das vorstellen?«

»Es ist so, dass wir hier diese zwölf Monitore haben. Wir sitzen gemeinsam davor, vier Augen sehen mehr als zwei, Herr Kommissar.«

»Was passiert anschließend mit den Aufnahmen.«

»Die werden, sofern nichts Auffälliges bemerkt wird, direkt gelöscht.«

»Das bedeutet, auf den Aufnahmen von Freitag ist keinem von Ihnen etwas aufgefallen? Denken Sie gut nach.«

»Korrekt. Sonst hätten wir das nicht gelöscht und den Chef sofort informiert.«

»Wenn es ihnen nichts ausmacht, würde ich gern die Aufzeichnungen der letzten Nacht vom Areal des Hippodromos sehen. Die sollten doch noch nicht gelöscht sein, oder?«

»Ich suche sie Ihnen raus, Kommissar, aber ich muss erst mit dem Chef darüber sprechen. Ich rufe ihn kurz an.« Ferrea geht zum Telefonieren in einen Nebenraum und schließt die Tür.

Letizia flüstert Jorge zu, »Was sollen wir denn mit den Aufnahmen von gestern, der Mord war doch Freitag morgen?«

Ferrea kommt zurück. »Der Chef möchte noch einmal mit Ihnen sprechen, den Weg kennen Sie ja.«

»Was ist hier los?« Letizia spricht leise mit Jorge der kurz antwortet.

»Später, später.« Sie betreten das Büro.

»Señor Alvarez, was haben Sie für uns?« Jorge und Letizia nehmen erneut Platz. Alvarez beugt sich konspirativ zu ihnen vor. Er spricht leise: »Was ich Ihnen jetzt sage muss unbedingt unter uns bleiben. Das müssen Sie mir vorher versprechen. Sie und Ihre Kollegin Herr Kommissar. Bitte.«

»Señor Alvarez. Sie wissen so gut wie ich, dass wir das nicht können. Insbesondere dann nicht, wenn das, was Sie uns zu sagen haben, relevant für die Aufklärung des Falles ist.«

»Also gut, das wird mich wohl meine Existenz kosten.«
Alvarez gibt seinen Widerstand auf. »Ich muss Ihnen
etwas gestehen.«

Jorge und Letizia horchen auf. »Bitte. Wir hören.«

»Es gibt keine Aufzeichnungen von dem Morgen der Tat
und es hat nie welche gegeben und es gibt auch keine von
heute und gestern und so weiter.«

Fragend sieht Letizia zu Jorge. Na klar, Jorge hat das
gewusst jetzt erinnert sie sich wieder, er hatte es kurz
erwähnt. Jetzt verstand sie auch die Frage nach den
Aufnahmen von gestern. Jorge wendet sich dem
Firmenchef zu.

»Soll heißen?«

»Soll heißen, dass die Kameras am hinteren Teil des
Hippodroms seit langem nichts aufzeichnen, weil sie
kaputt sind.«

Alvarez wirkt plötzlich irgendwie erleichtert.

»Interessant. Sicher haben Sie das den Betreibern
mitgeteilt und auch die Besitzer der Pferde wissen
darüber Bescheid.«

»Eben nicht Herr Kommissar. Die hätten doch sofort
verlangt, dass ich die Kameras reparieren lasse oder
ersetze.«

»Was Sie nicht wollen. Warum denn nicht?«

»Können Sie sich vorstellen, was es kostet alle Kameras
auf einmal zu ersetzen, das kann ich nicht bezahlen. Da
kann ich den Laden dicht machen. Ich hab das Geld dafür
nicht.«

»Und dann ziehen Sie es vor, Ihren Kunden vorzumachen, dass die beruhigt sein können und deren Eigentum sicher bewacht wird?« Letizia ist empört. »Wissen Sie wie ich das nenne, Señor Alvarez? Betrug nenne ich das.«

»Ich weiß«, antwortet Alvarez kleinlaut, »und Sie haben recht damit. Ich bin erledigt. Aber es ist ja nie etwas passiert und ich dachte noch ein paar Monate und dann kann ich die Kameras kaufen. Wissen Sie ich wollte die Preise neu verhandeln. Auch damit ich die Kameras kaufen kann. Ich habe meine Kosten und es wird doch alles immer teurer. Aber die wollen nicht mehr bezahlen. Sie würden sonst eine andere Sicherheitsfirma beauftragen und so hab ich klein bei gegeben und akzeptiert. Es wären doch viele meiner Mitarbeiter sonst ohne Arbeit.«

»Señor Alvarez, ich gebe ihnen einen Rat. Regeln Sie das. Schnell. Ich kann diese Information nicht aus den Ermittlungen raushalten.«

Sie verabschieden sich und warten auf den Aufzug.

»Irgendwie tut mir dieser Alvarez leid, ich möchte jetzt nicht in seiner Haut stecken. Der wollte seine Firma retten.«

»Ja so scheint es und nun kann er alles verlieren, wenn er Pech hat.«

Sie verlassen das Gebäude, Jorges Telefon klingelt, es ist Lorena. »Lorena, was gibts?« Jorge ist über den Anruf überrascht.

»Okay alles klar, wir sind schon auf dem Weg. Danke.«

»Die Eltern des toten Leandro sind im Präsidium, beeilen wir uns Letizia.« Sie steigen ins Auto.

»Wer hat die denn informiert?«

Letizia ist überrascht, denn darüber hatten sie bisher nicht gesprochen.

»Ich muss gestehen, dass ich es komplett vergessen habe. Allerdings haben wir auch keine Adresse der Eltern, aber ich hätte den Trainer fragen müssen.«

»Vielleicht hat er ja bei den Eltern angerufen?«

»Gut möglich. Trotzdem es ist wirklich ein riesengroßer Mist, das ich komplett vergessen habe, seine Eltern zu informieren. Das ist mein Job.« Jorge ärgert sich über seine Nachlässigkeit.

Im Besprechungszimmer neben seinem Büro sitzt ein Ehepaar, schätzungsweise Anfang fünfzig. Der Kleidung nach zu urteilen einfache Leute. Der Mann ist klein. Er hat ein zerfurchtes, von der Sonne gebräuntes freundliches Gesicht. Die Frau ebenfalls klein etwas rundlich und von Sorgenfalten gezeichnet. Leandros Vater trägt ein schwarzes Hemd mit den typischen Verzierungen, wie sie auf dem Land von den Gauchos getragen werden und dunkelblaue Jeans. Seine Mutter hat ein weites schwarzes Kleid angezogen. Beide schauen sich unsicher um, als Jorge eintritt. Die gute Lorena hat beiden einen Kaffee gemacht und etwas Gebäck dazu gestellt.

»Guten Tag, mein Name ist Jorge Costanini. Sie müssen die Eltern von Leandro sein. Es tut mir so unendlich leid, was Ihrem Sohn passiert ist. Ich entschuldige mich dafür, dass ich Sie noch nicht informiert habe. Ich leite die polizeilichen Ermittlungen zum Tod Ihres Sohnes.«

Jorge gab beiden, die aufgestanden waren als er eintrat, die Hand.

»Guten Tag. Danke, dass Sie Zeit für uns haben, Herr Kommissar.« Der Mann spricht zögerlich. Seine Stimme zittert, sein Blick ist nach unten gerichtet. »Wir haben über Leandros Tod aus den Nachrichten erfahren. Was ist ihm denn passiert? Wie ist er gestorben?«

Jorge ist peinlich berührt. Wie konnte er nur vergessen die Familie zu informieren? Schrecklich, es aus dem Fernsehen zu erfahren. Wie schlimm muss das für sie sein.

»Ihr Sohn ist erschlagen worden, am Rennstall, mit einem Stein.«

»Wir wollen ihn sehen, Herr Kommissar und wir möchten ihn nach Hause holen und in unserem Dorf beerdigen.«

»Das kann ich verstehen. Ich werde alles nötige veranlassen, damit der Leichnam Ihres Sohnes so schnell wie möglich freigegeben wird.«

»Wissen Sie, Herr Kommissar er war ein guter Junge. Er hatte so viel Talent und war so fleißig, hat uns immer Geld geschickt und uns jede Woche angerufen. Wir sind einfache Leute und wir sind stolz auf ihn, der so viel Glück hatte.« Die Mutter schluchzt leise.

Der Vater nimmt ihre Hand und redet weiter. »Wir haben sieben Kinder und waren froh darüber, dass er uns unterstützt hat. Es ist schwer über die Runden zu kommen, wissen Sie.«

Jorge hatte schon viele Gespräche mit Angehörigen geführt, in diesem Fall geht es ihm jedoch ganz besonders unter die Haut. Die beiden taten ihm leid wie sie da saßen von Trauer gezeichnet und voller Sorgen.

»Das glaube ich Ihnen. Ich verspreche Ihnen, dass ich alles möglich machen werde, um Leandros Mörder zu fassen. Ich weiß wie schwer das alles für Sie sein muss. Darf ich Ihnen trotzdem ein paar Fragen stellen?«

»Ja, Herr Kommissar.«

»Wissen Sie wo Leandro hier in Buenos Aires gewohnt hat?«

»Ganz am Anfang hat er direkt im Stall gewohnt. Nach einem Jahr etwa ist er zu Mariano, dem Trainer gezogen. Er hatte dort ein Zimmer.«

Jorge horcht auf. Merkwürdig das hat ihnen der Trainer gar nicht erzählt.

»Aber als er das letzte Mal angerufen hat«, spricht der Vater weiter, »erzählte er meiner Frau, dass er bald in eine eigene Wohnung ziehen wollte. Ganz stolz ist er gewesen.«

Leandros Mutter nickt.

»Hat Ihr Sohn sonst noch etwas erzählt?«

»Verliebt war er.« Nun spricht Leandros Mutter. »Er sagte, er will bald heiraten und uns alle einladen. Er war so glücklich.« Tränen steigen der Mutter in die Augen und sie kann nicht mehr weitersprechen.

Jorge möchte die Eltern auch nicht mit weiteren Fragen quälen.

Leandros Vater ergreift noch einmal das Wort. »Wir möchten ihn sehen, bitte.«

»Selbstverständlich. Ich begleite Sie in die Gerichtsmedizin. Allerdings muss ich vorher noch mit den Kollegen telefonieren. Bitte warten Sie einen Moment.«

Jorge verlässt kurz den Raum, um von seinem Büro aus zu telefonieren. Außerdem nutzt er auch gleich die Gelegenheit, Letizia und die Spurensicherung in Marianos Haus zu schicken, um Leandros Zimmer zu durchsuchen.

»Es ist alles geregelt, morgen früh können Sie Ihren Sohn sehen. Wo sind Sie denn hier in Buenos Aires untergebracht?«

»Wir dachten wir können in seinem Zimmer schlafen. Wissen Sie, wir haben nicht so viel Geld, um ein Hotel zu bezahlen. Vielleicht könnten Sie bei dem Trainer anrufen und fragen, Herr Kommissar? Dann können wir auch gleich alle seine Sachen mitnehmen.«

»Das wird leider nicht möglich sein. Im Moment arbeiten die Kollegen der Spurensicherung in Leandros Zimmer. Wir suchen nach Hinweisen, wer Ihrem Sohn das angetan hat.«

Beide nicken und schauen sich fragend an. »Aber seine persönlichen Sachen können wir doch dann mitnehmen, oder?«

»All das was nicht relevant ist den Täter zu finden, können Sie selbstverständlich mitnehmen. Wenn auch die anderen Dinge nicht mehr für die Ermittlungen benötigt werden, lasse ich sie Ihnen zuschicken. Bitte geben Sie mir noch einen Moment, ich versuche eine Übernachtung für Sie zu organisieren.«

Jorge erinnert sich an einen alten Bekannten, der ihm noch einen Gefallen schuldig ist. Er hatte ihn damals in einem Fall rausgeboxt und seine Unschuld bewiesen. Der

Bekannte betreibt ein kleines Familienhotel in Boedo. Jorge ruft ihn an und bittet ihn darum, Leandros Eltern für die eine Nacht dort unterzubringen.

»Ich habe eine Übernachtung für Sie organisiert. Machen Sie sich wegen der Kosten keine Sorgen. Einer unserer Wagen wird Sie hinbringen und morgen früh abholen.« Der Vater steht auf und drückt Jorges rechte Hand mit beiden Händen. »Vielen, vielen Dank Herr Kommissar, Sie sind sehr freundlich.«

Jorge bringt beide nach unten wo der Kollege bereits wartet.

»Sie sind ein guter Mensch«, verabschiedet sich Leandros Mutter von Jorge.

Sichtlich gerührt steigt Jorge in sein Auto, um zum Haus des Trainers zu fahren. Die Durchsuchung des Zimmers ist bereits im Gange als er ankommt. Mariano steht, beide Hände in den Hüften, in der Tür.

»Herr Kommissar, muss das denn alles jetzt sein, ich wurde von Training weggeholt. Das geht so nicht«, beklagt er sich bei Jorge.

»Mariano, Sie haben mir nicht gesagt, dass Leandro hier bei Ihnen im Haus gewohnt hat. Warum nicht?«, überhört Jorge die Beschwerde.

»Das hab ich wohl vergessen, ich bin immer noch ganz durcheinander, da vergisst man doch leicht das ein oder andere winzige Detail. Tut mir leid.«

»Das ein oder andere Detail bestimmt, aber wenn das Mordopfer bei einem wohnt ist das mehr als nur ein winziges Detail. Das hätten wir hier alles schon hinter uns haben können.« Jorge ist wirklich verärgert.

»Sie können auch wieder gehen, wenn Sie zurück zum Training müssen Mariano. Wir verschließen dann Ihr Haus und lassen Ihnen die Schlüssel zum Stall bringen.«

»Nein ich bleibe lieber hier.«

»Auch gut.« Jorge geht hinein. »Na schon was Interessantes gefunden?«, fragt er die Kollegen.

Die zeigen auf den Schreibtisch. Dort die Papiere und zahlreiche Fotos in dem Karton.

»Nehmen wir alles mit und sehen uns später an.«

Das Zimmer ist klein und recht dunkel, das Fenster geht raus auf einen kleinen Innenhof. Zu dem Zimmer gehört ein eigens kleines Badezimmer. Alles ist spärlich eingerichtet, ein Bett, ein Kleiderschrank und ein Schreibtisch, neben dem Bett ist ein Nachttischchen. Ein kleines Radio steht im Fenster und ein Fernseher auf dem Schrank. Leandro ist wohl mit sehr wenig ausgekommen. Da sind seine Reitsachen und Stiefel und ein paar Jeans, einige Poloshirts Pullover und zwei Jacken.

»Kollegen wir nehmen alles mit, auch die Kleidung die kann ich morgen dann gleich seinen Eltern geben.«

Letizia packt alles in die Kartons. »Fernseher und Radio auch?«

»Moment ich frage den Trainer, ob das Leandro gehörte?«

Mariano saß in der Küche vor einem Glas Wasser. »Auch eins?«, fragt er Jorge.

»Gern, danke. Sie erlauben?« Jorge gießt sich ein Glas Wasser ein und setzt sich zu Mariano an den Tisch.

»Gehören der Fernseher und das Radio Leandro?«

»Ja beides hat er sich gekauft. Von mir sind nur die Möbel, sonst nichts.«

»Gut dann nehmen wir das auch mit. Seine Eltern sind in Buenos Aires und möchten gleich seine Sachen mitnehmen«, erklärt Jorge das Interesse an den Dingen. Er sieht sich in der Küche um, sauber und aufgeräumt ist alles hier. Respekt für einen Männerhaushalt. An der Wand gegenüber des Esstisches hängen zahlreiche Fotos von Pferden und Rennen. Wohl von Triumphen, die Mariano im Laufe seiner Karriere gefeiert hat. Jorges Blick bleibt an einem Foto hängen. Ein fröhliches Gruppenbild mehrerer Personen, einem Pferd in der Mitte und einem Jockey der einen Pokal in die Luft hält. Mariano bemerkt wie genau Jorge das Foto studiert.

»Ja das war ein toller Sieg damals im Großen Preis von Argentinien. Mein einziger ganz großer Sieg, darauf bin ich ganz besonders stolz.«

Jorge stutzt. »Sie sind der Jockey? Entschuldigen Sie ich habe sie nicht wiedererkannt.«

»Sie brauchen sich nicht zu entschuldigen. Das ist so viele Jahre her und ich hab mich seither doch stark verändert«, lacht Mariano und deutet auf seinen Bauch.

»Ich wusste nicht, dass Sie selbst einmal Rennen geritten sind. Wann haben Sie denn damit aufgehört und warum?«

»Vor vielen Jahren, nachdem meine Tochter geboren wurde. Wissen Sie Herr Kommissar, Jockey zu sein ist wirklich ein Knochenjob, auch wenn es auf den ersten Blick nicht so aussieht. Das schlimmste ist das Gewicht zu halten, das ist ein ewiger Kampf.«

Jorge sieht den Trainer verwundert an.

»Verstehe ich nicht.«

»Ich erkläre es Ihnen. In jedem Rennen gehen unterschiedlich gute Pferde an den Start. Um eine gewisse Chancengleichheit herzustellen wird das Gewicht des Reiters inklusive Zubehör wie Kleidung und Sattel für jedes Pferd festgelegt. Das bedeutet, die besseren Pferde tragen mehr Gewicht als die nicht so guten. Wenn jemand weniger wiegt als nötig nimmt er zum Beispiel ein paar Gewichte mit. Alle Jockeys achten daher auf ihr Körpergewicht, sie wollen ja möglichst viele Rennen reiten, damit verdienen sie ihr Geld. Da macht es dann die Menge an Ritten pro Renntag. Für Siege gibt es dann noch Prämien. Sie können sich nicht vorstellen was für eine Tortur es für einige ist, das Gewicht zu halten. Viele gehen da an ihre körperlichen Grenzen. Sie essen kaum etwas und gehen in der größten Hitze dick eingepackt Joggen, um Flüssigkeit aus dem Körper zu schwitzen. Und wenn es jemand mal vor Hunger nicht aushalten konnte und sich ein richtig gutes Essen gegönnt hat, bereut er es direkt nach dem Genuss. Die Jockeys ernähren sich manchmal über Wochen von rohen Eiern mit etwas Glucose und trinken nur ungesüßten Tee. Jockey zu sein erfordert eine unglaubliche Selbstdisziplin, viele halten das nicht lange durch.«

Jorge schüttelt den Kopf. »Aber warum tut sich jemand so etwas an?«

»Natürlich ist es zuerst die Liebe zum Pferd, dann ist es der Kick. Das Siegen natürlich und der Wettkampf selbst, einfach nur Rennen zu reiten. Stellen Sie sich vor ein Rennpferd wiegt etwa fünfhundert Kilo und kann im Rennen eine Geschwindigkeit von bis zu siebzig Kilometer pro Stunde erreichen und Sie balancieren

obendrauf und bringen die fünfhundert Kilo in der
Zielgeraden zum Fliegen. Das ist pures Adrenalin, Herr
Kommissar. Glauben Sie mir, ich hab das hinter mir.«

Jorge stellt sich gerade vor wie gefährlich das alles ist.
»Mariano, das mit dem Kick, kann ich irgendwie
verstehen, aber ist das nicht auch sehr gefährlich, wenn
zum Beispiel ein Pferd aus dieser Geschwindigkeit
stürzt?«

»Daran denkt doch niemand, der sich auf ein Pferd setzt.
Oder setzen Sie sich etwa ins Auto und denken an all die
Verkehrstoten?«

Jorge schüttelt den Kopf. »Natürlich nicht.«

»Leandro war ein sehr erfolgreicher Jockey. Wissen Sie,
ob er Probleme mit seinem Gewicht hatte?«

»Er war immer extrem diszipliniert, nahezu
beängstigend. Ich glaube aufgrund seiner Herkunft war
er es gewohnt, mit sehr wenig auszukommen. Wie ich
Ihnen schon sagte, kam er aus sehr armen Verhältnissen.«

Nun fallen Jorge noch die Fotos einer jungen Frau auf.
Mariano lächelt und bekommt einen warmen, liebevollen
Gesichtsausdruck. »Meine Tochter Susana, Herr
Kommissar, sie studiert Tiermedizin in Cordoba. Sie ist
letzten Samstag hingefahren, für ein Seminar, morgen
kommt sie wieder.« Er macht eine kurze Pause. »Wissen
Sie, ich hab den Jungen wirklich gern hier um mich
gehabt. Es war damals die Idee von Susana, dass er hier
einzieht.«

»Wussten Sie, dass er bald in eine eigene Wohnung
ziehen wollte? Seine Eltern haben mir das erzählt.«

Verblüfft sieht Mariano Jorge an. »Nein davon habe ich nichts gewusst. Aber warten Sie, Herr Kommissar. Mir fällt da gerade etwas ein. Genau, jetzt erinner ich mich. Er wollte mit mir über etwas Wichtiges sprechen. Es war einen Tag vor seinem Tod. Vielleicht ging es darum? Ich weiß es nicht. Ich hatte keine Zeit für ihn, hab ihn vertröstet. Zu dem Gespräch kam es ja dann nicht mehr. Wer weiß, vielleicht wäre ja all das nicht passiert, wenn ich Zeit gehabt hätte. Wer kann das schon ahnen? Oh mein Gott.«

Jorge hört dem Trainer nachdenklich zu und schüttelt den Kopf. »Das hätten Sie mir alles schon viel früher erzählen müssen Mariano. Sagen Sie hatte Leandro eigentlich ein Handy? Wir haben keins bei ihm gefunden.«

»Er hatte eins, ich hab ihn ja öfter angerufen. Warten Sie ich suche die Nummer raus.« Er sucht in den Kontakten seines Handys. »Da ist sie.«

Jorge tippt die Nummer in sein Handy.

»Scheint aus zu sein. Na vielleicht finden wir es ja hier.« Letizia steht in der Tür. »Die Kollegen sind fertig. Jorge wir können.«

»Das Badezimmer haben sie auch durchsucht?«

»Ja alles fertig und eingepackt.«

»Prima, danke Kollegen.«

Jorge verabschiedet sich von Mariano. Letizia und Jorge fahren gemeinsam zum Präsidium zurück.

»Wissen Sie was ich seltsam finde Jorge?«

Nachdenklich blickt Letizia zum Fenster hinaus »Nein, aber ich bin mir sicher, Sie werden es mir gleich sagen.«

»Warum hat Mariano uns nicht am Anfang gesagt, dass Leandro bei ihm gewohnt hat? Das verstehe ich nicht.«

»Ich auch nicht, irgend einen Grund muss es dafür geben. Ich glaube ihm nicht, dass er es einfach vergessen hat. Wie mit der Tür im Stall.«

»Ja stimmt, die hatte ich nun wieder fast vergessen. So was aber auch.«

»Letizia wussten Sie, dass Mariano eine Tochter hat?«

»Wirklich?«

»Sie hatte ihrem Vater sogar zugeredet, dass Leandro bei ihm einzieht.«

Sie fahren einen Weile schweigend die Libertador entlang bis Letizia das Schweigen unterbricht. »Wie war eigentlich das Gespräch mit Leandros Eltern?«

»Traurig sehr traurig. Es sind nette, einfache Leute, die es nicht leicht haben und nun haben sie ihren ältesten Sohn verloren.« Jorge beginnt ein bisschen zu erzählen.

Als sie im Präsidium ankommen, verlässt Lorena gerade das Gebäude. Jorge winkt und ruft ihr zu, »schönen Feierabend und danke nochmal.«

Sie winkt zurück und begrüßt ihre Tante, die bereits auf Sie wartet.

Letizia und Jorge betreten das Gebäude. Auf Jorges Schreibtisch und davor türmen sich die Kartons.

»Lassen Sie uns die Papiere und Fotos durchsuchen, vielleicht finden wir ja einen Hinweis. Haben Sie Hunger.«

»Ja riesigen.«

»Bestellen wir uns was. Empanadas oder Pizza?«

Jorge greift in eine Schublade und holt die Flyer verschiedener Essenslieferanten.

»Also für mich Empanadas.«

»Super bestellen Sie am besten zwei dutzend, ich bezahle.«

Die Kartons mit den persönlichen Sachen schiebt Jorge in eine Ecke des Büros, so haben sie mehr Platz. Beide teilten sich zunächst den Stapel Papiere und beginnen nach Hinweisen zu suchen.

»Wonach suchen wir denn genau, Jorge?«

»Keine Ahnung, nach etwas auffälligem.«

Jorge blättert die Sachen durch. Das Meiste sind Ausdrucke von Rennquoten und Starterlisten. Er findet die Bankauszüge mit zahlreichen einzelnen Posten.

»Er hat scheinbar die Start- und Preisgelder immer gleich auf sein Konto eingezahlt bekommen. Dann bekommt er einmal im Monat immer wieder den gleichen Betrag überwiesen. Sicher das Gehalt von Señora Christina. Alle zwei Wochen hebt er einen konstanten Betrag ab, sicher um den seinen Eltern zu schicken. Scheinbar braucht er selbst nicht viel zum Leben, er hatte eine ganze Menge gespart. Das wird die Eltern freuen, in all dem Schmerz über seinen Tod bleibt noch etwas zum Leben für die Familie übrig.«

»Ich hab hier den Arbeitsvertrag. Wissen Sie was dort neben dem üblichen drin steht?«

»Machen Sie es nicht so spannend.«

»Es war im bei Vertragsstrafe verboten auch nur ein Pferd eines anderen Rennstalles zu reiten auch im Training und die Höhe der Strafe übersteigt um ein vielfaches sein monatliches Gehalt.«

»Hm Exklusivvertrag eben. Keine Ahnung was in der Branche sonst so üblich ist. Ich werd mich mal umhören.«

Das Telefon klingelt, der Pförtner ist dran und sagt, dass die bestellten Empanadas da sind. Jorge beeilt sich, die Empanadas zu holen.

»Hier bedienen Sie sich.«

Jorge schiebt den Karton in die Mitte des Tisches.

»Na da haben wir es ja. Einen Vorvertrag zum Kauf einer Wohnung.« Letizia wedelt mit dem Blatt.

»Und ich habe hier die Kreditzusage seiner Bank und die Quittung über eine Anzahlung, er wollte also wirklich ausziehen. Ich verstehe nur nicht, warum er Mariano nichts davon erzählt hat.«

»Vielleicht wollte er ihn nicht verletzen?«

»Oder er wollte so lange warten bis alles in trockenen Tüchern ist und es ihm dann sagen? Moment, da fällt mir was ein. Leandro wollte ihm etwas sagen, am Abend bevor er starb. Das hat mir Mariano vorhin erzählt.«

»Hatte er eine Ahnung was er ihm sagen wollte?«

Jorge schüttelt den Kopf und legt alle relevanten Papiere in eine Mappe.

»Machen wir uns an die Fotos.«

Jorge öffnet den Karton und schiebt Letizia die Hälfte rüber. Rennen und Siegerfotos, immer stand auf der Rückseite Datum und Name des Pferdes.

»Hier schauen Sie mal, unsere Gestütsbesitzerin kann auch fröhlich lachen«

Letizia schiebt Jorge ein Foto rüber. Es ist eines dieser Siegerfotos mit Leandro, dem Trainer und der Besitzerin und dem Pferd natürlich. Auch der Pfleger Facundo ist auf dem Foto. Auf der Rückseite steht *Dulce de Leche* erstes Rennen San Isidro.

»Es wirkt alles so harmonisch auf dem Foto, finden Sie nicht auch Letizia?«

Sie nickt.

»Sehen Sie mal hier Jorge« Letizia zeigt ihm ein anderes Foto. »Kennen Sie diese junge Frau?«

»Das ist Marianos Tochter auf dem braunen Pferd.« Leandro daneben auf einem andern Pferd beide lachen fröhlich in die Kamera.

»Hier sind noch andere Fotos von Leandro und ihr.« Letizia dreht eins der Fotos um.

»Meine geliebte Susana, die Frau meiner Träume und das Datum. Gar nicht so lange her, drei Wochen.«

»Das ist interessant. Dann waren die beiden wohl ein Paar und scheinbar hat Mariano nichts davon gewusst. Warum haben beide das ihm gegenüber wohl geheim gehalten?«

»Vielleicht hat er aber auch nur vergessen es uns zu erzählen.«

Beide lachen.

»Könnte doch sein«, spekuliert Letizia, »Mariano hat das alles den Kaufvertrag und die Fotos gesehen und dann ...«

»... hat er ihn umgebracht?«, unterbricht Jorge ihren Gedankengang und schüttelt den Kopf.

»Sie haben zu viele Krimis gelesen, Letizia.«

»Nicht einen Herr Kommissar, aber ich weiß wie Väter ticken, wenn ihre Töchter einen Freund haben.«

»Okay, Punkt für Sie. Machen wir für heute Feierabend. Morgen früh fahr ich mit Leandros Eltern in die

Gerichtsmedizin. Halten Sie hier die Stellung. Bis morgen dann.«

»Hier sind noch Empanadas übrig, wollen Sie die noch? Sonst würde ich die mitnehmen, in meinem Block lebt ein Paar auf der Straße, denen würde ich die gern mitnehmen Jorge.«

»Ja klar, tun sie das.«

»Ciao Jorge, bis morgen.«

Jorge kommt nach Hause und legt eine Tango-CD in den Player.

Auf dem Anrufbeantworter hatte Orfilio die Telefonnummer seines Bruders hinterlassen. Er wählt die Nummer.

»Hola, hier spricht Jorge aus Buenos Aires, kann ich bitte mit Orfilio sprechen?«

Der Hörer wird weitergegeben, Orfilio meldet sich und freut sich sehr über den Anruf. Nach kurzem hin und her wie es jedem geht und wie gut es Orfilio am Meer gefällt, kommt das Gespräch auf den Mordfall. Orfilio sagt ihm, dass er den Toten flüchtig kannte. Jorge erzählt etwas über den Stand der Ermittlungen. Er weiß, dass der seinem Freund uneingeschränkt vertrauen kann und fragt Orfilio, ob der einen Kontakt in die Rennszene herstellen könnte. Er braucht Insiderinformationen. Orfilio verspricht, sich umzuhören.

Als die Polizei Marianos Haus verlassen hat, geht er nicht noch einmal zur Rennbahn zurück. Er weiß, dass die Pferde gut versorgt sind. Als er Jorge kurz von seiner Zeit als Jockey erzählt hat, kamen all seine Erinnerungen zurück. Er war nie ein so guter Rennreiter wie Leandro es war. Mariano hatte ständig mit seinem Gewicht zu kämpfen, so bekam er auch nie viele Pferde zu reiten. Der Sieg auf dem Foto war ganz am Anfang seiner Karriere und ein ganz großer Glückstreffer. Er konnte dieses Pferd reiten, weil der ursprünglich verpflichtete Jockey kurzfristig ersetzt werden musste. Der war in einem Rennen zuvor so schwer gestürzt, dass er in der Klinik behandelt werden musste. Das Pferd war als klarer Favorit ins Rennen gegangen und sollte laut Taktik des Trainers von vorne Siegen. Er sollte sich also an die Spitze des Feldes setzen und eine Länge vor dem Hauptfeld galoppieren. Das Pferd hatte genügend Reserven, um auf der Zielgeraden gegen die Angriffe der anderen zu bestehen. Die Taktik ging auf, er siegte knapp eine Kopflänge vor den anderen und so konnte Mariano seinen ersten Sieg in einem großen Rennen feiern. Danach kamen mehr Angebote, manchmal brachte er es auf acht bis zehn Starts an einem Renntag. Zu seiner Zeit gab es das mit den Exklusivverträgen noch nicht, da wurde immer für unterschiedliche Besitzer geritten. Das ist heute im Grunde auch so, nur Christina macht da eine Ausnahme und hat Leandro und ihm Exklusivverträge gegeben. Auch Mariano begann damals ganz jung als Pferdepfleger auf der Rennbahn und weil er recht klein und damals auch leicht war, entschloss er sich eines Tages Jockey zu werden. So lernte Mariano reiten. Er war nicht untalentiert, doch musste er sich vieles sehr hart erarbeiten was Leandro einfach so zuflog. Marianos großes Problem war das Gewicht, es kostete ihn unglaublich viel Energie und Disziplin. Er war jung und eigentlich immer hungrig. So quälte er sich Tag für Tag. Immer öfter schlug er über die Stränge und aß sich satt um anschließend die doppelten Qualen, die Pfunde wieder loszuwerden, auf sich zu nehmen. Nachdem es nach seinem ersten großen Sieg ein Jahr lang steil Bergauf ging, er viele Ritte hatte und auch zahlreiche Siege für sich verbuchen konnte, kam dann der sportliche Einbruch. Er schaffte es einfach nicht mehr. Die Phasen zwischen hungern und sich satt essen konnte er nicht mehr kontrollieren. So musste er Rennen absagen oder wurde von den Pferdebesitzern gar nicht erst verpflichtet. Er war verzweifelt, ging doch sein Traum, einer von den ganz großen zu werden, nicht in Erfüllung. In dieser Zeit lernte Mariano seine spätere Frau Adriana kennen. Er war zum ersten Mal in seinem Leben richtig verliebt und verbrachte seine Zeit lieber mit Adriana als sich weiter mit dem Gewicht zu quälen. Er ritt die wenigen Rennen, die er bekam unkonzentriert und vergeigte so einige sicher geglaubte Siege. Der Abstieg kam schnell. Dann stürzte er in einem Rennen, er hatte großes Glück und wurde nur leicht verletzt doch Adriana wünschte sich, dass er den Rennsport aufgeben soll. Sie machte sich einfach große Sorgen um ihn, außerdem war sie schwanger. Sie schlug ihm vor Kurse zu besuchen, um die Trainerlizenz zu erwerben. Als er die Prüfung bestanden hatte, seine Tochter war ein paar Monate alt, gab er das Rennreiten auf und begann als Trainer zu arbeiten. Schnell merkte er, dass genau das sein Ding ist. Seit Jahren gehört er nun schon zu den besten Trainern des Landes. In seine kleine Tochter war er vernarrt, für ihn ist sie bis heute das größte Glück, das ihm widerfahren ist. Das schlimmste für ihn war vor fünf Jahren der Tod seiner geliebten Adriana. Sie ist bei einem Unfall ums Leben gekommen. Auf dem Weg zu ihrer Schwester kam ihr ein Laster auf ihrer Fahrspur entgegen, sie hatte keine Chance. Eine Welt brach für Mariano zusammen. Von diesem Zeitpunkt an klammerte er sich an seine Tochter Susana. Sie gab ihm halt, beide trösten sich gegenseitig, vermissten sie doch Adriana sehr. In seiner Trauer nahm er Susana die Luft zum Atmen. Heute weiß er das. Er hatte ihr damals viel zu viel zugemutet. Sie war ja noch ein halbes Kind. Beide verstehen sich heute blendend, seit sie sich vor einem Jahr entschieden hat, in Cordoba zu studieren. Sie sagte damals zu ihm, Papa, ich brauch mein eigenes Leben und ich muss lernen auf eigenen Füßen zu stehen. Ich bin doch nicht aus der Welt und kann jederzeit kommen. Es fiel ihm schwer doch natürlich sah Mariano ein, dass er seiner Tochter diesen Wunsch nicht abschlagen kann. Hat er doch schon ihre Ambitionen Jockey zu werden strikt unterbunden. Das hatten Adriana und er sich damals geschworen, ihr Kind soll niemals Jockey werden. Dennoch ließ Susana, die Pferde genauso liebte wie er, es sich nicht nehmen immer, wenn sie in der Stadt war zum Stall zu kommen und ein paar Pferde im Training zu reiten. Natürlich gab er ihr die unkomplizierten Tiere. Jetzt wo Mariano an all das zurückdenkt, steigen ihm Tränen in die Augen. Er bereut den Streit, den die beiden letzte Woche hatten. Susana musste abreisen, bevor sie sich versöhnen konnten. Morgen kommt sie wieder.

Jorge trifft Leandros Eltern pünktlich um neun Uhr am
Eingang zum Institut für Forensik. Beide wirken etwas
gefasster als gestern.

»Guten Morgen Herr Kommissar. Können wir jetzt
unseren Sohn sehen?«

Jorge begrüßt die beiden und sie gehen gemeinsam zum
Labor des Gerichtsmediziners. Louis erwartet sie bereits.

»Hola Louis, das sind die Eltern von Leandro Quispe«,
stellt Jorge beide vor.

»Guten Morgen. Bitte, kommen Sie hier entlang.«
Unsicher folgen sie dem Gerichtsmediziner. Der führt sie
eine Treppe hinunter, vorbei an den lärmenden
Kühlaggregaten. Sie gehen einen spärlich beleuchteten
langen Gang mit gekachelten Wänden entlang. Die
Schritte hallen. Niemand spricht. Der starke Geruch nach
Desinfektionsmitteln kann den unangenehmen, leicht
süßlichen Geruch von Formalin nicht überdecken. Louis
öffnet die Tür am Ende des Ganges und sie betreten den
Raum, in dem Leandros Leiche zugedeckt auf einem der
Obduktionstische liegt. Louis hatte zuvor umsichtig alle
Instrumente, Scheren, Zangen und Metallschalen
weggeräumt und den Leichnam so gut es ging
hergerichtet. Er deckt nun den Toten bis zu den Schultern
auf. Mit einem unterdrückten Schrei bricht Leandros
Mutter zusammen und wird von ihrem Mann gestützt.
Auch er zittert am ganzen Körper, versucht jedoch gefasst
zu wirken. Louis rückt die Stühle näher.

»Nehmen Sie sich die Zeit, die Sie brauchen. Wir lassen Sie allein und warten draußen.«

Jorge und Louis verlassen den Raum, damit Leandros Eltern mit ihrem Sohn allein sein können.

»Arme Leute, was für ein Unglück.« Selbst der sonst eher handfeste Gerichtsmediziner ist betroffen.

Nach mehr als einer halben Stunde kommen beide heraus, sie stützten sich gegenseitig.

»Herr Kommissar«, Leandros Vater spricht leise, »wir müssen heute Abend wieder zurückfahren aber wir wissen nicht wie wir unseren Sohn mitnehmen können.«

»Bitte Señor Quispe machen Sie sich keine Sorgen, wir finden eine Lösung. Lassen Sie uns zunächst zum Präsidium fahren, dann besprechen wir alles. Ich habe Leandros Sachen aus seiner Wohnung dort, die können sie gleich mitnehmen.«

Jorge verabschiedet sich von Louis und steigt zu den Eltern ins Auto.

Im Büro stehen die Kartons mit Leandros Sachen, die umsichtig von Letizia eingepackt worden sind. Sie setzen sich an den Tisch, es stehen Kaffee und ein paar Sandwichs bereit. Jorge gibt ihnen die Papiere, die sie in Leandros Zimmer gefunden haben und schiebt die Kanne und den Teller mit den Sandwichs herüber.

»Bitte bedienen Sie sich. Hier in den Kartons sind die Dinge, die sie gleich mitnehmen können. Wir würden gern bis die Ermittlungen abgeschlossen sind, noch ein paar Fotos und Kopien von Papieren behalten, wenn Sie erlauben.«

»Selbstverständlich«, erwidern die Eltern fast gleichzeitig.

»Ich habe hier die Kontoauszüge Ihres Sohnes. Er hatte im Laufe der Jahre eine beachtliche Summe zusammengespart, die nun Ihnen gehört. Hier sind die Unterlagen.«

Erstaunt sieht der Vater Jorge an. »Er hatte uns immer Geld geschickt und trotzdem noch so viel gespart?«

»Wissen Sie«, beginnt die Mutter, »er war immer bescheiden und brauchte nie viel für sich.« Wieder rinnen Tränen über ihr Gesicht. »So können wir ihm eine gute Beerdigung bereiten«, schluchzt sie.

Der Vater streichelt ihre Hand und wendet sich an Jorge, »aber wie können wir ihn denn nur nach Hause bringen Herr Kommissar?«

»Ich werde mich informieren, bitte warten Sie einen Moment.«

Jorge verlässt den Raum um zu telefonieren. Als er wieder reinkommt, sieht er wie beide eines der Fotos betrachten.

»Ist das seine Freundin?«, fragt die Mutter auf das Foto mit Susana deutend.

»Es sieht danach aus, allerdings konnte ich mit der jungen Frau bisher noch nicht sprechen. Sie ist die Tochter des Trainers.«

»Sie sieht sehr nett aus und er wirkt so glücklich.« Ein flüchtiges Lächeln huscht der Mutter über ihr trauriges Gesicht.

»Es ist möglich den Leichnam Ihres Sohnes kommende Woche zu überführen. Gleich kommt eine Kollegin und erklärt Ihnen alles ganz genau. Sie hilft Ihnen auch dabei, mit der Bank zu reden und begleitet Sie dann zum

Busterminal. Ich muss mich leider verabschieden. Ich wünschte, wir hätten uns unter anderen Umständen kennengelernt. Alles Gute für Sie.«

»Wir bedanken uns bei Ihnen, Herr Kommissar, Sie haben uns sehr geholfen. Bitte kommen Sie uns doch mal besuchen, wenn Sie in unserer Gegend sind.«

Sie umarmen sich zum Abschied. Gerade geht die Tür auf und Lorena tritt ein.

»Darf ich ihnen noch meine Kollegin vorstellen, sie kümmert sich um alles«, und kurz zu Lorena, »bist ein Schatz.«

Jorge geht für einen Moment nach draußen vor die Tür des Präsidiums. Er muss sich kurz sammeln, bevor er zurück ins Büro geht.

Fernando ist bereits da, Letizia sitzt an ihrem Schreibtisch, als Jorge das Büro betritt.

»Nun Kollegen, lassen Sie mich an Ihren Ermittlungsergebnissen teilhaben? Jorge was haben wir?«, der Chef ist ungeduldig.

»Leider noch nicht viel.« Jorge berichtet über die Ermittlungen in der Sicherheitsfirma und die Ergebnisse der Untersuchung der Sachen des Ermordeten.

»Das bedeutet«, fasst Fernando zusammen, »wir haben außer den Blutspuren und den Fingerabdrücken des Pflegers an der Tatwaffe nichts Brauchbares?«

»Nun das würde ich so nicht sagen. Wir wissen, dass zu jedem Zeitpunkt jeder, der mit minimalem sportlichen Talent gesegnet ist, ungesehen auf das Gelände kommt. Die Kameras zur Überwachung zeichnen nichts auf. Außerdem wissen wir, dass Leandro eine Freundin hatte, die Tochter des Trainers. Der Trainer wiederum hat uns dies ebenso wie die Tatsache, dass der Jockey bei ihm gewohnt hat, vergessen mitzuteilen.«

»Heißt das, du verdächtigst den Trainer?«

»Nein das bedeutet, dass die Ermittlungen weiter gehen und ich den Trainer erneut befragen werde.«

»Na dann mach mal«, unzufrieden grummelt Fernando vor sich hin und verlässt das Büro.

»Lassen Sie uns nachdenken, Letizia. Was wäre besser erst die Tochter zu befragen oder ihren Vater? Wie würden Sie vorgehen?«

»Also ich würde wohl erst die Tochter befragen. Sie muss doch am Boden zerstört sein, schließlich ist ihr Freund tot. Vielleicht möchte Sie mit jemandem darüber reden.«

»Gut, klingt einleuchtend. Ich rufe den Trainer an und frage ihn, wann seine Tochter ankommt. Dann fahren wir zu ihm.«

Jorge greift zum Telefon.

»So ein Mist.« Jorge legt den Hörer auf.

»Was ist los.«

»Die Tochter hat kurzfristig den Besuch verschoben. Aber wenigstens hat er mir ihre Telefonnummer gegeben. Mariano hörte sich niedergeschlagen an.«

»Na klar, wenn seine Tochter ihren Besuch absagt. Ich kann es verstehen, vielleicht will sie im Moment nicht an dem Ort sein, an dem ihr Freund ermordet wurde.«

»Und nicht in das Haus gehen, in dem er gelebt hat«, fügt Jorge hinzu. Er überlegt kurz.

»Ich glaube, es macht heute keinen Sinn nochmal mit dem Trainer zu sprechen. Der läuft uns sicher nicht weg. Lassen Sie uns heute etwas früher Feierabend machen

Letizia. Ich will nur noch kurz versuchen, Marianos Tochter zu erreichen.«

Jorge wählt die Nummer, die ihm Mariano gegeben hat. »Nur die Mailbox.«

Jorge hinterlässt eine Nachricht und seine Telefonnummer in der Hoffnung, dass sie ihn zurückruft. »Also gut, dann machen wir Schluss für heute. Bis morgen.«

Jorge hat es eilig. Er hofft auf eine Nachricht von Orfilio und einen Kontakt zu jemandem in der Pferderennszene. Zuverlässig wie immer hat Orfilio ihm eine Nachricht auf dem Anrufbeantworter hinterlassen.

»Hola Jorge, ich habe mit einem Freund gesprochen, der bis vor kurzem als Trainer gearbeitet hat. Er will dir gern ein paar Fragen beantworten. Ich hab angekündigt, dass du ihn anrufen wirst.«

Dann folgt die Nummer. du bist ein Engel Orfilio, denkt Jorge und wählt gleich die Telefonnummer die Orfilio hinterlassen hat.

Das Telefon ruft nur zwei Mal bevor jemand abnimmt. »Hola, wer spricht?«

»Hola ich bin ein Freund von Orfilio, Jorge Costanini. Er hat mir ihre Nummer gegeben.«

»Hola. Ja Orfilio hat sie schon angekündigt. Ich bin Edgardo. Es geht um den Mord an Leandro, nicht wahr?«

»Genau. Ich hätte gern Informationen über alles rund um die Pferderennen und die hiesige Szene.«

»Was möchten Sie wissen?«

»Ich möchte die Welt des Rennsports verstehen. Wissen Sie, ich will versuchen mir ein Bild zu machen.«

»Gern helfe ich Ihnen, aber ich will nicht ins Polizeipräsidium kommen.«

»Verstehe. Könnte ich Sie vielleicht irgendwohin einladen, wo wir in Ruhe reden könnten? Schlagen Sie einen Ort vor.«

»Wie wäre es im Café de los Angelitos in Balvanera in einer halben Stunde?«

»Abgemacht Edgardo, bis später.«

Jorge springt noch schnell unter die Dusche und zieht sich ein frisches Hemd über. Dann nimmt er ein Taxi, um Edgardo nicht warten zu lassen.

Jorge kommt vor Edgardo im spärlich besetzten Café an und entscheidet sich für einen ruhigen Tisch hinten am Fenster. Er freut sich mal wieder eine Gelegenheit zu haben, hier zu sein. Das Café de los Angelitos ist eines der ältesten und bekanntesten der Stadt. Hier ist Gardel zu seiner Zeit aufgetreten. Die historischen Fotografien an den Wänden sind wie eine Reise durch die Geschichte der Stadt und des Cafés. Vieles hat sich verändert, doch noch immer strahlt das Café die Eleganz längst vergangener Zeiten aus.

Ein kleiner, schmaler, älterer Mann in einer khakifarbenen Hose mit kariertem Hemd betritt das Lokal und schaut sich um. Das muss Edgardo sein, Jorge winkt ihm zu.

»Jorge?«

»Bitte nehmen Sie Platz Edgardo, freut mich. Danke, dass Sie Zeit für mich haben«, begrüßt Jorge seinen Gast.

Er hat gleich den Eindruck einen alten Bekannten zu treffen, so vertraut wirkt Edgardo auf Jorge.

»Ich freue mich Sie kennenzulernen Jorge. Orfilio hat mir viel von Ihnen erzählt. Sie lieben Tango nicht wahr?«

»Sehr sogar, ganz besonders die ganz alten Aufnahmen, die von Gardel, auch das Duo mit Razzano. Es ist wie ein Ausflug in die Vergangenheit für mich, verstehen Sie.« Edgardo nickt.

»Nur zu gut. Was mich allerdings wundert, lieber Jorge ist, dass Sie nicht auch dem Pferderennen verfallen sind. Sie sind doch Porteño. Es gehört für mich irgendwie zusammern. Buenos Aires, Tango und Pferdewetten. Wie es unser Freund Gardel in *Por una cabeza* besingt.«

Der Kellner kommt an den Tisch, die beiden Männer bestellen Milchkaffee und Tostados mit Schinken und Käse.

»Sie haben recht Edgardo irgendwie ist das mit den Pferderennen an mir vorbeigegangen und nun hoffe ich, dass Sie mir ein paar Geheimnisse darüber erzählen.«

»Ach so geheimnisvoll wie Sie denken Jorge, ist es nun auch wieder nicht. Aber was wollen Sie wissen? Gestatten Sie mir zuvor noch eine Frage? Ich habe gehört Sie hatten Facundo verhaftet?«

»Nicht verhaftet, nur zum Verhör ins Präsidium einbestellt, es gibt einige Indizien. Mehr darf ich Ihnen leider nicht verraten, Edgardo.«

»Schon gut. Wissen Sie ich kenne ihn und seine Vergangenheit. Ich kann mir wirklich nicht vorstellen, dass er Leandro nach allem, was der für ihn getan hat, umbringt. Was hätte das für einen Sinn?«

Der Kellner stellt den Kaffee und die Tostados auf den Tisch.

»Edgardo, auch ich halte den Pfleger nicht für den Täter. Dennoch müssen wir allen Spuren nachgehen. Wissen Sie ein Mord hat immer ein Motiv, genau das fehlt mir bei Facundo. Deshalb möchte ich mir ein Bild über die Rennsportszene hier verschaffen. Wenn ich herausfinde warum Leandro Quispe ermordet wurde, führt mich das hoffentlich zum Täter.«

Edgardo überlegt und weiß wohl nicht so recht wie er beginnen soll.

»Ja Mariano, der hatte wirklich Glück einmal mit Leandro und dann mit dem Pfleger. Beide zuverlässige, fleißige Leute. Facundo lebt nur für die Pferde. Und so talentiert wie Leandro war, ein großes Glück für einen Trainer glauben Sie mir.«

»Sie waren auch Trainer, richtig?«

»Stimmt, lange bevor Mariano so erfolgreich war. In seiner Anfangszeit als Trainer hat er mich oft um Rat gefragt, später dann weniger.«

»Warum haben Sie aufgehört, als Trainer zu arbeiten Edgardo?«

»Irgendwann habe ich eingesehen, dass es nicht mehr besser wird. Ich hatte meine Erfolge und habe sehr gute Pferde trainieren dürfen. Als Mariano noch Jockey war, hatte er öfter Pferde von mir in den Rennen geritten. Dann bekam er Gewichtsprobleme und ihm wurden irgendwann leider nicht mehr so viele gute Pferde gegeben.«

»Das heißt, er hat damals auch Pferde anderer Trainer und Besitzer geritten?«

»Das ist üblich Jorge. Die Jockeys werden für die Rennen verpflichtet und reiten Pferde verschiedener Besitzer.«

»Aber Leandro hat nur Pferde von Christina Rios Castillo geritten.«

»Richtig und Mariano trainiert nur ihre Pferde. Es ist neu im Rennsport, dass ein Trainer und ein Jockey exklusiv für einen Besitzer arbeiten. Doch ich muss sagen, der Erfolg gibt ihr recht. Haben Sie Señora Rios Castillo schon kennengelernt?«

»Ja das Vergnügen hatte ich. Eine, nun sagen wir, eigenwillige Frau.«

»Ja, Christina weiß was Sie will. Sie hat es auch nicht leicht in dem Rennzirkus. Das ist ein erzkonservativer Haufen. Damals als ihr Vater noch das Gestüt geleitet hat, waren die Pferde schon gut, doch sie hat die Zucht durch das Zukaufen wertvoller Mutterstuten und Hengste ausgebaut und noch erfolgreicher gemacht. Sie hat es geschafft zahlreiche hervorragende Rennpferde hervorzubringen. Es kommen viele Interessenten, auch aus dem Ausland um Pferde bei ihr zu kaufen oder ihre Stuten von ihren Hengsten decken zu lassen. Sie ist der Meinung, dass der Erfolg nur durch Kontinuität zustande kommt und hat deshalb darauf gesetzt Exklusivverträge mit dem Trainer und dem Jockey zu machen.«

»Und das geht scheinbar auf, oder?«

»Ihre Pferde laufen sehr erfolgreich. Wissen Sie, damals hatte sie mir den Exklusivvertrag angeboten aber ich habe abgelehnt. Ich hatte zu dem Zeitpunkt schon vor, mich zur Ruhe zu setzen. Übrigens ich hatte ihr damals Mariano empfohlen.«

»Ach, dann waren Sie also so etwas wie sein Steigbügelhalter?«

»Nun, ich würde es nicht so formulieren. Ich hab ihn gern unterstützt. Er ist ein sehr guter Trainer, besser als er als Jockey war.«

»Was mir überhaupt nicht klar ist Edgardo, was genau macht ein Trainer? Wie wird ein Rennpferd trainiert?«

»Also, ich versuche ihnen das zu erklären. Wir Trainer bekommen die Pferde in der Regel mit eineinhalb Jahren in den Stall, die sind noch sehr, sehr jung. Es wird begonnen sie erst an Zaumzeug und den Sattel später dann an den Reiter zu gewöhnen, ein Prozess der sehr viel Geduld und Einfühlungsvermögen erfordert. Wird hier nicht behutsam vorgegangen, kann ein Tier für den Rest seines Lebens verschreckt werden. Bevor ein Reiter aufsteigt, wird das Pferd zunächst an der Longe gearbeitet.«

Edgardo nimmt sich ein Stück Tostado. Dann fährt er fort.

»Rennpferde zu trainieren bedeutet in erster Linie bei dem Tier Kondition aufzubauen und diese zu erhalten. Die Pferde gehen in kleinen Gruppen in den Trainingseinheiten, später wird die Zeit gemessen. Die Kunst ist zu erkennen, welches Pferd sich für welche Distanzen eignet. Es gibt Pferde die besser auf kurzen Strecken laufen und andere, die sich für die längeren Distanzen eignen. Die Pferde müssen außerdem lernen Ehrgeiz zu entwickeln, den Siegeswillen. Das machen wir, indem wir die Trainingsgruppen so zusammenstellen, dass etwa gleichstarke Pferde im

Training Kopf an Kopf gehen und so lernen ihre Kräfte einzuteilen.«

Jorge hört gespannt zu. »Das scheint mir wirklich eine Wissenschaft für sich zu sein.«

»Ja, das wirkt vielleicht auf Außenstehende so, doch es ist Erfahrung und viel Einfühlungsvermögen gefragt. Wichtig ist auch, dass ein Trainer den richtigen Moment erkennt, wann ein Pferd in Topform ist und wann es eine Pause braucht. Eben auch, die Pferde auf die Höhepunkte der Saison vorzubereiten.«

Jorge bleibt nicht verborgen, wie sehr bei Edgardo die Augen leuchten, wenn er von seiner Arbeit erzählt.

»Edgardo, wie halten Sie es jetzt ohne ihre Arbeit aus?«

»Nun, wie ich schon sagte, einmal muss Schluss sein, ich habe viele Jahre mit meiner Passion Geld verdienen dürfen. Aber die Zeiten ändern sich, da will ich nicht mehr mitspielen. Es ist so viel mehr Geld im Spiel in den letzten Jahren. Wissen Sie Jorge, von vielen Besitzern werden die Pferde als Geldanlage gesehen die möglichst viel und schnell Rendite abwerfen muss. Da wird schon auch häufig entgegen der Gesundheit des Tieres entschieden und es werden Pferde ins Rennen geschickt, die nicht fit sind.«

»Was bedeutet das?«

»Nun zum Beispiel, werden den Pferden Schmerzmedikamente verabreicht, wenn sie eine verletzte Sehne haben damit sie weiterlaufen können. Das ist für mich nicht mehr der Rennsport, den ich geliebt habe.«

»Das klingt grausam. Ist das nicht Doping? Gibt es denn keine Kontrollen?«

»Nun die Kontrollen, ja gibt es. Doch Sie wissen ja, wie es hier läuft. Warum sollte die Korruption ausgerechnet vor unserem Sport halt machen.«

»Ich kann es mir vorstellen Edgardo.«

»Ich hatte großes Glück, zu meiner Zeit war das noch nicht so extrem wie heute. Ich erfreue mich weiterhin an den Pferden, ich bin noch immer fast jeden Tag auf der Rennbahn. Doch ich bin viel kritischer mit all dem inzwischen. Es gibt nur ganz wenige Trainer, die noch verantwortungsvoll mit den Pferden arbeiten.«

»Ist denn Mariano einer von denen?«

»Soweit ich es einschätzen kann ja. Er ist ein wahrer Pferdemann.«

»Edgardo, Sie sind so nah dran, da hören Sie doch auch so manches. Wissen Sie ob Leandro mit jemandem Streit hatte, haben Sie etwas mitbekommen?«

»Leandro Streit? Also ich habe nie etwas mitbekommen und glauben Sie so etwas spricht sich herum, es ist wie ein Dorf. Er war der gutmütigste Mensch, den ich je getroffen habe, alle mochten ihn. Er war ehrlich, hat sich nie an Intrigen beteiligt, die es unter den anderen Jockeys gab.«

»Intrigen, welcher Art?«

»Nun, jeder will die besten Pferde reiten, die Jockeys verdienen auch pro Start in den Rennen und dann noch die Gewinnprämie dazu. Da wird schon mal der Eine oder Andere vor den Trainern und Besitzern schlecht gemacht.«

»Aber Leandro hatte ja einen Exklusivvertrag, der war da raus.«

»Er hatte natürlich viele Neider. Wer wünscht sich nicht einen solchen Vertrag.«

»Nun die Frage ist doch, wer profitiert nun von seinem Tod, jemand wird seinen Platz einnehmen. Haben Sie eine Idee, wer da infrage käme Edgardo?«

»Das ist schwierig zu beantworten. Es gibt wohl ein oder zwei die in die engere Wahl kommen, aber bei Christina kann niemand wissen, was sie plant. Möglich ist auch, dass sie jemanden aus dem Ausland holt.«

»Der Jockey, der Señora Rios Castillos Pferde am Tag des Mordes geritten hat, hat der eine Chance?«

»Wohl eher nicht. Das war eine Notlösung, weil niemand anders frei war. Wäre es gut gelaufen vielleicht, aber so. Nein ich denke nicht, dass er die Pferde reiten wird. Was ich gehört habe ist, dass Christina bis sie sich entschieden hat, die beiden Jockeys, die in die engere Wahl kommen, im Wechsel die Pferde reiten lassen will.«

»Edgardo, würden Sie mir die Namen der beiden in Frage kommenden Jockeys geben?«

Jorge reicht ihm ein Blatt Papier und einen Stift rüber.

»Nur wenn Sie mir versprechen, dass Sie meinen Namen raushalten. Ich möchte dort noch in Ruhe meine Zeit verbringen.«

»Sie können sich auf mich verlassen Edgardo.«

»Ich habe noch eine Frage. Gibt es so was wie Manipulation bei den Rennen?«

Edgardo lacht laut auf als hätte er auf diese Frage gewartet. »Jorge es ist nicht die Frage, ob es das gibt. Die Frage ist, wer nicht mitmacht.«

Jorge sieht ihn ungläubig an. »Erzählen Sie.«

»Seit es den Rennsport gibt, wird viel Geld damit verdient und über die Wetten eingenommen. Da wird schon das ein oder andere Mal ein Jockey angesprochen, nicht das letzte aus seinem Pferd herauszuholen. Selbstverständlich gegen eine Prämie. Sie verstehen was ich meine?«

»Wettbetrug?«

»Genau. Natürlich würde es der Rennleitung sofort auffallen, wenn ein Pferd bewusst zurückgehalten wird, aber es gibt immer Tricks es nicht danach aussehen zu lassen, beweisen lässt sich das schwer. Verdächtig wird es, wenn auf einen Außenseiter sehr viel Geld gewettet wird. Doch auch da ist es problematisch Beweise zu finden. Da muss sich schon jemand finden der redet.«

»Und die Trainer und Besitzer, sind die eingeweiht?«

»Das kann ich so pauschal nicht sagen, manchmal geht das sogar von den Besitzern oder Trainern aus.«

»Wie muss ich mir das vorstellen, kommt da jemand zu den Jockey und sagt: du heute mal nicht alles geben?«

»So oder so ähnlich, dann wird noch ein Preis ausgehandelt. Aber ja, es ist wohl so wie Sie sagen.«

»Edgardo, können Sie sich vorstellen, dass Leandro in solche Machenschaften verwickelt war?«

»Das würde ich ausschließen, der war ein ehrlicher Junge, der die Pferde und seinen Job liebte. Nein ich glaube nicht, dass er betrogen hat. Aber ganz sicher bin ich, dass er mindestens einmal angesprochen wurde.«

»Hatte Leandro eigentlich eine Freundin?«

»Offiziell hab ich ihn nie mit jemandem gesehen, aber es wurde gemunkelt, dass er mit Marianos Tochter Susana zusammen war. Wenn, dann haben beide es sehr gut geheimgehalten, wohl nicht zuletzt auch wegen Mariano.«

»Was sollte Mariano denn gegen eine Beziehung der beiden gehabt haben? Nach allem, was ich über Leandro gehört habe, war er ein liebenswerter Kerl.«

»Nun das sollten Sie besser Mariano fragen.«

»Edgardo, möchten Sie noch etwas trinken, ich nehme noch ein Wasser, was kann ich Ihnen bestellen?«

»Für mich bitte auch.«

Jorge ruft den Kellner.

»Jorge, mir ist da in letzter Zeit etwas aufgefallen. Keine Ahnung, ob das etwas mit dem Fall zu tun haben könnte.«

»Sie machen mich neugierig.«

»In den letzten Wochen tauchten immer wieder Leute aus Mexiko in den Ställen auf. Die scheinen nichts von Pferden und dem Rennsport zu verstehen. Sie sprachen bereits mit einigen Trainern unter anderem mit Mariano. Er hat mir auch erzählt, dass die nichts über Pferde wissen. Ich selbst habe nie mit denen geredet. Vermutlich wollen die Geld in Rennpferde investieren oder sind auf der Suche nach Leuten für ihre Pferde. Erst vor zwei Wochen ist ein Jockey aus San Isidro nach Mexiko gegangen. Ich werde mich mal umhören, oder auch selber mit ihnen sprechen, mal sehen was die wollen. Wenn es für Sie interessant ist, gebe ich Ihnen Bescheid.«

»Edgardo, ich hätte nicht gewagt Sie darum zu bitten, aber sehr gern. Das ist wirklich sehr nett von Ihnen.«

»Alles gut Jorge, ich bin ja selber neugierig.«

»Edgardo, Ich danke Ihnen sehr für Ihre Zeit, Sie haben mir ein großes Stück weitergeholfen. Jetzt ist das alles gar nicht mehr so geheimnisvoll.«

Jorge winkt den Kellner heran und zahlt die Rechnung.

»Es war eine Freude Sie kennenzulernen Jorge. Ich würde mich freuen, wenn wir uns wieder mal treffen, dann auch mit Orfilio. Begleiten Sie uns doch mal zur Rennbahn.«

»Das werde ich gern tun Edgardo.«

Die beiden Männer verlassen das Lokal. Jorge winkt ein Taxi heran.

»Kann ich Sie irgendwo absetzten Edgardo?«

»Nein vielen Dank, ich wohne nur ein paar Blocks von hier und laufe gern das Stück.«

»Gut also dann bis demnächst und kommen Sie gut nach Hause.«

Es gibt also durchaus Motive für einen Mord an Leandro, denkt Jorge. Vielleicht der Neid eines anderen Jockeys der scharf auf seinen Job war? Oder spielt Doping eine Rolle? Jorge kann sich nach all dem, was über Leandro gesagt wurde, nicht vorstellen, dass er sich hat kaufen lassen.

»Letizia, wir müssen uns zusammensetzen, rufen Sie bitte den Chef an.«

Jorge will die beiden in seine Recherchen einweihen. Er erzählt ihnen, was er am Tag zuvor erfahren hat, beide sind verblüfft.

»Das ist ja total widerlich, was da mit den Pferden gemacht wird.« Letizia ist empört.

»Jorge«, Fernando überlegt kurz und fährt fort, »nun haben wir eine Reihe von möglichen Motiven, aber wie willst du so jemanden überführen. Es könnte ja auch so gewesen sein: Der Pfleger wurde bestochen einem Pferd etwas zu verabreichen, zufällig kam Leandro dazu, es kam zu einem Streit und Facundo nahm den Stein. Den Rest kennen wir. Das wäre doch möglich, oder?«

»Im Morgengrauen? Außerdem, wenn es so war, hätte er das sicher nicht umsonst gemacht. Dann hätten wir irgendwo Geld bei Facundo finden müssen, haben wir aber nicht. Der Junge liebt seine Pferde, der würde denen nie etwas antun.«

»Und wenn ihm gesagt worden ist, dass das ein Präparat ist, was gut für das Pferd ist? Vielleicht sogar vom Trainer?«, schaltet sich Letizia ein.

»Genau, und damit es wirkt, muss es zwischen vier und fünf Uhr morgens verabreicht werden aber nur, wenn sich zwei Eidechsen am Wegesrand kreuzen und anschließend dreimal um den Stall gelaufen wird und ganz zufällig kommt, entgegen seinen Gewohnheiten, auch noch Leandro um diese Zeit um die Ecke. Leute, bitte…. Mein Informant sagt außerdem, dass Mariano zu den Trainern gehört, die sauber arbeiten«, entgegnet Jorge die Augen verdrehend.

Letizia bricht in schallendes lachen aus während Fernando Jorge mit strenger Mine ansieht und nicht locker lässt.

»Dann ist es eben von einem der Konkurrenten ausgegangen. Warum schützt du den Jungen?«

»Fernando, wir haben nichts gefunden. Die Spurensicherung hat alles genau untersucht, keine Reste von Medikamenten, Spritzen oder sonst etwas. Ich will die Wahrheit herausfinden. Bei Facundo sehe ich einfach kein Motiv.«

»Dann mach mal. Was sind deine nächsten Schritte?«

»Ich hoffe, ich kann heute mit der Tochter des Trainers sprechen und dann möchte ich auch nochmal mit Mariano reden.«

»Also los, wir haben keine Zeit zu verlieren.«

Fernando öffnet die Tür.

»Ich brauch Resultate, irgendwas was ich der Presse sagen kann.«

»Die Ermittlungen dauern an, sag ihnen das.«

Jorge wendet sich an seine Assistentin. »Also Letizia, dann lassen Sie uns heute nochmal mit dem Trainer sprechen. Ich hätte schon gern eine Erklärung von ihm, warum er uns nicht gesagt hat, dass Leandro bei ihm gewohnt hat. Wir fahren in einer Stunde los. Vorher versuche ich nochmal, seine Tochter zu erreichen.«

Es klopft kurz an der Tür, ein Kollege tritt ein. Hinter ihm steht eine junge Frau.

»Hier möchte euch jemand sprechen.«

»Guten Tag, ich bin Susana Lopez. Kommissar Costanini? Sie hatten mir auf die Mailbox gesprochen.«

Verblüfft sieht Jorge sie an. »Ja, das hatte ich, sehr nett, dass Sie vorbeikommen konnten. Bitte setzen Sie sich.«

Jorge rückt einen Stuhl zurecht.

»Möchten Sie etwas trinken?«

»Danke gern, ein Wasser, wenn Sie haben.«

Die junge Frau hat eine ruhige Ausstrahlung, sie sieht ihrem Vater sehr ähnlich. Ihre Traurigkeit ist nicht zu übersehen.

»Bitte finden Sie denjenigen, der Leandro das angetan hat, Herr Kommissar. Er hat mir das liebste genommen.« Tränen laufen ihr die Wangen herunter.

»Susana, wenn es für Sie jetzt zu schwer ist, wir können auch später reden.«

»Nein, nein es wird auch später so sein. Vielleicht kann ich ja helfen.«

»Wie Sie wollen. Sie und Leandro waren ein Paar, ist das richtig?«

»Ja, das stimmt, seit fast zwei Jahren. Wissen Sie ich studiere in Cordoba aber wir haben uns so oft es ging gesehen.«

»Ich habe gehört, dass Sie Ihre Beziehung vor Ihrem Vater geheim gehalten haben. Warum?«

»Wir wollten ihm davon erzählen aber erst, wenn Leandro in seine eigene Wohnung gezogen ist. Wissen Sie, seit meine Mutter tot ist klammert sich mein Vater so sehr an mich. Ich bin deshalb auch nach Cordoba gegangen. Wahrscheinlich hätte er gedacht Leandro nimmt mich ihm weg und ich wollte nicht, dass Leandro Probleme bekommt.«

»Aber die beiden hatten sich doch gut verstanden, sonst wäre Leandro doch nicht zu ihm ins Haus gezogen?«

»Ja auf der Ebene Trainer Jockey schon. Manchmal hatte ich auch das Gefühl, er ist für ihn der Sohn, den er nie hatte. Aber als zukünftigen Schwiegersohn hat er ihn ganz sicher nicht gesehen.«

»Was macht Sie da so sicher?«

»Er sagte immer zu mir, du wirst mal einen Tierarzt heiraten und dann eröffnet ihr eine eigene Pferdeklinik und ich unterstütze euch. Das hat er immer wieder gesagt und seine Augen haben gestrahlt.«

»Und Sie haben nichts dazu gesagt?«

»Anfangs schon doch da wurde er immer so traurig, da habe ich es dann dabei belassen. Ich wollte nicht, dass er traurig ist. Ich hatte gehofft irgendwann versteht er, dass ich mein eigenes Glück finden muss.«

»Wie haben Sie denn von Leandros Tod erfahren?«

»Sie werden es kaum glauben«, wieder beginnt sie zu schluchzen, »aus dem Fernsehen, ich war in Cordoba. Ich bin am Abend vor seinem Tod gefahren. Vorher hatte ich noch Streit mit meinem Vater.«

»Können Sie uns erzählen worum es bei dem Streit ging?«

»Ach, er wollte mir verbieten ein paar Pferde im Training zu reiten. Er will mich immer in Watte packen.«

Jorge nickt. »Verstehe. Können Sie sich vorstellen, dass er etwas von Ihrer Beziehung zu Leandro gewusst haben könnte?«

»Ich kann mir nicht vorstellen woher? Es wusste niemand, wir waren sehr vorsichtig.«

»In der Szene hatten sie etwas gemunkelt von Ihrer Beziehung. Wussten Sie das?«

»Es war mir klar. Doch ich kenne meinen Vater, der gibt nie was auf irgendwelches Gerede.«

»Wissen Sie Susana, wir haben Fotos von Ihnen und Leandro in seinem Zimmer gefunden. Es könnte ja sein, dass ihr Vater die gesehen hat.«

Susana denkt eine Weile nach.

»Das könnte die Erklärung für sein Aufbrausen an dem Tag sein. Es war anders als sonst. Er wirkte sehr wütend, so ein Mensch ist er nicht. Aber auf der anderen Seite würde er nie in den Sachen anderer schnüffeln.« Sie zuckt mit den Schultern.

»Was war dann, sind Sie gleich abgereist?«

»Ja ich musste sowieso fahren, weil ich ein Seminar am nächsten Tag hatte. Aber es tat schon weh, nach so einem Streit abzureisen. Ich wollte ihn dann noch von unterwegs anrufen, da merkte ich, dass ich mein Handy bei ihm liegengelassen hatte.«

»Und Leandro, hatten Sie mit ihm nach dem Streit gesprochen?«

»Ich hatte ihm eine Nachricht von zu Hause geschickt, dass ich fahre und ihn später anrufen würde. Dazu kam es dann ja nicht mehr. Herr Kommissar, glauben Sie denn mein Vater hat etwas mit Leandros Tod zu tun?«

»Ich glaube gar nichts, Susana. Wir wollen gründlich ermitteln und da ist jeder Hinweis wichtig verstehen Sie?«

»Da ist noch etwas. Leandro und ich, wir hatten Pläne. Wir wollten uns was Eigenes aufbauen, wenn ich mit dem Studium fertig bin. Er wollte kein Jockey mehr sein. Er sagte mir, dass er dazu die Pferde viel zu sehr liebe, als das er weiter Rennen reiten will. Er hatte so ein gutes Händchen für die Tiere und ihm gefiel es nicht, wie achtlos in dem ganzen Rennzirkus mit den Tieren umgegangen wird. Wissen Sie, für viele Besitzer sind die Pferde nur Geldmaschinen und wenn die nicht genug bringen, werden sie aussortiert. Für Leandro war das zunehmend unerträglich wie einige, nicht alle, seiner Kollegen mit den Tieren umgegangen sind.«

Jorge nickt.

»Ich habe mich ein wenig informiert, Susana. Wettbetrug und verabreichte Schmerzmittel, richtig?«

»Ja und noch viel mehr, ich will das gar nicht weiter ausführen. Leandro war es leid, Teil dieses Systems zu sein. Obwohl, er hatte Glück bei Señora Christina unter Vertrag zu sein. Sie hat sich nicht auf krumme Machenschaften eingelassen. Mag sie sein wie sie ist, aber sie ist immer eine ehrliche Kämpferin, sie hat einfach sehr gute Pferde. Wenn sich bei ihr jemand gewagt hat gegen die Regeln zu verstoßen, war der sofort raus.«

»Hat Leandro oder haben Sie mit jemandem über ihre Pläne gesprochen?«

»Nein nie. Das waren ja keine wirklichen Pläne, nur so Ideen, Spinnereien würden viele wohl sagen.«

»Können Sie genauer werden?«

»Ach wir wollten einen eigenen Stall und selber Pferde ausbilden und eine Pferdeklinik. Ich weiß klingt nach fixen Ideen.«

»Susana, wir müssen Ihren Vater noch einmal befragen, dabei müssen wir auch Ihre Aussage einbeziehen. Ich hoffe, das ist Ihnen bewusst.«

»Das ist es. Aber bitte, gehen Sie nicht so hart mit ihm um. Ich bin sicher, er hat mit dem Mord nichts zu tun. Herr Kommissar, haben Sie vielleicht die Telefonnummer der Eltern von Leandro, ich würde mich gern bei ihnen melden. Eigentlich sollte ich sie diesen Sommer kennenlernen. Wir wollten sie gemeinsam besuchen fahren. Und nun.«

Susana beginnt wieder zu weinen. Letizia geht zu ihr und nimmt sie in den Arm. Jorge reicht ihr den Zettel mit der Telefonnummer.

»Wir fahren jetzt zu Ihrem Vater, sollen wir Sie gleich mitnehmen?«

»Gern, vielen Dank.«

Die drei verlassen das Gebäude und steigen ins Auto. Auf der Fahrt zu Rennbahn schweigen sie.

Letizia kommt die Geschichte zwischen Vater und Tochter bekannt vor. Sie kann ihrem Vater bis heute nichts von ihrer Liebe zu Pia sagen. Ihr Vater rechnet damit, dass ihm wohl irgendwann einmal ein wohlhabender zukünftiger Schwiegersohn vorgestellt wird. Gestern hatte Letizia sich ein Herz gefasst und bei einer gemeinsamen Freundin nach Pia gefragt. Die wusste nur so viel, dass Pia an die Küste gefahren ist, um dort die Sommersaison in einem der Hotels zu arbeiten. Sie kannte sogar den Namen des Hotels. So hatte Letizia wenigstens einen Anhaltspunkt. Vielleicht kann sie ja, wenn der Fall gelöst ist, einfach hinfahren und nochmal mit Pia reden.

»Sie können mich hier absetzen, den Rest gehe ich zu Fuß.«

Susana verabschiedet sich.

»Vielen Dank. Und bitte, seien Sie nicht so streng mit meinem Vater.« Sie schließt die Autotür und winkt noch einmal.

»Armes Mädchen, erst verliert sie ihren Freund und nun ist auch noch ihr Vater verdächtig«, meint Letizia mitfühlend.

»Zugegeben sein Verhalten ist durchaus merkwürdig. Hören wir, was er uns heute zu sagen hat.«

Sie fahren durch die Pforte zum Parkplatz. Es ist einiges los, das Training ist in vollem Gange. Es dauert eine Weile, bis sie Mariano gefunden haben. Er steht mit einer Stoppuhr in der Hand auf der anderen Seite des Geläufs. Jorge winkt ihm aus der Ferne zu und versucht ihm zu verstehen zu geben, dass sie auf ihn warten würden. Nach einer Viertelstunde kommt Mariano zu ihnen herüber.

»Herr Kommissar, junge Dame bringen wir es hinter uns. Was möchten Sie wissen?«

Er trinkt einen Schluck Wasser und bietet den beiden auch etwas an, die dankend ablehnen.

»Mariano, warum haben Sie uns nicht erzählt, dass Leandro bei Ihnen gewohnt hat?«

Mariano seufzt, »nun ganz ehrlich, ich habe selbst keine Erklärung dafür.«

Jorge sieht ihn ungläubig an.

»Glauben Sie mir, vielleicht hab ich es vergessen. Vielleicht hab ich es nicht für nötig erachtet oder gedacht Sie werden mich schon noch fragen, wenn es wichtig ist. Suchen Sie sich eine Antwort aus.«

»Es ist Ihnen schon klar, dass Sie sich mit einem solchen Verhalten verdächtig machen Mariano?«

Mariano nickt.

»Aber warum sollte ich denn Leandro töten? Er war wie ein Sohn für mich und außerdem mein bester Jockey, das würde doch keinen Sinn ergeben.«

»Morde ergeben nie einen Sinn, Mariano. Wissen Sie eigentlich, wer nun Leandros Nachfolge als Jockey antreten soll?«

»Ich weiß nur, dass Señora Christina einige in der engeren Wahl hat, aber bedaure Namen habe ich keine. Das müssen Sie sie schon selbst fragen. Sie kommt morgen wieder aus Pergamino in die Stadt.«

»Haben Sie als Trainer jemanden im Auge den Sie gern hätten. Werden Sie eigentlich gefragt?«

»Nun gefragt vielleicht, Señora Christina interessiert sich für meine Meinung doch am Ende trifft sie ihre Entscheidung ohne mich. Sie kann gut einschätzen, wer auf ihre Pferde passt. Wie gesagt, morgen will sie sich mit mir zusammensetzen.«

»Kommen Sie schon, Mariano, ihnen schwirrt doch sicher der ein oder andere Jockey im Kopf herum.«

»Bedaure Kommissar.«

»Der Jockey«, Jorge blättert in seinem Notizbuch, »Eduardo, der die Pferde am Tag des Todes von Leandro geritten hat, ist es wohl nicht zufällig.«

»Ich kann es ihnen wirklich nicht sagen.«

»Aber seine Telefonnummer, die können Sie mir doch sicher geben.«

»Selbstverständlich. Er ist auch gerade hier auf der Rennbahn, wenn Sie ihn sprechen möchten, ruf ich ihn kurz an.«

»Das ist nett, danke.«

Mariano greift zum Handy. »Hola Edu, der Kommissar möchte dich sprechen. Hast du kurz Zeit?«

Der Trainer steckt das Handy in seine Hosentasche. »In einer halben Stunde ist er mit dem Training fertig, er wartet vorne am Stall auf Sie.«

»Vielen Dank«, Jorge überlegt kurz und fragt Mariano, »wussten Sie, dass Leandro und Ihre Tochter ein Paar waren?«

Überrascht sieht der Trainer Jorge an. »Ein Paar, wie meinen Sie das?«

»Nun beide hatten eine Liebesbeziehung.«

»Das glaube ich nicht! Susana und Leandro, die waren doch wie Geschwister. Nie im Leben!«

»Wir haben heute Morgen mit Ihrer Tochter gesprochen. Sie hat es uns gesagt.«

»Warum tut sie mir so was an, hinter meinem Rücken.« Mariano wirkt schockiert.

»Hätten Sie denn etwas gegen die Beziehung gehabt? Ich meine sie mochten Leandro doch?«

»Ich mochte ihn. Aber nicht im Traum hätte ich daran gedacht.«

»Das beantwortet meine Frage noch nicht. Wären Sie gegen die Beziehung gewesen Mariano?«

»Das kommt so überraschend für mich. Ich kann es ihnen nicht sagen. Es tut weh, dass meine Susana oder besser gesagt die beiden es mir verheimlicht haben.« Mariano fühlt sich, als würde ihm der Boden unter den Füßen weggezogen.

»Sprechen Sie mit Ihrer Tochter Mariano.«

»Herr Kommissar, bitte wenn Sie keine Fragen mehr haben, ich möchte jetzt gern nach Hause.« Mariano verabschiedet sich.

»Lassen Sie uns dort drüben auf den Jockey warten Letizia.«

Jorge und Letizia gehen rüber zum Stall und setzen sich auf eine Bank.

»Also entweder hat er das alles sehr gut gespielt oder er hatte wirklich keine Ahnung.« Letizia sieht Jorge an.

»Er ist total verletzt, wäre ich wohl auch in dieser Situation. Er tut mir wirklich leid, ist ein netter Kerl.« Jorge sucht in seinem Handy die Nummer von Christina. Er erreicht sie sofort und sie verabreden sich für morgen. Sie sehen Mariano am Eingang stehenbleiben und mit zwei Männern in dunklen Anzügen reden. Sie scheinen sich zu kennen. Das Gespräch war nach wenigen Minuten beendet. Mariano setzt sich auf seinen Motorroller und fährt los. Die beiden Männer gehen weiter zu den Trainingsbahnen. Ob das wohl die Mexikaner sind, von denen Edgardo ihm erzählt hat, fragt sich Jorge.

Ein nicht mehr ganz junger Jockey kommt auf sie zu.

»Herr Kommissar? Ich bin Eduardo Norega, Sie wollten mich sprechen?«

»Wir haben ein paar Fragen an Sie. Danke das Sie kurz Zeit haben.«

»Worum geht es?«

»Sie haben an dem Tag, als Leandro Quispe tot aufgefunden wurde, die Pferde im Rennen geritten, die er reiten sollte. Ist das richtig?«

140

»Stimmt, Señora Rios Castillo, die Besitzerin, hat mich angesprochen. Ich hatte an dem Tag nicht viele Starts und konnte fünf von ihren acht gemeldeten Pferden reiten.«

»Wie ich hörte, lief das nicht so gut?«

»Überhaupt nicht, keins der Pferde kannte ich, nicht mal aus dem Training. Wenigstens mit einem von denen kam ich noch knapp ins Geld.«

»Wie ist denn Señora Rios Castillo auf Sie gekommen?«

»Ich war wohl einer der wenigen, der noch frei war. In zwei Rennen wurden die Pferde, die ich ursprünglich reiten sollte kurzfristig zurückgezogen, so fragte sie mich.«

»Hatten Sie zuvor schon andere Pferde von ihr geritten?«

»Ab und zu, wenn sie zwei Pferde in einem Rennen hatte. Ich sollte dann entweder die Pace machen, also das Renntempo mit dem Pferd bestimmen oder so im Feld reiten, dass ich die Lücke für das andere Pferd im richtigen Moment aufmachen kann.«

Jorge der sich zuletzt auch mit Renntaktiken beschäftigt hat, fragt nochmal nach.

»Verstehe ich das richtig. Sie bestimmen das Tempo des ganzen Starterfeldes hinsichtlich der Stärke des anderen Pferdes und lassen sich im richtigen Moment zurückfallen?«

»So in etwa. Das ist durchaus üblich, wenn ein Pferd seine Leistung aus einem bestimmten Grundtempo heraus am besten zeigen kann und am Ende noch Speed hat und aus einer hinteren Position das Rennen gewinnen soll.«

»Aber Sie ritten nie das Pferd, was gewinnen sollte?«

141

»Nein die Taktik war ja eine andere. Das andere Pferd, was meist Leandro geritten hatte, sollte gewinnen.«

»Nur aus reiner Neugier. War es auch mal umgekehrt, dass Sie statt er gewonnen haben?«

»Ein einziges Mal und das hat der Besitzerin gutes Geld eingebracht, mir übrigens auch. Wissen Sie, wenn ein Außenseiter gewinnt, ist der Gewinn umso höher.«

»Jetzt nach Leandros Tod, rechnen Sie damit von Señora Rios Castillo fest unter Vertrag genommen zu werden?«

Eduardo lacht laut los.

»Ich? Nein, nie im Leben, wirklich nicht. Ich bin nicht gut genug und außerdem viel zu alt. Ich plane in spätestens zwei Jahren aufzuhören, wenn ich das körperlich überhaupt noch so lange durchhalte.«

»Können Sie sich vorstellen, wen Señora Rios Castillo als zukünftigen Jockey unter Vertrag nehmen könnte?«

»Es wird so einiges geredet, da sind zwei Namen im Spiel Esteban Fuentes und Daniel Oliverea. Aber ob es einer der beiden wird? Könnte auch sein, dass sie jemanden aus dem Ausland holt.«

Was der Jockey erzählt deckt sich damit, was Jorge von Edgardo erfahren hatte.

»Eduardo, wissen Sie etwas von Intrigen oder Neidern Leandro gegenüber?«

»Da weiß ich nichts, was nicht bedeutet, dass es keine gegeben hat. Überall gibt es das, bis zu mir ist allerdings nichts durchgedrungen. Aber ich halte mich eh aus allem raus, will keinen Stress, verstehen Sie.«

Jorge nickt.

»Kennen Sie den Pfleger, Facundo.«

»Und ob ich den kenne. El Loco. Jeder hier kennt ihn. Der ist total verrückt mit den Pferden, ich habe gehört der schläft sogar in der Box bei denen. Der würde sein Leben für die geben.«

»Ach sagen Sie, diese beiden Männer in den dunklen Anzügen dort drüben, kennen Sie die?«

»Gesprochen hab ich nicht mit denen aber ich habe gehört, dass es Leute aus Mexiko sind. Die suchen wohl Pferde, Trainer und Jockeys wollen wohl hier in den Galoppsport investieren.«

»Okay danke und alles Gute für Sie.«

»Hals- und Beinbruch sagen wir, Herr Kommissar«, lacht Eduardo.

»Also dann, Hals- und Beinbruch.«

Nachdenklich gehen Jorge und Letizia zum Auto.

»Viel hat das nicht gebracht aber immerhin wissen wir jetzt das hier scheinbar in größerem Stil investiert werden soll. Ich kann mir zwar noch keinen Reim darauf machen, doch mein Instinkt sagt mir, dass der Mord was mit den Mexikanern zu tun hat. Ich weiß nur noch nicht wie. Lassen Sie uns Feierabend machen für heute. Soll ich Sie zu Hause absetzen Letizia?«

Letizia nickt, abwesend. »Das mit den Mexikanern, was genau meinen Sie, können die mit dem Mord zu tun haben?«

»Keine Ahnung, wie gesagt ist nur so ein Gefühl. Ich muss darüber nachdenken. Vielleicht kann uns Christina etwas dazu sagen?«

Jorge hält vor Letizias Haustür.

»Also bis morgen.«

143

Jorge winkt ihr zu, bevor er sich wieder in den Verkehr einfädelt.

Als Mariano nach Hause kommt, duftet das Haus nach frischem Eintopf. Susana hat gekocht.

»Susana mein Kind, warum nur?«

Enttäuscht sieht Mariano seine Tochter an.

»Papa«, Susana schluchzt, »ich verstehe, dass du verletzt bist. Ich wollte, wir wollten es dir immer sagen. Aber es fand sich nie der richtige Zeitpunkt. Und dann unser letzter Streit. Ich hatte immer Angst es dir zu sagen. Du wolltest doch immer, dass ich einen Tierarzt heirate.«

»Kind, es tut mir so leid.« Marianos Stimme zittert. »Ich habe alles falsch gemacht, schon wieder. Du konntest mir nicht vertrauen. Deiner Mutter wäre das nie passiert.«

»Sag so was nicht Papa.«

»Ich hätte dich fragen sollen, was du willst. Dann hättest du mir vertrauen können. Bitte verzeih mir.«

»Weißt du Papa, er fehlt mir so, wir waren so glücklich miteinander. Wir wollten heiraten.«

»Kind, wie du mir all das nicht sagen konntest. Ich verstehe es nicht.« Mariano konnte seine Enttäuschung nicht verbergen. Er ist hin- und her gerissen zwischen der Liebe zu seiner Tochter und seinem verletzten Stolz.

»Wann fährst du wieder nach Cordoba?«

Susana zuckt mit den Schultern. »Weiß noch nicht, in ein paar Tagen. Übrigens ich werde die Eltern von Leandro besuchen.«

Mariano nimmt einen Löffel Eintopf. Er sieht seine Tochter an und nimmt ihre Hand. »Schmeckt wie der deiner Mutter.«

Jorge kommt nach Hause, Maria hatte ihm auf den Anrufbeantworter gesprochen, also ist sie aus dem Dschungel zurück. Jorge kühlt sich unter der Dusche ab, legt sich aufs Sofa, dreht den Ventilator so, dass er den Luftstrahl abbekommt und schaltet den Fernseher ein. Er will nichts Bestimmtes sehen, sich einfach nur berieseln lassen. Der Blödsinn lässt ihn manchmal gut abschalten. Jorge schläft ein und wird durch das Klingeln des Telefons geweckt.

»Hola Maria schön dich zu hören«

»Hab ich dich geweckt?« Maria ist der verschlafene Ton nicht entgangen.

»Bin wohl nur kurz eingenickt. Wie geht es dir? Wie war es im Regenwald?«

»Gut, anstrengend in der Hitze hier, aber wir konnten schon was bewegen. Wir sind jetzt in einer kleinen Stadt, um unsere Projektpartner von hier aus zu kontaktieren. Übermorgen fahren wir wieder zurück.«

Maria beginnt, ihm von dem Stamm aus dem Amazonasgebiet und dessen aktueller Bedrohung zu erzählen. »Stell dir vor Jorge, durch ihr Gebiet soll eine Straße gebaut werden.«

»Das ist doch gut für die Menschen dort, oder nicht?«

»Nein, Jorge nein. Das klingt vielleicht im ersten Moment wie ein Vorteil. Doch am Ende wird die Straße gebaut, um die Abholzung der Wälder zu forcieren. So sieht es aus.« Marias Stimme überschlägt sich vor Empörung. »Die Bulldozer stehen schon hier und es ist eine Frage der Zeit bis die loslegen. Es gibt immer wieder Blockaden und auch Verhaftungen. Sogar das Militär haben sie geschickt. Die Menschen kämpfen um ihr Überleben als indigene Gemeinschaft und die Regierung lässt es geschehen. Die Menschen verlieren hier ihre Lebensgrundlagen. Die Holzmafia ist gnadenlos, die schüchtern die Menschen ein und schrecken auch vor Morden nicht zurück. Uralte Bäume werden gefällt, das Holz verkauft damit sich andere Tropenholzmöbel in ihre Wohnungen stellen können und anschließend wird das Land in riesige Monokulturen verwandelt. In anderen Teilen des Regenwaldes werden riesige Flächen niedergebrannt, um Ackerflächen oder Weideland zu gewinnen. Und dann die illegalen Goldsucher, die ganze Regionen kontaminieren. Eine unwiederbringliche Zerstörung der Ökosysteme und Biodiversität. Und das hat direkte Auswirkungen auch auf unseren ganzen Kontinent, ja auf die Welt. Das Klima spielt doch jetzt schon verrückt. Oder kannst du dich an so starke Überschwemmungen erinnern, wie es sie in den letzten beiden Jahren bei uns gab? Oder die Dürren in manchen Regionen? Jorge da können wir doch nicht einfach zusehen.« Maria hat sich in Rage geredet. »Weißt du, wir organisieren hier die Proteste. Wir wollen uns international vernetzen und hoffen auf Unterstützung der Klimaschützer.«

»Maria, sei bitte vorsichtig. Ich habe gelesen, dass immer wieder Umweltaktivisten ermordet werden.«

»Jorge, seit langer Zeit habe ich mal wieder das Gefühl etwas bewegen zu können, nützlich zu sein. Weißt du was schlimm ist, dass diese Menschen niemanden haben, der ihre Interessen vertritt. Und dabei geht es uns alle an. Aber sag Jorge, wie geht es dir?«

Jorge erzählt ihr von seinem Fall.

»Maria du fehlst mir und ich freue mich für dich. Doch bitte ….«

Ein Knacken in der Leitung, plötzlich ist das Gespräch weg, die Leitung ist wohl zusammengebrochen. Das hofft Jorge zumindest. Er hat einiges gehört über die Brutalität der Holzmafia. Jorge hatte ihr noch so viel sagen wollen am Telefon. Seine Gedanken kreisen um ihre gemeinsame Zukunft. Wie wird es weitergehen mit uns? Was sicher ist, ist ihre Liebe zueinander, doch wie lange hält die Liebe der Distanz stand? Natürlich wünscht er sich, dass Maria hier bei ihm ist. Mehr als alles andere wünscht er sich das. Doch ist es nicht purer Egoismus? Sie fühlte sich hier nie wirklich wohl und es widerstrebt ihm, ihr vorzuschreiben, wo sie leben soll, nur weil es für ihn selber angenehmer ist. Er will auf keinen Fall, dass sie aus Liebe leidet? Heißt jemanden zu lieben nicht zuallererst, den geliebten Menschen glücklich zu sehen, auch wenn der nicht mit einem zusammen ist? Er denkt darüber nach, ob er sich vorstellen kann woanders zu leben. Über all den Grübeleien muss Jorge wohl eingeschlafen sein. Früh am Morgen wacht er auf, sein Rücken schmerzt. Seine Augen fallen auf den Laptop. Er sieht, dass Maria ihm noch eine Mail geschrieben hat. *Alles okay, es war was mit der Telefonleitung. Muss wieder los. Ich liebe dich und vermisse dich auch. Lass uns einen Weg zusammen finden.* Es macht Jorge glücklich, diese Zeilen zu lesen.

Im Büro läuft die Klimaanlage auf Hochtouren. Das Gespräch mit Christina Rios Castillo findet erst am Mittag statt. Jorge versucht die bisherigen Fakten zu sortieren. Letizia schreibt noch an dem Bericht zu den gestrigen Befragungen.

»Wenn Sie soweit sind, lassen Sie uns doch kurz zusammensetzen. Sehen was wir haben.«

»Soll ich den Chef anrufen?«

»Nein heute nicht.« Jorge blättert in den Papieren.

»Fangen wir mit Facundo an. Die Indizien sprechen gegen ihn. Was allerdings fehlt, ist ein Motiv. Der ermordete war sein einziger Freund.« Jorge schreibt den Namen mit einem großen Fragezeichen an die Tafel.

»Jeder kann ungesehen auf das Gelände gelangen und es verlassen.« Letizia notiert das und fährt fort. »Die Frage ist doch, was hat Leandro zu dieser Zeit dort gemacht? Niemand hat ihn gesehen. Wurde er von jemandem hinbestellt?«

»Mich irritiert das merkwürdige Verhalten des Trainers. Angefangen von der Information über das Auffinden des Toten, dann das scheinbare Missverständnis mit der Tür im Stall und das er uns verschwiegen hat, dass der Tote bei ihm gewohnt hat.«

»Und wenn er es doch erfahren hat, dass seine Tochter uns Susana ein Paar sind. Er stellt Leandro zur Rede und das ganze eskaliert?«

»Im Morgengrauen, im Stall? Die haben zusammen gewohnt. Trauen Sie ihm etwa einen Mord zu Letizia?«

»Nein nicht wirklich, doch irgendwas will er uns verheimlichen«, Letizia überlegt laut, »ob es was mit den Leuten aus Mexiko zu tun hat? Ich bin gespannt, ob Christina uns etwas über die Mexikaner sagen kann.«

»Oder es geht um Betrug? Stellen wir uns doch mal vor, jemand wollte das Leandro in einem Rennen sein Pferd zurückhält, damit ein anders gewinnt. Er hat sich geweigert und musste deshalb sterben. Es könnte auch so gewesen sein, dass der Trainer in das ganze eingeweiht war und Leandro ist dahinter gekommen?«

»Hm, also wir müssten zunächst herausfinden, ob ein Pferd eine ungewöhnlich hohe Gewinnsumme in einem der Rennen gewonnen hat. Leandro ist ja nicht geritten und keines der Pferde hat unter dem Ersatzjockey gewonnen. Das bedeutet, wenn eine Manipulation geplant war, ist der Plan aufgegangen.«

»Interessanter Ansatz. Allerdings nur, wenn es für ein Rennen an dem Tag gewesen ist. Dem gehen wir in jedem Fall nach, sehr gut Letizia.«

Sie strahlt über das ganze Gesicht, mit so einem Lob hat sie nicht gerechnet.

»Lassen Sie uns losfahren, wir wollen doch die Señora nicht warten lassen.«

Das Treffen findet im Restaurant in der Haupttribüne im Hippodromo statt. Christina hatte einen Tisch mit Blick auf die Rennbahn reserviert. Als Jorge und Letizia eintreten, verabschiedet sich Mariano gerade von ihr. Er grüßt beide im Vorbeigehen. Sein Gesichtsausdruck lässt

Meinungsverschiedenheiten mit seiner Chefin erahnen. Christina begrüßt die beiden, auch sie wirkt nicht gerade zufrieden.

»Bitte nehmen Sie Platz.« Sie winkt dem Kellner und bestellt eine große Flasche Wasser. »Kaffee für Sie beide?«

»Danke, sehr gern.«

»Ich habe eine halbe Stunde für Sie, Herr Kommissar.«

»Dann komme ich am besten gleich zur Sache. Wissen Sie unsere Ermittlungen stecken fest. Uns fehlt ein Motiv für den Mord an Leandro. Haben Sie eine Idee, wer einen Vorteil von seinem Tod haben könnte.«

Christina überlegt einen Moment. »Hm, schwierig. Kann ich ihnen nicht sagen.«

»Vielleicht jemand, der sich gute Chancen ausrechnet, in seine Fußstapfen zu treten und bei Ihnen einen Vertrag zu bekommen.«

»Nun ja es gibt eine große Konkurrenz unter den Jockeys, das ist wohl wahr. Aber das jemand so weit geht. Und dann ist es ja nicht einmal sicher, dass die Person dann auch den Vertrag bekommt.«

»Darf ich fragen, wen Sie als Nachfolger für Leandro ausgewählt haben?«

»Wenn Sie mir absolute Verschwiegenheit garantieren.«

»Selbstverständlich, Señora Rios Castillo.«

»Bis jetzt habe ich zwei hiesige Jockeys im Blick, Esteban Fuentes und Daniel Oliverea. Beide werde ich in den nächsten Rennen meine Pferde reiten lassen. Außerdem reitet noch Eduardo Pferde von mir. Der steht aber für einen Vertrag nicht zur Debatte.«

»Wissen beide Jockeys davon?«

»Noch nicht, ich werde heute Nachmittag mit ihnen sprechen.«

Jorge trinkt seinen Kaffee.

»Señora Rios Castillo, ich frage mich, ob nicht auch Rennmanipulation ein Motiv sein könnte. Das jemand versucht hat Leandro zu bestechen.«

Christina nickt. »Wissen Sie ich bin schon so lange im Geschäft, so was passiert immer wieder. Ja, das könnte ein Motiv sein. Das nachzuweisen ist allerdings äußerst schwierig, nahezu unmöglich. Was ich sicher weiß ist, dass Leandro sich niemals auf so etwas eingelassen hätte. Er war ein grundehrlicher Mensch. Und er wusste auch, dass er seinen Job aufs Spiel gesetzt hätte.«

»Señora Rios Castillo, ließe sich nicht anhand einer überdurchschnittlich hohen Gewinnsumme eines Pferdes an dem Renntag als Leandro nicht mehr starten konnte, den Kreis der Verdächtigen eingrenzen. Keines ihrer Pferde konnte gewinnen.«

»Einen Versuch ist es wert. Aber nur, wenn sich der mögliche Bestechungsversuch auch auf eins der Rennen an dem Tag bezogen hat.«

»Ihnen fällt nicht zufällig ein, ob es an dem Tag eine solche Auffälligkeit gegeben hat?«

Christina denkt kurz nach. »Wenn ich mich recht erinnere, gab es in vier Rennen Siege von Pferden, die nicht unbedingt zu den Favoriten zählten. In drei davon waren Pferde von mir genannt, in zwei davon sind sie an den Start gegangen. Für das dritte konnte ich keinen Jockey finden. Ein Rennen war der Hauptpreis des Tages. Da ist meine Stute *Dulce de Leche* als haushohe Favoritin ins Rennen gegangen und als letzte ins Ziel gekommen. Lassen Sie mich kurz nachsehen, wer gewonnen hat.« Christina sucht auf ihrem Laptop das entsprechende Rennen heraus.

»Hier steht es, gewonnen hat das Pferd *Wild Cat Blue.* Eine krasse Außenseiterin absolut kein Pferd für einen Sieg in einem solchen Rennen, doch wir erleben auch immer wieder Überraschungen. Geben Sie mir Ihre E-Mail-Adresse Herr Kommissar. Ich schicke Ihnen die Information inklusive der Gewinnsummen an diesem Tag zu. Vielleicht finden Sie ja etwas.«

»Ich danke Ihnen. Eine Frage noch, ganz kurz.«

Jorge merkt, dass Christina bereits unruhig wird.

»Der Trainer ist der eigentlich in die Auswahl des Jockeys involviert, schließlich muss er dann mit ihm arbeiten?«

»Wir besprechen uns, ich höre mir seine Meinung an, doch am Ende entscheide ich. Übrigens, ich plane möglicherweise zwei Verträge zu vergeben. Einen zweiten für einen talentierten Nachwuchsjockey. Da habe ich allerdings noch niemanden im Blick. Es ist nicht leicht so plötzlich alles umzustrukturieren.« Christina beginnt ihre Sachen zusammenzupacken, Jorge winkt nach der Rechnung.

»Ich hab doch noch eine allerletzte Frage Señora Rios Castillo. Es sind häufig Leute aus Mexiko auf dem Stallgelände unterwegs. Was wissen Sie darüber?«

»Nur so viel, dass die auf der Suche nach Pferden, Trainern und Jockeys sind. Sie wollen hier einen neuen Rennstall gründen. Mich haben sie auch schon wegen einiger Pferde gefragt.«

»Und werden sie welche verkaufen?«

152

»Nun Pferde zu verkaufen ist Teil meines Geschäfts und ich verhandle mit jedem, der Interesse hat.«

»Señora Rios Castillo, ich danke Ihnen für Ihre Zeit. Sie haben uns sehr geholfen.«

»Rufen Sie mich an Kommissar, wenn Sie noch was brauchen.«

Sie verabschieden sich und verlassen das Gebäude.

»Letizia wussten Sie, dass sich hier ein riesiges Casino befindet?«, fragt Jorge seine Assistentin.

»Ja ich habe davon gehört. Ist doch bizarr, obwohl ja Glücksspiel in der Stadt Buenos Aires verboten ist. Wie das wieder geht?«

»Das geht, weil es sich hier um Privatgrund handelt und nicht um öffentlichen Raum. Sie kennen doch sicher auch die Casino-Boote in La Boca, die dürfen dort betrieben werden, weil der Fluss Riachuelo verwaltungsrechtlich nicht zur Stadt gehört und das Glücksspielverbot somit nicht gilt.«

»Sind schon sehr kreativ unsere Landleute, wenn es darum geht Geld zu machen«, lacht Letizia.

»Und den Leuten Geld aus der Tasche zu ziehen«, ergänzt Jorge und hält Letizia die Tür auf.

Sie gehen zum Auto und fahren zurück zum Büro. Die Mail von Christina ist angekommen und Jorge druckt die Listen aus und steckt sie in einen Umschlag. Letizia sieht ihn fragend an.

»Ich kann mit alldem nicht viel anfangen und werde einen guten Freund, der sich damit auskennt, bitten sich das anzusehen. Das spart uns Zeit.«

Jorge nimmt den Umschlag und verabschiedet sich.

»Bis morgen Letizia.«

Letizia will noch schnell das Protokoll tippen und dann auch nach Hause gehen.

Orfilio ist wieder zurück, er hat Jorge eine Nachricht hinterlassen. Jorge ruft ihn sofort zurück.

»Hola Orfilio mein lieber, wie waren deine Ferien?«

»Jorge, schön das du anrufst. Komm rüber ,wenn du Zeit hast, dann erzähl ich dir alles. Ich habe Hühnchen mitgebracht, direkt vom Bauern. Die lege ich gleich in den Ofen.«

»Prima, dann bring ich einen Wein mit. Bis gleich.«

Keine zehn Minuten später klingelt Jorge an seiner Tür.

»Freut mich dich zu sehen mein Freund. Du siehst gut erholt aus Orfilio, die Tage am Meer sind dir scheinbar gut bekommen.«

Jorge folgt Orfilio in die Küche. Der hatte sich wie immer, wenn er kocht, eine Schürze umgebunden.

»In der Tat, es war wunderbar. Ich habe jeden Tag lange Spaziergänge am Strand gemacht, hab gut gegessen und viel Zeit mit meinem Bruder verbracht. Komm, lass uns nach nebenan gehen, hab das Hühnchen gerade in den Ofen getan.«

Jorge geht vor in das geräumige Wohnzimmer mit den hohen Bücherregalen. Orfilio wohnt in einem der alten Stadthäuser, die Ende des neunzehnten Jahrhunderts erbaut worden. Hier ist es vergleichsweise kühl. Die dicken Wände der alten Gemäuer halten die Hitze weitgehend draußen. Der Ventilator an der Decke läuft trotzdem auf Hochtouren. Jorge stöbert in einem der

Bücherregale als Orfilio ins Zimmer kommt. Er stellt das Tablett mit den Gläsern, den Wein und eine Flasche Wasser auf den Esstisch in der Mitte.

»Na soll ich dir ein gutes Buch empfehlen?«

»Klar, immer. Ich würde was drum geben«, seufzt Jorge, »wenn ich im Moment die Muße zum Lesen hätte.«

»Der Mord an Leandro, oder?« Orfilio sieht ihn an.

»Wir kommen nicht wirklich voran.«

Jorge erzählt ihm vom Stand der Ermittlungen und von der Liste die er von Christina bekommen hat.

»Vielleicht liegt der Schlüssel zur Lösung dort?«

»Hast du die Liste hier? Ich sehe sie mir gern an, wenn es dir hilft.«

»Die liegt bei mir zu Hause. Ich wollte Edgardo deswegen schon fragen, aber jetzt wo du wieder hier bist. Ich geh schnell rüber.«

Nach wenigen Minuten ist Jorge mit der Liste zurück. Neugierig überfliegt Orfilio zunächst die Daten.

»Ich muss mich genauer damit beschäftigen aber bis morgen kann ich dir sicher was sagen. Lass uns auf unser Wiedersehen anstoßen.«

»Nun erzähl Orfilio, wie geht's deinem Bruder?«

Jorge hatte Orfilios Bruder zwar nie kennengelernt, weiß aber, dass er sehr krank ist.

»Ja es geht ihm gut. Er sagt, er lebt mit seiner Krankheit viel ruhiger dort. Er überlegt, sich komplett dort niederzulassen und Buenos Aires hinter sich zu lassen. Mittlerweile hat sich auch die ärztliche Versorgung dort verbessert. Wir haben eine schöne Zeit zusammen verbracht, das hat mir sehr gutgetan. Weißt du, vor vielen

Jahren war ich mit meiner Frau dort. Wir verlebten wunderbare Tage zusammen, all diese schönen Erinnerungen sind zurückgekommen.«

Jorge bemerkt wie immer, wenn Orfilio von seiner verstorbenen Frau erzählt, die Wehmut in seinem Gesicht. Er hat sie leider nie kennengelernt. Nur aus den wenigen Erzählungen seines Freundes hört, er immer wieder heraus, wie sehr die beiden sich geliebt haben müssen.

»Weißt du Jorge, ich vermisse sie nach all den Jahren immer noch. Manchmal rede ich mit ihr, für mich ist sie immer bei mir.«

Jorge nickt und klopft Orfilio aufmunternd auf die Schulter. Einen kurzen Moment schweigen beide.

»Ich sehe mal nach was unser Huhn macht.«

Orfilio verlässt das Wohnzimmer. Als er wieder reinkommt, wirkt er aufgeräumt.

»In einer halben Stunde können wir essen. Sag Jorge, hast du denn was von Maria gehört?«

Jorge erzählt ihm kurz von dem Telefongespräch. »Weißt du Orfilio, ich hab das Gefühl, wir haben wieder eine Chance zusammen. Wenn ich den Fall abgeschlossen habe, werde ich sie besuchen. Dann können wir gemeinsam darüber nachdenken, wie es mit uns weitergeht.«

»Ach Jorge, das klingt sehr gut, ich freue mich. Es ist nicht gut seine Liebe aufzugeben. Liebe ist das einzige, was wirklich zählt im Leben, glaub mir.«

Das Telefon klingelt. Orfilio geht kurz in die Küche und kommt nach ein paar Minuten wieder.

»Das war Edgardo, hast du etwas dagegen, wenn ich ihn auch zum Essen einlade?«

»Ganz im Gegenteil, Orfilio, es ist mir ein Vergnügen.«
Orfilio holt noch ein Besteck und stellt ein Glas dazu.

»Er wird in zwanzig Minuten hier sein. Dann können wir uns vielleicht auch deine Liste zusammen ansehen.«
Während beide auf Edgardo warten, erzählt Jorge Orfilio noch von den Mexikanern.

»Weißt du wer die sind?«, fragt er seinen Freund.

»Soweit ich gehört habe kommen die aus der Provinz Sinaloa. Sie planen scheinbar hier im Rennsport zu investieren und Pferde zu kaufen, um den Sport in Mexiko voranzubringen. Ich glaube die vermarkten auch in die USA.«

»Aus Sinaloa?«
Jorge sieht Orfilio vielsagend an.

»Ich weiß was du denkst Jorge, alle die das hören, denken das. Aber niemand kann wissen, ob sie etwas mit den Kartellen zu tun haben und Geld waschen wollen. Sie haben sich als Geschäftsleute vorgestellt, die mit Hotels erfolgreich Geld verdienen und ihre Liebe zum Pferderennsport entdeckt haben.«

»Angeblich sollen ja die Kartelle auch im Tourismusgeschäft aktiv sein und wohl auch Hotelketten betreiben, hab ich mal gelesen. Warum sollen die nicht auch im Rennsport mitmischen wollen?«
Es klingelt. Orfilio geht zur Tür und betritt mit Edgardo das Wohnzimmer.

»Hola Edgardo, es freut mich Sie zu sehen. Wie geht es Ihnen?« Jorge geht auf Edgardo zu.

157

»Bestens, ich freue mich auch Sie zu sehen. Wie kommen Sie voran?«

»Nicht so wie ich es mir wünsche, leider.«

»Edgardo«, ruft Orfilio aus der Küche, »gieß dir ein Glas Wein ein, ich komme gleich mit dem Hühnchen.«

»Soll ich dir helfen?« Jorge holt Brot aus der Küche und Orfilio kommt mit dem duftenden, knusprigen Hühnchen hinterher.

»Also dann auf unser Wiedersehen und lasst es euch schmecken.«

Die drei essen mit großem Appetit.

»Exzellent, Orfilio«, Jorge steckt ein Stück Fleisch in den Mund und Edgardo nickt mit vollem Mund.

»Edgardo, Sie hatten übrigens recht mit Ihrer Vermutung wegen der Nachfolge für Christinas Pferde, ich hatte gestern mit ihr gesprochen.«

»Fuentes oder Oliverea, stimmts?«, schaltet sich Orfilio ein.

»Genau, die beiden, es war irgendwie schon klar. Die sind nach Leandro die besten.«

»Weißt du Edgardo, Jorge hat eine Liste der Sieger von dem Renntag, an dem Leandro ermordet wurde. Es könnte doch sein, dass Leandro bestochen werden sollte, nicht mitgemacht hat und deswegen sterben musste.«

»Genau«, bestätigt Jorge, »deshalb ermitteln wir in Richtung Manipulation und wer einen Vorteil davon hat. Anhand der Liste finden wir möglicherweise einen Außenseitersieg mit einer hohen Gewinnprämie in einem der Rennen.«

»Da kommt nur ein Rennen an dem Tag infrage.«

Edgardo schiebt seinen leeren Teller beiseite. »Lecker war es. Das Hauptrennen, der Stutenpreis.«

Orfilio nickt zustimmend.

»Ach so?«

Jorge blickt fragend von einem zum anderen.

»In diesem Rennen war Christinas Pferd *Dulce de Leche* haushohe Favoritin, kein anders Pferd in diesem Rennen hat auch nur annähernd ihre Qualität.«

»Und gelandet ist sie auf dem letzten Platz mit den Ersatzjockey. Gewonnen hat mit *Wild Cat Blue* eine absolute Außenseiterin. Die Besitzer haben damit eine enorme Gewinnsumme kassiert.«

»Ganz genau«, ergänzt Orfilio, »dieses Pferd hätte nie und nimmer gewonnen. Das bedeutet, dass wohl die anderen Jockeys auch geschmiert worden sind. Es war ja nur ein kleines Starterfeld mit sechs Startern.«

»Und nach all dem, was ich über Leandro gehört habe, hätte er sich wohl nie bestechen lassen.«

Jorge überlegt kurz.

»Und das heißt doch, dass bereits im Vorfeld dieses Rennens, für einige der Sieger feststand? Also könnte hinter der Manipulation der Besitzer oder der Trainer stecken?«

»Oder jemand der eine sehr hohe Summe auf dieses Pferd gewettet hat.«

Orfilio gießt Wein nach.

»Ach du lieber Himmel«, seufzt Jorge, »da kommt noch Arbeit auf mich zu. Ich bin mir gar nicht sicher, ob ich überhaupt rausbekommen kann, wer welche Summe auf welches Pferd wettet.«

Edgardo schüttelt den Kopf. »Jedenfalls nicht, wenn die Wette am Schalter getätigt wurde. Selbst wenn sich jemand an einen extrem hohen Wetteinsatz erinnert, das Ganze läuft ja anonym ab.«

»Oder es wurden mehrere Leute beauftragt die, um nicht aufzufallen, Wetten mit entsprechend niedrigeren Einsätzen abschließen. Aber auch da keine Chance.« Jorge ist resigniert.

»Aber bei den Online Wetten, Jorge, kommt ihr da nicht mit einem gerichtlichen Beschluss ran?«

»Ich werde es versuchen, den zu bekommen Orfilio. Doch ich hab da wenig Hoffnung. Ich werd mich aber auf jeden Fall mit dem Besitzer und Trainer des Pferdes unterhalten auch, wenn ich auch da wenig Hoffnung auf Klarheit habe.«

»Das sollten Sie versuchen Jorge. Ist allerdings ne harte Nuss. Den Besitzer werden Sie kaum kriegen, der lebt in Miami und der Trainer ist ein sturer, griesgrämiger Mann.«

»Nun das klingt nicht gerade erfolgversprechend. Ich frage mich nur nach dem Grund. Gut das eine ist natürlich auf einen Schlag viel Geld gemacht zu haben. Aber ist das alles?«

»Jorge, wir wissen doch alle, für viele bedeutet viel Geld zu haben alles im Leben. Allerdings hier sehe ich noch einen weiteren Grund.«

»Und der wäre?«

»Unterbrich mich Edgardo, wenn ich was Falsches sage«, Orfilio fährt fort, »das Rennen war sozusagen auch dazu da, den Zuchtwert der Stuten zu bewerten und mit einem Sieg steigert das den Wert des Pferdes. Ich kann mir gut vorstellen, dass die Stute bereits jetzt als Zuchttier verkauft worden ist, sicher direkt nach dem Rennen und dem Sieg. Und das wohl für eine Summe, die keinesfalls dem realen Wert des Pferdes entspricht.«

»So ist es Orfilio. Es interessiert niemanden unter welchen Umständen das Pferd gewonnen hat. Die Fohlen dieser Stute werden sich gut verkaufen und wenn zusätzlich ein Prozentsatz für die verkauften Fohlen ausgehandelt wurde, klingelt auch da bei dem Verkäufer der Stute ein zweites Mal die Kasse«, ergänzt Edgardo.

Jorge runzelt die Stirn. »Hm, klingt nach einem guten Geschäft und scheint von langer Hand geplant.« Er trinkt nachdenklich seinen letzten Schluck Wein aus. Orfilio wirkt plötzlich müde, Jorge hat es bemerkt. Es war auch schon spät, weit nach Mitternacht. »Ihr lieben, ich werde mich verabschieden.«

Jorge steht auf und geht zur Tür. Auch Edgardo macht sich bereit. »Warten Sie Jorge, ich komme auch gleich mit. Ich nehme mir unten gleich ein Taxi.«

Die drei verabschieden sich voneinander.

»Danke für den Besuch meine Freunde. Es war ein schöner Abend, gute Nacht.«

Orfilio schließt die Tür. Jorge begleitet Edgardo zum Taxi, winkt ihm nochmal kurz zu und geht dann die paar Schritte zu seiner Wohnung.

Nachdem Orfilio seine beiden Freunde verabschiedet hat, merkt er, wie erschöpft er ist. Er setzt sich in seinen Lesesessel und möchte noch ein wenig Musik hören und schließt die Augen. Sekunden später fällt er in einen tiefen Schlaf. Am nächsten Morgen fühlt er sich wie gerädert, alles tut ihm weh. In dem Moment denkt er an seine liebe Frau, wie sie ihn damals immer ermahnt hatte doch ins Bett zu gehen, er würde doch sowieso sofort im Sessel einschlafen. Schon an den Tagen am Meer musste er immer wieder an sie denken und nun hier, allein in der großen Wohnung, erscheint sie ihm wieder in jedem Raum. Sie sitzt mit ihm am Tisch und wenn er allein ist, redet er mit ihr als sei sie bei ihm. Er denkt an die vielen schönen Jahre, die sie zusammen verbringen konnten. Ein Geschenk, beide hatten eine solche Verbindung zueinander die auch ohne viele Worte auskam. Was nicht bedeutet, dass sie sich nichts zu sagen gehabt hätten. Ganz im Gegenteil, sie teilten die Sicht auf die Welt und er wusste das sie, genau wie er, oftmals an der Welt und der Menschheit verzweifelte. Beide litten an den Ungerechtigkeiten, mit denen sie in ihrem täglichen Leben konfrontiert wurden, versuchten für andere da zu sein so gut sie es konnten. Sie hielten sich aneinander fest. Sie lebten fast wie in einem selbstgemachten Kokon. Dann wieder erfreuten sie sich an der Schönheit der Natur und liebten das Leben. Genossen kleine Reisen zusammen und liebten gutes Essen. Und dann gab es die Momente, in denen sie sich schuldig fühlten so glücklich miteinander zu sein. Als seine Frau dann schwer erkrankt und die Diagnose ihr nur noch wenig Zeit zum Leben gab, entschieden sich beide nicht dagegen anzukämpfen, sondern das Schicksal anzunehmen. Sie entschlossen sich eine letzte gemeinsame Reise zu machen. Orfilio ließ sich von seiner Dozententätigkeit beurlauben. Seine Frau hatte bereits aufgehört, als Lehrerin zu arbeiten. Sie hatten gut sparen können und machten sich auf den Weg nach Europa. Als beide noch jung waren, hatten sie immer von dieser Reise geträumt, doch damals hatte es nie dafür gereicht. Nun also wollten sie ihre letzte große Reise machen. Sie sahen sich Rom und Barcelona an, fuhren nach Athen, der Wiege der Demokratie und blieben fast vier Wochen in einem Fischerdorf auf einer kleinen griechischen Insel. Orfilio wird warm ums Herz als er an die Zeit zurückdenkt. Er geht zum Regal, holt das Fotoalbum und blättert darin. Die Augen werden ihm feucht. Da, das Foto vor der Akropolis und da in Rom am Tiber, beide lachen fröhlich in die Kamera. Dann sieht er das Foto vom Strand dieser kleinen Insel. Er kann sich noch genau daran erinnern, wie sie am Abend dieses Tages in einer kleinen Taverne zu Abend gegessen hatten und wortlos auf das Meer schauten. Ein paar Tage später bekam seine Frau dann starke Schmerzen und sie mussten zurück. Nur wenige Wochen nach der Reise verstarb sie. Orfilio war bei ihr, hielt ihre Hand und sie lächelte ihr schelmisches Lächeln als sie für immer von ihm ging. Lange konnte er das Zimmer, in dem sie starb nicht betreten. Er zog sich zurück, wollte niemanden sehen, wollte das Haus nicht verlassen. Die Einsamkeit störte ihn nicht, wusste er doch seine liebe Frau bei ihm war, auch wenn er sie nicht sehen konnte. Vielleicht hatte er damals Angst das, wenn er das Haus verlassen würde, auch all die Erinnerungen mit ihm gehen und nicht zurückkommen. In den ersten Wochen riefen öfter Freunde und Bekannte an, fragten nach seinem Befinden und luden ihn ein, doch er lehnte immer ab. Irgendwann gab auch der Geduldigste auf. Der Einzige der nie aufgegeben hatte, war Edgardo. Der stand öfter vor seiner Tür und brachte ihm die neuen Rennzeitungen vorbei. Oft bat er ihn hinein und sie redeten über Pferde und Rennen, über das was die beiden verband. Mit der Zeit fand Orfilio, dank Edgardos Hartnäckigkeit, wieder ins Leben zurück. Edgardo hatte es nach vielen Monaten geschafft Orfilio zu überreden, wieder mit ihm zur Rennbahn zu kommen. Danach begann der Bann langsam zu brechen und er fand seine alte Begeisterung für die Pferde wieder. Orfilio ging nun wieder aus dem Haus, und zwar nicht nur um Lebensmittel einzukaufen. Er spazierte die Avenida Corrientes hinunter und stöberte in den Buchläden, so wie er es früher oft mit seiner Frau getan hatte. An einem Sonntag auf einem dieser Streifzüge durch die Buchläden lernte er Jorge kennen. Seit diesem Tag sind beide Männer eng miteinander verbunden. Irgendwann, sagt sich Orfilio, werde ich Jorge mehr von meiner Frau und unserem Leben erzählen. Er legt das Album beiseite, geht in die Küche und macht sich ein paar Tostados und Kaffee zum Frühstück.

Jorge wird durch das Klingeln des Telefons geweckt, es ist neun Uhr. Er hat unruhig geschlafen. War wohl am Ende doch ein Gläschen Wein zu viel, denkt er sich während er den Hörer abnimmt. Sein Vater ist am Apparat.
»Jorge wie geht es dir? Ist nicht leicht dich zu erreichen Junge.«

Jetzt fällt es Jorge wieder ein. Sein Vater hatte ihm mehrmals auf den Anrufbeantworter gesprochen und ihn für heute zum Asado eingeladen.

»Entschuldige bitte Pa, dass ich nicht zurückgerufen habe, ich bin gerade sehr beschäftigt. Aber wie geht es euch?«

Jorges Eltern wohnen nicht weit von Buenos Aires entfernt in der Nähe von Pilar. Trotzdem sieht er sie selten. Die Eltern haben vor einigen Jahren ein Haus in einem dieser Countrys gekauft. Jene geschlossenen privaten Wohnviertel, von hohen Mauern umgeben und von Sicherheitspersonal bewacht. Wenn jemand hinein will, muss der Besuch dem Sicherheitsdienst an der Einfahrt von den Bewohnern bestätigt werden. Innerhalb der Mauern haben die Bewohner alles was sie zum Leben brauchen, Supermärkte, Restaurants, Friseure, Ärzte, Sportanlagen. Es ist alles da, gemacht für Menschen, die sich sicher und beschützt vor Kriminalität und Überfällen fühlen wollen. Eine kleine heile Welt, die sich die Bewohner vorgaukeln lassen. Jorge war bisher nur wenige Male dort gewesen. Auch um den ewigen Diskussionen mit seinem Vater aus dem Weg zu gehen, der die Sicherheit dort in den höchsten Tönen lobt. Jorge erinnert sich an die immer gleichen Wortwechsel.

›Als ob damit die Probleme von Armut und Perspektivlosigkeit gelöst sind, wenn die Konflikte aus der eigenen Welt ausgeblendet oder ausgesperrt werden‹, argumentierte Jorge, ›hier werden künstliche Realitäten geschaffen die mit dem restlichen Leben im Land nichts zu tun haben. Und um die Richtigkeit der Entscheidung den Bewohnern immer wieder zu bestätigen, gibt es die Nachrichtenkanäle in denen in Dauerschleife über Überfälle, Drogen und dem gefährlichen Leben außerhalb dieser Mauern berichtet wird. Natürlich nimmt die Kriminalität ständig zu. Das merken wir alle. Doch gilt es da nicht vielmehr das System zu hinterfragen, dass dies hervorbringt?‹

›Das System ist wie es ist Junge, das werden wir auch nicht ändern, wenn wir nicht hier wohnen‹, entgegnete Jorges Vater darauf. ›Die Menschen sorgen sich um ihre Sicherheit und sind es einfach leid auf dem Weg zum Supermarkt überfallen zu werden oder sobald es dunkel wird aus Angst nicht mehr auf die Straße zu gehen.‹ Diese Diskussionen endeten immer gleich, Jorge gab klein bei und fuhr dann verärgert nach Hause.

»Junge, Komm doch zum Asado, deine Mutter würde sich sehr freuen, du warst schon so lange nicht mehr hier. Das Feuer für den Grill ist schon angezündet« hört er seinen Vater jetzt sagen.

Jorge hat das Gefühl, dass er diesmal nicht absagen kann. Sie hatten sich wirklich lange nicht gesehen.

»Gut ich fahre in einer halben Stunde los, bis später.« Jorge geht in die Küche und macht sich noch schnell einen Kaffee.

Zwar hatte er sich vorgenommen, heute noch einmal zum Hippodromo zu fahren, aber das kann er morgen ja immer noch gemeinsam mit Letizia tun.

Jorge trinkt den letzten Schluck Kaffee aus und macht sich auf den Weg. Er tritt hinaus auf die Straße und prallt gegen eine Wand aus Hitze. Es ist jetzt schon unerträglich, hoffentlich bringt das angekündigte

Gewitter etwas Abkühlung, denkt er sich. Langsam geht Jorge zur Garage, um sein Auto zu holen. Im vorbeigehen sieht er kurz rauf zu Orfilio, bei ihm sind die Fensterläden noch geschlossen. Die Straße ist menschenleer, nur ein paar Cartoneros sind an der Ecke damit beschäftigt, den über Nacht gesammelten Müll nach Papier und Plastik zu sortieren und in riesige Säcke zu werfen, um alles später zu verkaufen. Jorge winkte ihnen von weitem zu. Er kennt sie, seit er in dieser Straße wohnt. Arbeitsame Menschen die sich, wenig geachtet von der Gesellschaft, sehr hart ihren Lebensunterhalt verdienen. Jorge geht noch schnell ein paar Blumen kaufen. Dann fährt er Richtung Avenida Cordoba, überquert die Santa Fe um anschließend weiter über die Libertador auf die Panamericana zu fahren. Nach Pilar waren es je nach Verkehr etwas mehr als eine halbe Stunde Fahrzeit auf der Autobahn, anschließend noch ein paar Kilometer auf der Landstraße. Er schaltet das Autoradio ein und stellt seinen Lieblingssender mit Tangomusik ein. Ausgerechnet jetzt spielt im Radio der Titel *"por una cabeza"* von Gardel. Ein Tango über das ewige, knappe Verlieren beim Pferderennen und über die Hoffnung den Glücksstreffer im Leben zu landen. Jorge kommt gut voran, auch die Panamericana war leer und er steht schneller als gedacht an der Einfahrt zum Wohnviertel seiner Eltern. Der Pförtner erkennt ihn, obwohl er lange nicht hier war und winkt ihn freundlich durch.

Seine Mutter hat scheinbar am Küchenfenster gewartet und läuft auf ihn zu bevor er das Auto verlässt. Sie schließt ihn fest in die Arme.

»Mein Junge, schön das du da bist.«

»Hola Ma, gut siehst du aus.«

Jorge überreicht seiner Mutter die Blumen und nimmt den Wein aus dem Auto.

»Die muss schnell in den Kühlschrank.«

Beide gehen ins Haus und direkt in den Garten durch wo sich sein Vater bereits um das Fleisch auf dem Grill kümmert. Beide umarmen sich zur Begrüßung.

»Schön, dich zu sehen«, freut sich auch sein Vater.

»Kommt setzen wir uns. Das Fleisch braucht noch.«

Jorges Mutter stellt die noch fehlenden Salate auf den Tisch.

»Danke für die Einladung. Geht es euch gut?«

»Alles bestens Junge, uns geht es sehr gut. Aber erzähl du, wie geht es dir? Du ermittelst doch in dem Fall des ermordeten Jockeys. Kommst du voran? Nun erzähl doch.«

Beide sehen ihrem Sohn erwartungsvoll an.

»Nun, viel gibt es da leider noch nicht. Wir sind mittendrin in den Ermittlungen. Die Suche nach dem Motiv treibt mich um. Es gibt Hinweise, denen wir nachgehen, doch es braucht Zeit, all das auszuwerten.«

»Und sag, wie geht es Maria? Wann kommt sie zurück?«, fragt seine Mutter.

Seine Eltern können nicht verstehen, dass Maria allein nach Brasilien gegangen ist. Für sie gehört eine Frau dorthin wo der Mann ist. Nie hatten sie Maria wirklich akzeptiert. Er weiß, dass sie sich für ihren Sohn eine Frau gewünscht hatten, die sich mit einem Dasein als Hausfrau und Mutter zufriedengegeben hätte. So wie seine Mutter, die seit seine Eltern miteinander verheiratet sind nie ihr eigenes Leben hatte, sondern immer das Leben seines Vaters lebt. Jorge kam bisher nie auf die Idee, dass seine Mutter sogar damit glücklich ist.

»Maria geht es gut. Die Arbeit dort gefällt ihr. Ich will sie besuchen, sobald der Fall abgeschlossen ist«, antwortet er.

»Aha und ich wollte dich gerade fragen, ob du mit uns nach Bariloche in die Ferien kommst?« Seine Mutter sieht ihn entäuscht an.

Jorges Vater steht auf und holt das Fleisch und legt jedem ein Stück auf den Teller.

»Danke. Das ist ausgezeichnet, wie immer. Ich freu mich, hier zu sein.«

»Junge«, beginnt sein Vater, »vor ein paar Tagen haben deine Mutter und ich uns die alten Fotos angesehen. Erinnerst du dich noch, wie ich dir damals das Fahrradfahren beigebracht habe, an einem Sonntag in dem kleinen Park? Immer wieder bist du hingefallen, doch du wolltest erst nach Hause, als du es konntest.«

»Stimmt Pa und du hattest eine Engelsgeduld mit mir. Und Mama hat erst über die schmutzigen Sachen geschimpft und dann meine aufgeschlagenen Knie verarztet.«

»Und als du noch kleiner warst, konnten wir dich nicht von Karussel herunterbekommen. Nur die Aussicht auf ein Eis ließ dich absteigen«, lacht Jorges Mutter. »Dann, als du älter warst, habt ihr bis in die Nacht hinein Fußball gespielt, ihr konntet kein Ende finden. Ich hab mir immer Sorgen gemacht.«

»Ja, es war manchmal so dunkel, dass wir den Ball schon nicht mehr gesehen haben, wir waren wie besessen. Ganz oft kam die Polizei auf den Fußballplatz und hat uns nach Hause geschickt.«

Jorges Mutter sieht besorgt zum Himmel, in der Ferne formieren sich die Wolken bedrohlich zu einer Gewitterfront. »Ich bereite das Gästezimmer vor. Du kannst hier schlafen, Jorge.«

»Danke, das ist lieb aber ich muss morgen früh im Büro sein. Es ist schön hier bei euch.«

Am späten Nachmittag macht Jorge sich wieder auf den Heimweg und verspricht bald wiederzukommen.

»Fahr vorsichtig!«, rufen ihm seine Eltern nach und stehen winkend am Zaun.

Die dunkle Wolkenfront kommt näher, ein Wind macht sich auf und die ersten Blitze sind zu sehen. Jorge hofft zu Hause zu sein, bevor der Regen losgeht.

Letizia ist schon da, als Jorge ins Büro kommt und hat die Fenster weit geöffnet, sodass die frische, kühle Luft in den Raum strömt. »Guten Morgen Chef, hatten sie ein schönes Wochenende?«

Seine Kollegin hat Medialunas mitgebracht.

Jorge, der morgens immer etwas kurz angebunden ist, antwortet mit einem kurzen Nicken und beißt in ein Medialuna.

»Ja. Danke.«

»Die sind gut oder, endlich ist mein Lieblingsbäcker aus dem Urlaub zurück, die Freude wollte ich mit Ihnen teilen Jorge.« Letizia überschlägt sich fast vor guter Laune.

»Habe ich etwas verpasst?« Plötzlich steht Fernando in der Tür.

»Bitte bedienen Sie sich, die besten Medialunas der Stadt.« Letizia reicht ihm den Teller rüber.

»Eigentlich wollte ich mich nach dem Stand der Ermittlungen erkundigen. Hm, die sind wirklich gut. Also gibt es was Neues was ich der Presse sagen kann?« Jorge erzählt beiden von den Mexikanern und dem Verdacht des Wettbetrugs und des Außenseitersieges. Er bittet seinen Chef darum, dass vorerst dieser Verdacht nicht öffentlich gemacht werden solle, um den oder die Täter nicht zu warnen.

»Ich möchte heute den Trainer des Siegerpferdes befragen. Ich glaube zwar nicht, dass er, wenn er in den Betrug eingeweiht war, etwas darüber sagen wird. Aber vielleicht scheucht es ja jemanden auf.«

Fernando nickt. »Gut dann werde ich die Erkenntnisse vorerst zurückhalten.«

Bevor er das Büro verlässt, gibt Letizia ihm den Teller mit den restlichen Medialunas. »Hier für Lorena und viele Grüße.«

»Also dann Letizia, lassen Sie uns fahren.«

Beide machen sich auf den Weg zum Hippodromo. Als sie dort aus dem Auto steigen, kommt ihnen Mariano entgegen. Er scheint etwas auf dem Herzen zu haben.

»Guten Morgen Kommissar, ich muss mit Ihnen reden, es ist dringend.«

Mariano deutet auf die Stalltür. »Lassen Sie uns in die Sattelkammer gehen.«

»Also was gibt es so dringend?« Jorge, Letizia und Mariano setzen sich an den Tisch.

»Ich habe Ihnen etwas verschwiegen, es tut mir leid, Herr Kommissar«, beginnt Mariano zögerlich.

Jorge und Letizia sehen ihn erwartungsvoll an.

»Vor ein paar Wochen, wann genau weiß ich nicht mehr, kamen zwei Leute aus Mexiko hierher. Sie sprachen mit mir und haben mir angeboten, für sie zu arbeiten. Sie seien bereit zu bezahlen was ich fordere. Sie wollen einen eigenen Rennstall hier eröffnen, Pferde kaufen und groß investieren. Vielleicht sogar das gesamte Hippodromo kaufen. Geld scheint keine Rolle bei denen zu spielen. In dieser Zeit gab es einigen Konflikte zwischen Christina und mir, so überlegte ich ernsthaft das Angebot anzunehmen. Ich sagte den Mexikanern, dass ich Bedenkzeit brauche und bat sie um eine Woche. Als die Woche verstrichen war, hörte ich nichts mehr von ihnen, sah sie aber immer wieder mit anderen Trainern sprechen. Ich war beunruhigt, sollte doch Christina nichts davon erfahren, dass ich vorhatte zu wechseln. Inzwischen hatten sich auch die Konflikte mit ihr aufgelöst. Eine Woche vor Leandros Tod kamen sie wieder zu mir. Sie sagten, dass sie mir in wenigen Tagen einen Vertrag geben würden, doch ich habe abgesagt. Seit dem habe ich nie wieder etwas von ihnen gehört. Zwei Tage vor Leandros Tod kam ein Mann, den ich nie zuvor gesehen hatte zu mir nach Hause und stellt mir eine

Sporttasche voll mit Dollarscheinen vor die Füße. Keine Ahnung wie viel Geld das war. Er sagte zu mir ich soll dafür sorgen, dass die Stute *Dulce de Leche* in zwei Tagen nicht an den Start geht. Ich sagte, das kann ich nicht machen. Der Mann sah mich an, sagte nichts, nahm die Tasche und ging. Dann am Tag vor dem Rennen wollte Leandro mir etwas Wichtiges sagen. Das habe ich Ihnen ja schon erzählt Herr Kommissar. Ich hatte keine Zeit für ihn, ich musste zum Gestüt nach Pergamino, die neuen Pferde für das Training aussuchen.« Mariano schwitzt doch er fühlt sich jetzt irgendwie erleichtert.

»Warum kommen Sie erst jetzt damit heraus Mariano.« Jorge schüttelt verständnislos den Kopf.

»Ich hatte Angst, Sie würden mich dann verdächtigen Herr Kommissar.«

»Nun, das, was Sie uns eben erzählt haben, trägt nicht gerade zu Ihrer Entlastung bei. Was waren das für Leute, die Mexikaner? Können Sie den Mann beschreiben, der Ihnen das Geld angeboten hat?«

»Die Mexikaner, das waren keine Pferdeleute, die waren wie Geschäftsleute. Von Pferden hatten die keine Ahnung haben immer nur nach Gewinnsummen und Kosten gefragt. Ich kann versuchen die zu beschreiben.«

»Gut, wenn Sie hier mit dem Training fertig sind, kommen Sie bitte ins Präsidium unser Grafiker wird Phantombilder anfertigen. Ach und Mariano; ich möchte mit dem Trainer sprechen der das Pferd trainiert, das das Rennen am Tag von Leandros Tod gewonnen hat als *Dulce de Leche* mit dem Ersatzjockey gestartet ist.«

»Mit Roberto Portello? Den habe ich heute schon hier gesehen. Übrigens das Pferd, von dem Sie reden, das gewonnen hat, ist in die USA verkauft und wurde vorgestern abgeholt.«

Jorge stutzt kurz, genau wie Edgardo und Orfilio vermutet hatten.

»Was ist ihre Einschätzung Mariano, war dieses Pferd sein Geld wert?«

»Auf keinen Fall. Ich weiß zwar nicht genau, was die bezahlt haben aber dieses Tier hat keine Qualität, um in den USA zu bestehen. Ein einziger Sieg hier, mehr nicht.«

»Doch ist es nicht so, dass die Fohlen dieser Stute eine Menge Geld einbringen werden, schließlich ist sie ja Siegerin in einem hochdotierten Zuchtpreis. Wie sehen Sie das Mariano?«

»Das scheint mir plausibel. Keiner fragt später wie ein Sieg zustande gekommen ist, dieses Geschäft könnte wirklich aufgehen. Wissen Sie, Menschen, die Rennpferde ausschließlich als Investition sehen und sich sonst nicht weiter damit beschäftigen, sind willkommene Kunden solcher Machenschaften. Den werden beeindruckende Papiere vorgelegt und schon läuft das Geschäft.«

»Danke Mariano, dann würde ich jetzt gern mit Roberto Portello sprechen.«

»Ich bring Sie zu ihm, Herr Kommissar aber versprechen Sie sich nicht zu viel. Der ist nicht besonders redselig.«

Die drei verlassen die Sattelkammer und stoßen fast mit Facundo zusammen.

»Hola Facundo, wie geht es dir?«

Jorge klopft ihm freundschaftlich auf die Schulter.

»Hola, ich suche mein Handy, lege es immer hier hin, wenn ich die Boxen mache. Haben Sie es gesehen?«

»Hier drüben auf dem Kühlschrank, ist es das?«

Letizia gibt Facundo das Telefon.

»Danke Señora.«

Facundo steckt das Handy in die Hosentasche und will gerade gehen. Er zögert einen Moment.

»Herr Kommissar, wenn Sie vielleicht nachher noch Zeit haben, ich möchte ihnen was erzählen. Aber nicht jetzt, jetzt muss ich die Pferde füttern, später ja. Erst die Pferde, die brauchen ihre Ordnung.«

»Gut Facundo, ich komme später zu dir.«

Jorge folgt Mariano und Letizia nach draußen und fragt sich was Facundo ihm zu sagen hat.

»Dort drüben an der Trainingsbahn, der Mann mit der roten Jacke, das ist Portello. Kommen Sie ich bringe Sie zu ihm.«

Mariano winkt Roberto von weiten zu und gibt ihm zu verstehen, dass sie zu ihm wollen. Er stellt sie einander vor. Roberto Portello ist ein großer schmaler Mann, der ausgezehrt wirkt. Seinem Gesichtsausdruck nach zu urteilen, scheint er mit sich und der Welt im Streit zu sein. Er wirkt nicht erfreut über den Besuch und versucht gar nicht erst, es zu verbergen.

»Guten Tag Señor Portello, ich ermittle im Mordfall Leandro Quispe und möchte Ihnen ein paar Fragen stellen.« Jorge zeigt ihm seinen Dienstausweis.

»Und was hab ich damit zu tun, ich weiß nichts und hab auch nichts gesehen.«

»Bitte ein paar kurze Fragen weiter nichts, Sie würden mir sehr helfen« entgegnet Jorge freundlich.

»Hab nicht viel Zeit.«

»Dann lassen Sie uns keine Zeit verlieren. Sie kannten Leandro?«

»Natürlich wie alle hier. Kommen Sie zum Punkt.« Ungeduldig und nervös schaut sich Roberto um.

»Das Pferd *Wild Cat Blue* ...«

»Ist verkauft nach den USA«, unterbricht Roberto.

»Ein gutes Pferd? Ist es sein Geld wert?«

»Was weiß ich, keine Ahnung was die bezahlt haben.«

»Das glaube ich Ihnen nicht. War es nicht ungewöhnlich, das es dieses wichtige Rennen gewonnen hat?«

»Nun hatte auch mal Glück und einen guten Tag erwischt, steckt niemand drin in den Pferden. Fragen Sie den da.«

Er zeigt auf Mariano.

»Hat Sie der Sieg überrascht?«

»Das Pferd hat das Rennen gewonnen, was gibt es da noch zu fragen. Ich hab jetzt wirklich keine Zeit mehr Herr Kommissar.« Roberto dreht sich um und geht. Jorge sieht ein, dass es keinen Sinn hat weiter zu fragen. Aus dem Verhalten des Trainers schließt er, dass wohl etwas nicht ganz sauber gelaufen ist. Nur wie soll er das beweisen? Und wenn, hat es überhaupt etwas mit dem Mord an Leandro zu tun? Jorge und Letizia gehen zurück. Auf der Bank vorm Stall wartet Facundo.

»Letizia, bitte lassen Sie mich allein mit ihm sprechen.« Jorge setzt sich neben ihn während Letizia bereits zum Auto geht.

»Also Facundo du willst mir etwas erzählen.«

»Herr Kommissar, es ist so. Ich lasse immer, wenn ich die Boxen mache mein Handy in der Sattelkammer, damit ich es nicht verliere. Wissen sie, ich brauche das damit ich anrufen kann, wenn es einem Pferd schlecht geht und wenn ich es verliere, kann ich nicht anrufen. Wissen Sie.«

»Verstehe Facundo.«

»Drei Tage bevor Leandro gestorben ist, kam jemand in den Stall. Ein Junge vielleicht sechzehn Jahre alt, ich weiß nicht genau. Er war nicht aus Argentinien, er sprach wie die Leute in Zentralamerika, El Salvador oder Guatemala. Wissen Sie ich kenne Leute von da und kenne die Art wie die sprechen.«

Facundo macht eine kurze Pause, als müsse er noch einmal überlegen was genau geschah. Jorge wartet, ohne etwas zu sagen, um seine Gedanken nicht zu unterbrechen.

»Ja genau, jetzt weiß ich wieder, Herr Kommissar. Er hat gesagt, er kommt aus El Salvador und sucht Arbeit mit Pferden. Wir haben ein bisschen geredet und ich hab ihm erzählt was alles so zu tun ist hier und ich hab ihm gesagt, er soll den Trainer fragen und hab gesagt das Mariano in Kürze da sein wird und er ihn fragen kann. Dann hab ich ihm noch den Stall und die Pferde gezeigt und da ist mir aufgefallen, dass er Angst vor Pferden hatte. Als ein Pferd ihn neugierig beschnuppern wollte, ist er zurückgegangen. Ich habe nichts gesagt aber dachte so, wie will der denn mit Pferden arbeiten. Ich habe angefangen die Boxen zu machen und ihm gesagt, dass er ja in der Sattelkammer warten kann, bis der Trainer kommt. Eine halbe Stunde später kam Mariano und ich hab ihm erzählt, dass hier ein Junge ist, der Arbeit sucht und in der Sattelkammer wartet. Der Trainer ging in die Sattelkammer und kam gleich zurück und sagt das da niemand ist. Das fand ich komisch aber irgendwie habe ich es dann auch vergessen.«

Facundo unterbricht erneut, er sieht Jorge an und zögert kurz.

»Da ist noch was Herr Kommissar.«

Facundo holt sein Handy hervor.

»Hier in der Nacht als Leandro gestorben ist, wurde diese Nachricht an ihn von meinem Handy geschickt. Das habe ich nicht gemacht. Ich schwöre es Herr Kommissar.«

Facundo zeigt Jorge die Nachricht: *Komm schnell zum Stall Pferd ist krank dringend!!!*

Die Nachricht wurde um drei Uhr morgens gesendet, sieht Jorge.

»Facundo warum hast du mir nicht vorher davon erzählt? Das ist eine ganz wichtige Information.«

»Herr Kommissar, ich hab es heute Morgen erst gesehen. Ich wollte Nachrichten löschen und da hab ich das gefunden und ihnen gleich alles gesagt. Ich schwöre, ich hab es nicht gesehen vorher.«

»Schon gut Facundo, beruhige dich. Weißt du, ob noch jemand mit dem Jungen gesprochen hat oder ihn gesehen hat?«

»Der Pförtner, der muss ihn ja reingelassen haben. Der kam ja direkt vom Eingang zu mir. Wenn der Pförtner ihn nicht reingelassen hat, wer dann?«

»Meinst du Ricardo Vargas?«

»Ja genau Ricardo, fragen Sie ihn Herr Kommissar.«

»Das werde ich. Kannst du den Jungen beschreiben Facundo? Wie sieht er aus was hatte er an, gab es was Besonderes?«

»Nichts Besonderes, kleiner als ich ist er vielleicht so.« Facundo zeigte mit der Hand die Höhe, die ihm knapp bis zur Schulter reicht.

»Und er hatte lange Jeans und einen langärmligen Kapuzenpulli an. Ich hab mich gewundert, weil es so heiß war an dem Tag. Ach ja und er hatte eine kleine Narbe an der rechten Wange. Ach und auf beiden Händen, etwa hier«, Facundo zeigt auf den Handrücken, »war eine Nummer tätowiert, eine dreizehn.«

»Warum hast du mir das alles nicht schon vorher erzählt Facundo?«

»Herr Kommissar ich sollte doch nur erzählen was an dem Tag passiert ist, an dem Leandro gestorben ist. Verzeihung.«

»Schon gut Facundo. Vielleicht brauchen wir dich, wenn wir eine Zeichnung anfertigen lassen. Meinst du, du könntest nochmal mit aufs Präsidium kommen?«

»Ich frage den Trainer. Herr Kommissar, glauben Sie der hat Leandro getötet?«

»Ich will es herausfinden Facundo. Ich gehe jetzt den Pförtner fragen. Bis später.«

Jorge steht auf und geht zur Pforte. Ricardo, der Wachmann, der an dem Tag Dienst hatte, hat heute seinen freien Tag.

»Wir müssen unbedingt den Wachmann nochmal befragen.« Jorge erzählt Letizia von Facundos Aussage.

»Und Sie meinen, das könnte etwas mit Leandros Tod zu tun haben Jorge?«

»Ich befürchte sogar, das wir es hier mit viel mehr zu tun haben Letizia. Betrug möglicherweise sogar organisierte Kriminalität, Geldwäsche. Vielleicht war Leandro jemand der die Geschäfte gestört hat.«

»Verstehe ich nicht, was genau meinen Sie?«

»Zuerst Bestechungsversuch an Mariano. Dann wollte Leandro mit dem Trainer sprechen. Nehmen wir mal an, Leandro sollte bestochen werden, er sollte das Rennen nicht gewinnen und auch er hat sich nicht darauf eingelassen. Nach all dem, was wir über ihn wissen, war Leandro ein ehrlicher Mensch, vielleicht wollte er Mariano davon erzählen. In der Nacht, in der er zum Stall gerufen wurde glaubte er, dass es einem der Pferde schlecht ging. Er fuhr hin. Die Nachricht kam ja von Facundos Handy. Solche Nachrichten können zeitversetzt gesendet werden. Im Stall hat ihn der Mörder erwartet. Sicher wurde ihm Geld geboten. Es kam zum Streit und schließlich wurde Leandro erschlagen. Vielleicht hatte Leandro ja gedroht den versuchten Betrug anzuzeigen. Sein Handy haben wir bis heute nicht gefunden. Möglicherweise hat es der Mörder mitgenommen. Es sind zwei Personen. Der Mann, der Mariano bestechen wollte und der Junge, der bei Facundo im Stall war. Haben beide etwas miteinander zu tun? Wir brauchen die Personenbeschreibungen. Rufen Sie doch bitte im Präsidium an, die Grafiker sollen sich auf einen langen Tag vorbereiten.«

»Und was ist mit den Mexikanern?«

»Die Namen lassen sich leicht rausfinden, Christina und auch Mariano haben ausgesagt, dass die hier einen Rennstall eröffnen wollen. Gut möglich, dass die was damit zu tun haben.«

Jorge ruft Mariano an und fragt, ob er und Facundo gleich mit ihnen mitfahren könnten, um die Phantombilder anzufertigen.

Nachdem Jorge die beiden Zeugen in das Büro der Grafiker gebracht hat, geht er direkt zu seinem Chef, um ihn über seine Ermittlungen zu informieren.

»Das hat uns gerade noch gefehlt.« Fernando schlägt die Hände über dem Kopf zusammen.

»Ich werde nachfragen, ob die vom Betrugsdezernat dort ermitteln.«

Jorge verlässt das Büro und trifft Mariano und Facundo, die offenbar bereits mit den Phantombildern fertig waren, auf dem Flur.

»Wenn Sie weiter keine Fragen haben, Herr Kommissar, würden wir wieder an unsere Arbeit gehen.«

Mariano geht zum Ausgang, Facundo folgt ihm.

»Warten Sie Mariano, ich lasse Sie mit einem Wagen zurückbringen. Sie haben uns sehr geholfen, du auch Facundo. Danke.«

Jorge telefoniert kurz. »Vor der Tür wartet ein Kollege, der Sie zurückfährt.«

Sie verabschieden sich und Jorge holt sich die Phantombilder.

»Hier Letizia, das sollen die beiden sein.

«Jorge legt seiner Kollegin die Bilder auf den Tisch.

»Wer soll sich an die erinnern?«

»Wird nicht leicht, aber der jüngere hier hat die Narbe und eine markante Tätowierung auf dem Handrücken. Das hat Facundo noch ausgesagt, eine dreizehn.«

»Eine dreizehn? Tätowieren sich nicht Mitglieder dieser Jugendbanden aus El Salvador diese Nummer? Wie heißen die noch, Maras.« Letizia sieht Jorge fragend an.

»Stimmt. Facundo sagte ja auch, dass der Junge ihm erzählte er sei aus El Salvador.«

»Meinen Sie, die haben einen geschickt, der im Stall spionieren oder gar Leandro töten soll. Einen Killer?«

»Möglich ist vieles. Ich bin mir sicher, dass wenn es wirklich um Geldwäsche geht, sich diejenigen die ihr Geld waschen wollen, sich nicht selbst die Finger schmutzig machen. Die treten als saubere Geschäftsleute auf und haben jemanden, der die Drecksarbeit für sie erledigt. Die schicken irgendwelche arme Jungs, vielleicht von den Maras, die solche Jobs dann erledigen müssen.«

»Nun Jorge, das ist doch deren Entscheidung, bei solchen Banden mitzumachen.«

»Letizia, glauben Sie wirklich alle der Jungs machen da freiwillig mit? Das ist kein Fußballclub, in den die eintreten. Denen bleibt meist keine Wahl. Diese Banden kontrollieren die Armenviertel. Meist werden kleine Jungs, oft nicht einmal acht Jahre alt, in die Banden gezwungen. Die Kinder werden damit erpresst, dass ihren Eltern und Geschwistern Gewalt angetan wird oder sie werden damit gelockt, schnell viel Geld verdienen zu können. Als Aufnahmeritual werden Jungs von mehreren größeren Jungs dreizehn Sekunden verprügelt, dann wird ihnen das Zeichen der Bande eintätowiert. Immer an exponierten Stellen, die deutlich sichtbar sind. So haben die Jungen keine Chance woanders hinzugehen. Wenn sie in ein Territorium kommen, dass sich nicht unter Kontrolle der Bande befindet deren Zeichen sie tragen, kann das ihr Todesurteil sein. Also bleiben sie unter dem Schutz der Gang. Das bedeutet auch, dass ihre Familie zu essen hat. Dafür müssen sie dann für sie arbeiten. Erpressungen, Drogenhandel und auch Morde. Eine Flucht heraus ist unmöglich und wenn es doch jemandem gelingt und derjenige gefunden wird, ist auch das sein Todesurteil. Es heißt einmal Mara immer Mara.« Letizia sieht Jorge fassungslos an.

»Aber das sind doch Kinder.«

»Kinder, die nie eine Kindheit hatten und die keine Zeit haben erwachsen zu werden. Wussten Sie, dass die Gangs in Los Angeles entstanden sind?«

»Nein Jorge, hab ich nicht gewusst.«

»In den 80er-Jahren, von Immigranten hauptsächlich aus El Salvador aber auch aus anderen zentralamerikanischen Staaten. Wohl auch um sich dort gegen andere Gangs zu behaupten. Dann wurden diejenigen, die straffällig geworden sind, in ihre so genannten Heimatländer abgeschoben. Länder, die sie oft nur aus den Erzählungen ihrer Eltern kannten. Sie wurden ja in den USA geboren und sind dort aufgewachsen. In Zentralamerika hatten sie keine familiären Strukturen und so blieben sie unter sich in ihren Gruppen. Mittlerweile kontrollieren die Maras ganze Landstriche, nicht nur in El Salvador, sondern auch in Honduras und Guatemala. Sie sind es, die auch die Drecksarbeit für die Kartelle erledigen.«

»Jorge, bedeutet das, dass wir hier mitten in einem Fall der organisierten Kriminalität stecken?« Letizia sieht ihn verstört an.

»Also, noch wissen wir nicht, ob der Junge, der sich bei Facundo nach einem Job erkundigt hat, wirklich etwas mit Leandros Ermordung zu tun hat. Dazu müssten wir ihn finden und befragen.«

»Wie wäre es, wenn wir eine öffentliche Fahndung herausgeben? Über die Medien, Zeitungen und Fernsehkanäle. Wir haben doch die beiden Phantombilder. Vielleicht wurde ja einer von beiden gesehen?«

»Öffentlich? Das halte ich für keine gute Idee. Wenn die was damit zu tun haben, werden die Hintermänner nicht das Risiko eingehen, dass einer der beiden redet. Lassen Sie uns morgen nochmal zum Hippodromo fahren und nachfragen, ob jemand die beiden oder einen von ihnen gesehen hat. Aber die Kollegen in den anderen Dienststellen bekommen die Bilder.«

»Jorge, mir fällt da gerade was ein. Wir haben doch auf dem Stein, mit dem Leandro erschlagen wurde, auch Blutspuren und Fingerabdrücke gefunden, die wir nicht zuordnen konnten. Vielleicht ja die vom Mörder. Gibt es nicht eine Datenbank, um die Spuren zu vergleichen?«

»Gute Idee Letizia, wenn derjenige erfasst ist, dann finden wir ihn darüber. Ich veranlasse das gleich.« Jorge ruft sofort im Labor an.

»Die sind auf dem Weg nach Hause. Doch sie haben versprochen, gleich morgen früh als Erstes die Proben durch die Datenbank zu jagen. Lassen Sie uns für heute Schluss machen Letizia.«

Jorge schaltet seinen Computer aus und hält seiner Kollegin die Tür auf.

»Haben Sie vielleicht noch Lust auf einen Kaffee und Tostados? Hier gegenüber ist ein nettes kleines Kaffee.« Letizia sieht Jorge überrascht und fragend an.

»Keine Sorge Letizia, das ist keine plumpe Anmache von einem einsamen alten Mann.« Jorge sieht lachend zu ihr rüber. »Ich dachte nur wir arbeiten zusammen und wissen so gar nichts voneinander. Kein Problem, wenn Sie absagen. Sicher wartet auch jemand zu Hause auf Sie.«

»Nein, es wartet niemand und ich gehe gern mit Ihnen einen Kaffee trinken. Ich bestehe allerdings darauf, Sie einzuladen. Als Einstand sozusagen.«

»Angenommen. Also dann.«

Sie betreten das spärlich besetzte Lokal und entscheiden sich für einen Tisch am Fenster. Es ist eines dieser alten, einfachen Cafés, von denen es immer weniger in Buenos Aires gibt. Hier scheint sich seit der Eröffnung nie etwas verändert zu haben. Die Einrichtung besteht aus den typischen braunen, nicht sonderlich bequemen Holzstühlen und kleinen quadratischen Holztischen. Gegenüber dem Eingang ist die Bar, dahinter die Tür zur Küche. Der Fußboden aus schwarzen und weißen Marmorfliesen stammt noch aus der Zeit, als Argentinien eines der reichsten Länder war und der Marmor direkt aus Carrara hergebracht wurde. An den Wänden hängen, typisch für diese Cafés, alte Bilder von Tangopaaren und neue von Fußballclubs, der Ventilator an der Decke läuft auf höchster Stufe. Die Fenster sind nach oben geschoben.

Selbst der Kellner wirkt mit seinem strahlend weißen Hemd und der schwarzen Weste darüber, als sei er schon zur Eröffnung des Lokals hier gewesen, als er mit Würde die Bestellung aufnimmt. Letizia bestellt sich einen Tee, Jorge einen Kaffee mit Tostados.

»Nun Letizia wie gefällt Ihnen die Arbeit bei der Mordkommission?«

»Ich finde es total interessant und danke, dass Sie mich so einbinden. Doch es macht mir Spaß.«

»Sie wollen Staatsanwältin werden, richtig?«

»Ja das ist mein Plan. Und ja ich weiß, dass ich ein Privileg habe bei Ihnen ein Praktikum zu machen. Wissen Sie mein Onkel hat es mir nahezu aufgedrängt. Ich fand es schon sehr spannend. Also habe ich es akzeptiert und ich weiß auch, dass andere Studenten nicht die Möglichkeit haben. An dieser Tatsache ist, wohl auch meine Beziehung kaputtgegangen.«

Jorge schaut neugierig auf.

»Erzählen Sie, wenn Sie wollen.«

Also erzählt Letizia ihm alles von Pia und ihrem Streit und als sie fertig ist, fühlt sie sich irgendwie erleichtert.

»Wissen sie Jorge, ich habe bisher niemandem davon erzählt. Ich wusste nicht wem. Mit meinen Eltern kann ich darüber nicht sprechen, die wissen nicht einmal das ich auf Frauen stehe. Die warten wahrscheinlich darauf, dass ich ihnen eines Tages einen erfolgreichen Absolventen der juristischen Fakultät präsentiere«, lacht Letizia.

Jorge ist beeindruckt von der jungen Frau und er bedauert, ihr den Anfang schwer gemacht zu haben.»

Letizia, entschuldigen Sie bitte, ich war am Anfang nicht sehr nett zu Ihnen.«

»Alles gut Jorge, ich kann es sogar irgendwie verstehen.«

»Hören Sie Letizia, ich will mich nicht in Ihr Leben einmischen. Trotzdem, erlauben Sie einem Mann in den sogenannten besten Jahren mit etwas mehr Lebenserfahrung, Ihnen einen Rat zu geben.«

»Ich lerne gern von Männern in den besten Jahren«, spöttelt sie kurz, »ganz im Ernst, ich bitte Sie darum. Sonst hätte ich Ihnen womöglich nicht davon erzählt.«

»Wissen Sie Letizia, ich habe für diese Erkenntnisse Jahre gebraucht und lerne immer wieder dazu«, Jorge fährt nachdenklich fort, »auch wenn wir von uns glauben Verständnisvoll zu sein und uns in die Lage des anderen versetzen zu können, manchmal gelingt es uns besser und manchmal eben nicht so gut. Wir sind eben Menschen mit Macken, Zweifeln und mit Vorurteilen. Doch wissen Sie was wichtig ist?« Jorge macht eine kurze Pause.

»Worauf wollen Sie hinaus?«

»Wir können unsere Entscheidungen überdenken und korrigieren und wir können auch anderen die Chance dazu zu geben. Wir irren uns öfter als uns lieb ist in unseren Einschätzungen und fühlen uns immer wieder verletzt. Verzeihen zu können, das ist die wahre Kunst. Wir lernen es immer wieder neu, in jeder Situation. Wissen Sie was Sie niemals aufgeben dürfen Letizia ist Ihre Liebe. Nicht, wenn Sie nicht alles versucht haben. Nehmen Sie sich ein paar Tage frei. Fahren Sie noch heute ans Meer und reden Sie mit Pia und wenn sie Sie wirklich liebt, dann wird sie Sie verstehen.«

»Meinen Sie wirklich Jorge. Ich habe schon keine Hoffnung mehr, sie hat sich ja nie gemeldet.« Letizia merkt wie die Tränen in ihr hochsteigen.

»Genau deshalb, geben Sie ihr die Chance ihre Entscheidung zu korrigieren. Der Ball liegt bei ihr, vielleicht traut sie sich nur nicht ihn zu spielen. Helfen Sie ihr dabei. Und ist es nicht auch für Sie wichtig Klarheit zu bekommen? Glauben Sie mir, Sie sind viel zu jung, um traurig durch den Rest Ihres Lebens zu ziehen, nur, weil Sie nicht alles versucht haben.«

»Und Sie meinen wirklich ich soll heute noch fahren?«

»Verlieren Sie keine Zeit, ich fahre Sie zum Busterminal nach Retiro. Wollen Sie noch ein paar Sachen holen?« Letizia ist nun ganz aufgeregt und rutscht unruhig auf ihrem Stuhl hin und her. Sie winkt dem Kellner, zahlt und beide verlassen das Café. Jorge fährt Letizia wie versprochen nach Retiro, wo sie den nächsten Bus nimmt. Jorge verabschiedet sich und hofft das Beste für Letizia und Pia. Es bedrückt ihn, dass die junge Frau offenbar niemanden hat, dem sie sich anvertrauen kann.

Auf ihrer Fahrt ans Meer kommen Letizia plötzlich Zweifel. Als sie mit Jorge darüber sprach, erschien es ihr logisch, doch nun hat sie Angst davor, Pia zu begegnen. Sie versucht ein wenig zu schlafen. In Mar del Plata fragt sie sich zum Hotel, in dem Pia arbeitet, durch. Es liegt direkt an der Strandpromenade. Letizia betritt das Hotel und fragt nach Pia. Der Mann an der Rezeption rief Pia an und sagt zu Letizia, sie soll kurz warten Pia wird in ein paar Minuten da sein. Letizia setzt sich auf eine Bank vor dem Hotel.

Als Pia um die Ecke kommt, stutzt sie kurz. »Du hier?« Erstaunt und sichtlich unsicher geht sie auf Letizia zu.

»Hola Pia, ich muss unbedingt mit dir reden, bitte. Es ist wichtig.«

»Ich habe in einer halben Stunde Feierabend. Treffen wir uns wieder hier Letizia ja?«

»Ich warte auf dich.« Letizia versucht so gut es geht ihre Anspannung zu verbergen.

»Also dann, bis später.«

Die halbe Stunde wird für Letizia zur Ewigkeit. Immer wieder spielt sie in Gedanken verschiedene Szenarien durch, was sie wohl wie sagen würde. Sie bemerkt nicht als Pia zurückkommt und sie aus ihrer Gedankenwelt zurückholt.

»Hier ich hab uns was zu essen besorgt.« Pia deutet auf das Paket in ihrer Hand.

»Lass uns noch ein Bier holen und zum Strand gehen.« Letizia holt das Bier und sie breiten das Essen auf einem Tuch im Sand aus.

Beide sehen sich unsicher an, Letizia weiß nicht recht wie sie anfangen soll. Schließlich fasst sie sich ein Herz.

»Pia ich hab dich die ganze Zeit vermisst und versucht dich zu erreichen, ich muss einfach nochmal mit dir reden. Es war nie meine Absicht dich zu verletzen mit der Entscheidung. Bitte glaub mir das.«

»Auch ich habe viel nachgedacht Letizia. Ich war wirklich verletzt. Ich habe eben meine Art die Dinge zu sehen. Ich konnte es einfach nicht glauben, dass ausgerechnet du diese Privilegien nutzen würdest. Ich habe das als Verrat an meinen Idealen empfunden. Das hat mich unglaublich enttäuscht. Aber es war nicht richtig einfach abzuhauen und mich nicht zu melden. Bitte verzeih mir. Ich habe dich auch vermisst Letizia, sehr sogar.«

Beide nehmen sich in die Arme und weinen.

»Weißt du Letizia, irgendwann hab ich dann nicht mehr den Mut gefunden, mich bei dir zu melden. Ich hab mich geschämt. Dann kam das Angebot von einer Freundin, hier für die Sommermonate zu arbeiten und ich hab zugesagt. Da ist mir auch klar geworden, dass das ja auch nicht viel anders ist, als bei dir.«

Letizia sieht Pia fragend an. »Versteh ich nicht?«

»Na auch ich hab den Job nur bekommen, weil ich Kontakte habe, die andere nicht haben und auch ich hab das genutzt. Verstehst du? Wir alle nutzen Möglichkeiten, die sich uns bieten. Ich hab das jetzt verstanden. Wir haben unsere Vorstellungen wie wir leben wollen und das Leben zeigt uns immer wieder, dass das alles nicht so einfach ist. Eben nicht nur schwarz oder weiß, nicht nur Boca oder River, nicht nur Peronista oder Antiperonista Es gibt einfach so viele Facetten, verstehst du? Für mich bedeutet dieser Job hier ein Einkommen, das mein Studium finanziert. Bei dir ist es die Chance, neue Dinge zu lernen. Wo ist da der Unterschied. Wer bin ich, darüber zu urteilen, was mehr wiegt? Letizia, darüber denke ich die ganz Zeit nach. Ich wünsche mir nur eins, dass du mir verzeihen kannst.« Tränen laufen Pia über die Wangen. Letizia nimmt sie in den Arm.

»Pia, ich liebe dich wie du bist, ich will mit dir leben darum bin ich hier.«

»Ich bin so glücklich, dass du hier bist«, ruft Pia laut in die Nacht. »Komm lass uns ins Wasser gehen.«

Beide rennen ins Meer und springen mit ihren Sachen in die Brandung.

»Du Leti«, fragt Pia als beide nebeneinander im Sand liegen. »Wie lange bleibst du?«

»Ich fahre morgen Abend zurück nach Buenos Aires. Warum?«

»Das ist gut, weil ich jeden Tag zehn manchmal mehr Stunden arbeite und überhaupt keine Zeit für dich hätte, darum.«

»Verstehe, du willst mich schon wieder loswerden«, antwortet Letizia und lacht.

Pia gibt ihr einen Kuss.

»Ich muss auch zurück. Mein Chef hat mir zwar gesagt ich soll die Zeit nehmen, die ich brauche, aber nun wo wir uns einig sind. Er war es auch, der mich dazu überredet hat zu fahren.«

»Wie läuft es denn eigentlich bei deinem Praktikum? Erzähl mal. Hab neulich im Fernsehen gesehen, dass ein Jockey in Palermo ermordet wurde, geht gerade durch alle Kanäle.«

»Das ist der Fall, an dem ich mitarbeite«

»Wow Leti, das ist ja spannend.«

»Ja und auch sehr traurig.«

»Und findet ihr den Mörder?«

»Ich hoffe sehr. Pia, du ich bin echt müde und würde auch gern trockene Sachen anziehen. Hast du hier ein Zimmer oder sollen wir in ein Telo gehen?«

»Ich teile mir mein Zimmer mit drei anderen, also Telo.«

Am nächsten Morgen musste Pia früh raus Letizia wollte am Nachmittag zurückfahren.

»Also ich warte zu Hause auf dich, ich liebe dich«, verabschiedet sich Letizia.

»Es geht weiter mit uns, gute Reise. Wir telefonieren und ich liebe dich auch.«

Letizia verbringt die Zeit bis zur Abfahrt des Busses am überfüllten Strand. Handtuch an Handtuch, dass fast kein Sand zu sehen ist, so verbringen die Leute hier ihre Ferien. Es ist wie in Buenos Aires, nur mit Meer denkt sie sich und genießt das Getümmel.

Jorge fährt vom Busbahnhof direkt nach Hause, noch immer kein Anruf von Maria auf dem Anrufbeantworter. Langsam macht er sich Sorgen. Es ist noch früh am Abend, er ruft Orfilio an.

»Che, wie geht's mein lieber, hast du Lust auf einen Mate?«

Orfilio freut sich. »Gern, auf der Plaza?«

Die beiden verabreden, sich in einer halben Stunde zu treffen. Jorge bringt die Klappstühle und den Tisch mit. Orfilio wird Yerba und alles für den Mate mitbringen. Die Kekse wollen sie dann noch schnell im chinesischen Supermarkt holen. Jorge mag die gesalzenen, während Orfilio die süßen Bizcochos liebt. Jetzt gegen Abend geht ein laues Lüftchen und die aufgeheizte Stadt kühlt ein wenig ab. Sie haben sich einen Platz auf der Wiese neben den Sportgeräten gesucht. Ein wenig Sport würde mir auch guttun, denkt Jorge bei sich, als er die Leute an den Geräten sieht.

»Was hast du gesagt?«

Jorge merkt, dass er eben laut gedacht hat. »Ach nichts, nur wenn ich die Leute trainieren sehe, merke ich wie unfit ich gerade bin. Ich sollte mal wieder zum Sportclub gehen.«

Jorge erzählt Orfilio von seiner Kollegin, dass er sie nach Retiro gefahren hat damit sie ihre Liebesangelegenheiten klären kann und von den beiden Unbekannten, die am Stall Tage vor Leandros Tod gesehen wurden. Er zeigt Orfilio die beiden Phantombilder. Er sieht sie sich sehr genau an und versucht sich zu erinnern, ob er einen von Beiden schon einmal gesehen hat.

»Tut mir leid Jorge, keiner der Beiden kommt mir bekannt vor, aber mach mir eine Kopie ich frage Edgardo. Den sehe ich morgen zum Mittagessen, er und seine Frau haben mich zum Asado eingeladen. Soll ich ihn fragen, ob ich dich mitbringen kann?«

»Eine sehr nette Idee, nur fürchte ich, dass es nicht klappen wird wegen der Ermittlungen. Nun wo auch meine Assistentin ein paar Tage weg ist. Bedaure.«

Jorge reicht Orfilio den Mate.

»Weißt du Orfilio, ich habe schon ein paar Tage nichts mehr von Maria gehört. Langsam mache ich mir wirklich Sorgen«, gesteht Jorge nachdenklich.

»Das verstehe ich. Aber ist sie nicht mitten im Regenwald? Sicher hat sie keine Gelegenheit anzurufen.« Orfilio klopft Jorge aufmunternd auf die Schulter.

»Sie wird sich melden, sobald sie kann, da bin ich sicher«, versucht Orfilio seinen Freund zu beruhigen.

»Sicher hast du recht. Es ist nur so, sie fehlt mir sehr. Ich weiß auch nicht, was mit mir los ist. Die Zerbrechlichkeit des Lebens wird mir im Moment so bewusst, wie nie zuvor. Dieser Mord an Leandro, die Umstände drumherum, all das nimmt mich sehr mit. Die Frage ist doch, was zählt im Leben? Jemandem zu lieben, uneingeschränkt zu vertrauen seine Zeit miteinander zu verbringen. Sein Leben zu teilen ohne die andere Person oder sich selbst einzuschränken. Geht das Orfilio?«

»Ohne Kompromisse funktioniert es nicht. Ich würde das allerdings nicht als Einschränkung verstehen. Die Frage ist, wie weit jeder bereit ist zu gehen. Es gibt, glaube ich, keine allgemeine Antwort darauf, wir sind alle Individuen und entscheiden und handeln unterschiedlich.«

»Ja das ist wohl wahr und dennoch, ist es egoistisch jemanden in seiner Nähe haben zu wollen, obwohl die Person leidet? Ich finde für mich keine Antwort darauf.«

»Ja vielleicht ist es das, egoistisch. Doch ist es nicht auch der freie Wille des anderen mit jemanden zusammen sein zu wollen? Jorge, es ist das Beste, was uns passieren kann, einen Menschen getroffen zu haben bei dem man sich zu Hause fühlt. Egal wie schwierig das manchmal auch ist. Glaub mir, es bleibt eine unendliche Leere, wenn die Person nicht mehr da ist. Jeder von uns vereint so viele Widersprüche in sich, die Kunst ist doch diese zu akzeptieren. Bei sich selbst und bei dem anderen.«

Jorge sieht nachdenklich zu dem Karussel rüber. Nach einer Weile sagt er, »Orfilio, du hast nie viel von deiner Frau erzählt.«

»Ich erzähle dir ein andermal von ihr, heute kann ich nicht Jorge. Weißt du, obwohl sie seit Jahren nicht mehr da ist, vermisse ich sie jeden Tag. Trotzdem habe ich so wundervolle Erinnerungen an unsere gemeinsame Zeit. Ich bin dankbar für jede Sekunde, die ich mit ihr hatte.«

Jorge merkte, wie niedergeschlagen Orfilio plötzlich ist und er nimmt seinen Freund in den Arm.

»Jorge mein Freund, du und Maria, ihr habt eure Chance, nutzt die gemeinsame Zeit. Niemand weiß was passieren kann, niemand. Kennst du die Motoren des Lebens, die uns antreiben?«

»Sag du es mir, Orfilio.«

»Es sind die Liebe und die Angst, Jorge.«

Jorge sieht Orfilio an. »Interessant, so hab ich das noch nie betrachtet.«

Es dämmert, demnächst wird der Park geschlossen. Sie räumen ihre Sachen zusammen und verabschieden sich. Jorge checkt noch einmal die Mails bevor er schlafen geht, wieder keine Nachricht. Er ist müde und fällt in einen tiefen, traumlosen Schlaf.

Jorge fährt mit den beiden Phantombildern direkt zu den Ställen. Der Wachmann Ricardo am Eingang winkt ihm zu. Da Jorge ihn ohnehin befragen will, geht er direkt zu ihm.

»Hola Ricardo, wie geht es ihnen?«

»Bestens, Herr Kommissar und danke, dass Sie ein gutes Wort für mich eingelegt haben, ich kann meinen Job behalten, das ist so wichtig. Ich habe drei Kinder, wissen Sie.«

»Schon Gut Ricardo, nicht der Rede wert.«

»Herr Kommissar. Wissen Sie, dass der Chef nun doch die Kameras austauschen wird.«

Jorge lächelt vor sich hin. Alvarez, dieser Schlingel wollte ihnen glauben machen er stünde kurz vor der Pleite, dabei ging es doch ausschließlich um seine Gewinne.

»Das freut mich zu hören. Ricardo. Sehen Sie mal, ich hab hier zwei Phantombilder.« Jorge holt die beiden Bilder aus der Tasche. »Haben Sie beide oder einen der beiden schon einmal gesehen?«

Ricardo nimmt die Bilder und sieht sie sich genau an.

»Hm, den jüngeren hier, ja ganz sicher das war noch vor Leandros Tod. Der kam und fragte nach Facundo wegen eines Jobs und ich hab ihn durchgelassen und den Weg zum Stall gezeigt.«

Jorge zeigt ihm das zweite Bild. »Und den hier, haben Sie den gesehen?«

»Da bin ich mir nicht sicher Herr Kommissar. Es könnte sein, dass er mal mit dem Trainer Portello zusammen stand, aber es war zu weit weg um ihn genau erkennen zu können. Noch was Herr Kommissar. Bei dem Jungen ist mir aufgefallen, dass er einen anderen Akzent sprach. Der war nicht von hier.«

»Ich danke Ihnen Ricardo, Sie haben mir sehr geholfen.« Jorge verabschiedet sich von dem Wachmann und macht sich auf den Weg zu den Stallungen. Von weitem sieht er Facundo eins der Pferde aufs Paddock führen und geht zu ihm.

»Hola Facundo, alles gut?«

»Hola Herr Kommissar, alles gut. Und bei Ihnen?«

»Facundo, ich hab noch eine kurze Frage. Den Jungen aus El Salvador, kanntest du ihn vorher?«

»Nein, ganz sicher nicht. Warum?«

»Es ist nur so Facundo, der hatte an der Pforte nach dir gefragt.«

»Komisch, ich schwöre Ihnen, ich hab ihn nie zuvor gesehen.« Facundo sieht Jorge mit fragendem Blick an.

»Nun ich denke, es ist sicher nicht schwer die Namen der Pfleger und der anderen Angestellten hier herauszubekommen.«

»Sie glauben mir, Herr Kommissar?«

»Ich glaube dir Facundo. Also ich muss los, den anderen hier die Phantombilder zeigen. Vielleicht hat noch jemand etwas gesehen. Ciao Facundo und Danke.«

Jorge geht in die Richtung einer Gruppe junger Männer. Facundo schaut nachdenklich vor sich hin, ist ihm nicht oft passiert, dass ihm geglaubt wurde.

»Bis dann Herr Kommissar«, ruft Facundo ihm nach einer Weile hinterher.

Jorge dreht sich kurz um und winkt ihm zu.

Der Kommissar zeigt den jungen Männern die beiden Bilder. Einer von ihnen erinnert sich, den älteren der beiden schon einmal gesehen zu haben. Er hat, soweit er sich erinnert, mit einem der Trainer gesprochen, mit welchem wusste er nicht mehr, auch nicht wann das war. Um diese Zeit ist viel los hier. Pferde werden rein und rausgebracht. Auf den Trainingsbahnen galoppieren kleine Gruppen, die Ställe werden gesäubert. Jorge sieht sich weiter auf dem Gelände um. Jedem dem er begegnet zeigt er die beiden Phantombilder, niemand konnte sich an die beiden erinnern. Er hört seinen Namen rufen und sieht sich um. Edgardo scheint gerade angekommen zu sein, Jorge geht auf ihn zu.

»Freut mich Sie zu sehen. Wie geht es Ihnen, Edgardo? Wollten Sie nicht heute ein Asado machen?«

»Das Asado mussten wir leider absagen. Meine Tochter ist krank und meine Frau muss sich um die Kinder kümmern. Und Sie, auf der Suche nach dem Unbekannten?«

»So ungefähr. Aber sagen Sie, wollen Sie wirklich hier mit mir gesehen werden?«, neckt ihn Jorge, der sich daran erinnert, dass Edgardo es beim ersten Treffen unbedingt vermeiden wollte mit der Polizei in Verbindung gebracht zu werden.

»Ach Jorge«, auch Edgardo scherzt, »das war doch nicht so gemeint, da kannten wir uns doch noch nicht. Aber richtig, ich hatte schon immer eine gewisse Distanz zur Staatsmacht. Doch Sie sind ein Freund.«

»Verstehe. Vielleicht können Sie mir ja noch einmal helfen, mein lieber Edgardo.«

»Immer gern, Jorge.«

»Ich hab hier zwei Phantombilder, könnten Sie sich die mal ansehen, ob Sie einen der Männer kennen?«

»Orfilio hat mir schon davon erzählt, lassen Sie mal sehen.« Edgardo sieht sich die Bilder sehr lange und gründlich an.

»Nun, den hier«, der deutet auf den von Mariano beschriebenen Mann, »den hab ich ziemlich sicher hier gesehen, der hat mit einigen Trainern gesprochen, auch mit Mariano.«

»Stimmt, Mariano hat uns auch seine Beschreibung gegeben. Können Sie sich erinnern mit welchen Trainer er außerdem gesprochen hat?«

»Mit Roberto, also Roberto Portello, hab ich ihn gesehen. Das war, warten Sie«, Edgardo denkt kurz nach, »ja, jetzt erinnere ich mich, das war zwei oder drei Tage vor Leandros Tod. Da bin ich mir sicher.«

»Gut, dann werde ich mich mal mit Portello unterhalten. Danke Edgardo, wir sehen uns bald.«

»Unbedingt Jorge, kommen Sie doch am Sonntag zu uns, wir wollen das versäumte Asado nachholen. Orfilio kommt auch.«

»Ich komme sehr gern, freut mich und vielen Dank.«

»Jorge, sehen Sie«, Edgardo zeigt zur Trainingsbahn, »da hinten ist Portello, beeilen Sie sich. Wenn der erst beim Training ist, lässt er sich nicht stören.«

Jorge läuft los, um Roberto Portello einzuholen.

»Señor Portello«, ruft er ihm aus zwanzig Meter Entfernung zu, »bitte warten Sie einen Moment.«

Roberto Portello dreht sich um. Als er sieht, wer nach ihm gerufen hat verfinstert sich sein Gesichtsausdruck. Seinen Unmut über das erneute Auftauchen des Kommissars versucht er gar nicht erst zu verbergen.

»Sie schon wieder. Was wollen Sie? Ich habe zu tun«, sagt er in einem schroffen Tonfall.

»Bitte nur einen Augenblick, ein paar Fragen Señor Portello.«

»Ich hab Ihnen doch gesagt, dass ich keine Zeit habe. Lassen Sie mich meine Arbeit machen.«

Normalerweise ist Jorge ein geduldiger Mensch, doch hier wird es ihm eindeutig zu viel.

»Sie werden sich die Zeit nehmen müssen, Señor Portello. Ich kann Sie auch bitten mit mir aufs Kommissariat zu kommen, wenn Sie mir lieber dort meine Fragen beantworten möchten. Das dauert dann ganz sicher länger.«

Murrend lenkt der Trainer nun doch ein. »Was wollen Sie noch wissen?«

»Señor Portello, kennen Sie diesen Mann?«

Jorge zeigt ihm das Phantombild des Jungen aus El Salvador.

Portellos Gesicht zeigt keinerlei Regung. »Kenn ich nicht, nie gesehen. Wer soll das überhaupt sein?«

Jorge beantwortet die Frage nicht, sondern holt das andere Bild hervor. »Aber den hier, den kennen Sie doch, oder?«

Roberto Portello sieht sich das Bild kurz an. »Nie gesehen.«

Jorge glaubt eine leichte Verunsicherung im Blick des Trainers zu erkennen.

»Sehen Sie es sich genau an, bitte.«

»Sag ich doch, ich kenne den Mann nicht.« Portellos Stimme bebt leicht.

»Wie kommt es dann, dass Sie von zwei Zeugen mit diesem Mann gesehen wurden.«

Portello wird noch abweisender. »Dann irren sich ihre Zeugen. Nochmal, ich kenne den Mann nicht.«

»Und Sie sind sich da ganz sicher, ihn nie gesehen zu haben und auch nicht mit ihm gesprochen zu haben?«

»Ganz sicher. Und überhaupt, wann soll das denn gewesen sein?«

»Ein paar Tage vor Leandros Tod, Señor Portello.«

»Also ich hab den nie gesehen und nie mit dem gesprochen. Sonst noch was?« Roberto Portello geht in Richtung Trainingsbahn.

»Danke, das war alles, Señor Portello.«

Jorge ist sich sicher, dass Portello lügt, doch wie soll er das beweisen? Für heute reicht es ihm. Er geht zu seinem Auto. Jorge dreht sich nochmal kurz zu Portello um und sieht ihn aufgeregt telefonieren. Ein anderer Pfleger, den er auf dem Weg zum Auto befragt, erinnert sich, den Jungen aus El Salvador gesehen zu haben. Das ist schon eine Weile her, es war vor dem Mord, sagt er. Laut unterschiedlicher Aussagen sind also beide Männer hier gewesen. Der Junge aus El Salvador hat ganz sicher nicht ernsthaft nach einem Job hier gesucht. Mit wem mag Portello so aufgeregt telefoniert haben nach ihrem Gespräch? Vielleicht bekommen wir ja von der Staatsanwaltschaft die Genehmigung für die Überwachung seines Mobiltelefons. Jorge steigt ins Auto und fährt ins Büro.

Auf seinem Schreibtisch liegt der Laborbericht. Die weiteren DNA Spuren sind ausgewertet, befinden sich allerdings nicht in der Datenbank, auch die Fingerabdrücke nicht. Jorge greift zum Telefon und meldet sich bei seinem Chef. Lorena ist am Apparat, er soll in einer halben Stunde hochkommen. Jorge vervollständigt noch schnell den Bericht und druckt ihn aus bevor er zu seinem Chef geht.

»Lorena, wie geht's?« Jorge freut sich sie zu sehen.

»Bestens, und du? Was weißt du von Maria?«

»Leider nichts Neues, ich mache mir wirklich Sorgen.«

In diesem Moment öffnet Fernando die Tür.

»Jorge komm rein, ich warte schon auf deinen Bericht und habe wenig Zeit.«

Der Kommissar übergibt ihm den Bericht und setzt sich auf den angebotenen Stuhl. Fernando überfliegt das geschriebene.

»Also, wie ich sehe, bist du noch immer nicht weitergekommen Jorge.«

»Das sehe ich nicht so. Das Ganze ist komplizierter als gedacht. Fernando ich hätte gern eine Auswertung der Mobilfunkgespräche des Trainers Roberto Portello. Nachdem ich ihn zu den Phantombildern befragt hatte, rief er sofort jemanden an und war sehr aufgeregt. Auch während der Befragung selbst war er extrem unkooperativ. Ich bin mir sicher, er verschweigt uns etwas. Er ist der Trainer des Pferdes, das das Rennen gewonnen hatte, in dem Leandros Pferd als haushohe Favoritin gehandelt wurde. Der Außenseiter, der eine sehr hohe Gewinnsumme erlaufen hat. Für mich riecht das nach Manipulation, Fernando. Vielleicht bekommen wir auch gleich einen Beschluss, seine Bankkonten zu prüfen.«

»Also gut, ich werde sehen was ich tun kann.« Fernando überlegt kurz. »Große Hoffnung auf Grund von Spekulationen einen Gerichtsbeschluss zu bekommen, habe ich allerdings nicht und wenn er Bankkonten im Ausland besitzt, kommen wir da sowieso nicht ran Jorge.«

»Das ist ein guter Punkt. Wenn es sich um so krumme Machenschaften handelt, wie ich es vermute, haben die Auftraggeber ihm bestimmt ein Konto in irgendeinen diese Steuerparadise eingerichtet. Also keine Chance für uns da ran zu kommen. Das ist aber auch alles ein Mist.«

»Entschuldige bitte Jorge, wir müssen hier unterbrechen ich muss zu meinem nächsten Termin.«

Fernando begleitet Jorge zur Tür.

»Wo ist denn deine Assistentin heute?«

Jorge ist verblüfft, woher er das schon wieder weiß?

»Ihr geht es heute nicht gut, sie kann nicht kommen.«

»Ach so und ich hatte schon befürchtet, du hättest sie vergrault.«, Fernando grinst Jorge an und verabschiedet sich.

Jorge will sich eben auch von Lorena verabschieden und in sein Büro gehen, als sie ihm einen Kaffee anbietet.

»Jorge, mach dir keine Sorgen, Maria wird sich melden, sobald sie kann. Ich bin sicher, es ist nichts passiert, sie hat nur einfach keine Gelegenheit.« Lorena versucht Jorge zu beruhigen. Er nippt an seinem Kaffee.

»Ja, bestimmt hast du recht. Ich bin einfach sehr besorgt, weißt du. In der letzten Zeit finden so viele Brandrodungen im Amazonasgebiet statt und die Brände sind außer Kontrolle. Ich weiß einfach nicht genau wo sie sich aufhält.«

»Jorge, ich mache mir deshalb auch Sorgen, doch ich bin zuversichtlich, sie ruft dich bald an.«

»Danke, dass du mir Mut machst Lorena. Ich halte dich auf dem Laufenden und danke für den Kaffee. Bis bald.«

Jorge geht in sein Büro, setzt er sich an seinen Schreibtisch, öffnet sein Mailprogramm und sendet eine Mail mit den Phantombildern an Christina Rios Castillo. Vielleicht hat sie ja die beiden Männer oder einen von ihnen gesehen. Jorge überlegt sich die nächsten Schritte, doch ohne den Gerichtsbeschluss zur Auswertung der Mobilfunkgespräche von Portello kommt er nicht voran. Wenn ich doch bloß den Jungen aus El Salvador auftreiben könnte, denkt er sich. Doch das ist so gut wie aussichtslos, das ist ihm klar. Der kann überall sein, vielleicht ist er gar nicht mehr in der Stadt. Obwohl wenig Hoffnung besteht, lässt Jorge mit den Phantombildern eine landesweite Fahndung herausgeben. Während er hin und her überlegt wie er weitermachen soll, merkt er wie ungewohnt leer es ihm plötzlich im Büro erscheint ohne seine Assistentin. Wie mag es ihr wohl bisher ergangen sein? Jorge verlässt sein Büro und tut das, was im bisher immer den Kopf freigemacht hat, er bricht zu einem Spaziergang durch die Stadt auf. Draußen auf der Straße kommt ihm der gewohnte Lärm der Stadt entgegen. Heute kommt noch der Rhythmus der Trommeln der Demonstranten dazu. Die großen Gewerkschaften haben Proteste angekündigt und zahlreiche Busse voll mit Demonstranten aus den Randbezirken in die Innenstadt gebracht. Die Hauptadern der Stadt sind blockiert und der ganze Verkehr quält sich durch die schmalen Straßen, verbunden mit den üblichen Hupkonzerten. Jorge geht die Avenida Belgrano hoch, überquert die Entre Rios und geht weiter Richtung Almagro bis zur Avenida Boedo. Dort hält er sich rechts und biegt in eine der kleineren

Querstraßen ein, nun wird es ruhiger. Unterwegs kauft er sich ein Wasser in einem der Kioske. Jorge hat kein bestimmtes Ziel, er lässt sich einfach treiben und steht plötzlich schon fast vor seiner Haustür. Er möchte noch nicht in seine leere Wohnung zurück und geht weiter zum Park Centenario, um dort an den Buchständen zu stöbern. Die ein oder andere Rarität hat er dort schon gefunden. Neben dem Park ist das Naturkundemuseum. Jorge erinnert sich wie ihn sein Großvater das erste Mal dorthin mitnahm und er als Kind staunend vor den Exponaten stand. Er ist ein Kind der Stadt, hat nie an einem anderen Ort gelebt, doch nun denkt er immer mal wieder darüber nach, wie es wohl wäre woanders neu anzufangen. Jorge liebt Buenos Aires und verteufelt es gleichzeitig. Seine Stadt, die sich viel zu schnell, verändert und wo immer mehr Menschen aus dem Zentrum in die Peripherie gedrängt werden. Einen modernen, weltstädtischen Anstrich will sich die Stadt geben die zunehmende Armut soll versteckt werden. Immer mehr Menschen aus den anderen Teilen des Landes suchen hier ihr Glück. Sie hoffen auf einen der wenigen Jobs und wohnen in billigen Hotels, solange ihr Geld dafür reicht. Nicht wenige von ihnen leben am Ende auf der Straße. Jorge fällt der Mann aus dem Chaco ein, der nach Buenos Aires kam, um Arbeit zu suchen. Er ist um die vierzig und hat zuvor in seinem Dorf als Maurer und Tischler gearbeitet. Dann hatten die Leute dort immer weniger Geld und so bekam er keine Aufträge mehr. Nun lebt er hier an einer Kreuzung zwei Blöcke von Jorges Wohnung entfernt. Ein Balkon über ihm schützt ihn vor Regen. Mit einer alten Matratze und ein paar Holzkisten hat er sich seinen Schlafplatz eingerichtet. Jeden Tag zieht der Mann unermüdlich durch die Stadt, um irgendwo seine Dienste anzubieten. Jorge möchte ihm gern helfen und beschließt, seiner Küche einen neuen Anstrich zu verpassen und dem Mann diese Arbeit anzubieten. Er setzt sich auf eine Bank am Rande des Parks, blättert in einem gerade erstandenen Buch und sieht mit halbem Auge den Jungs beim Skaten zu. Jorge bewundert deren Geschicklichkeit, die er selbst nie hatte. Die Sonne geht bereits unter, als er sich auf den Weg nach Hause macht. Zuerst hört Jorge den Anrufbeantworter ab und tatsächlich, die langersehnte Nachricht von Maria. Er ist mehr als erleichtert, es geht ihr gut. Sie sind heute aus dem Dschungel in die kleine Stadt zurückgekommen und werden ein paar Tage dort bleiben. Er soll sich keine Sorgen machen und das sie ihn liebt und ihn vermisst hat sie noch gesagt. Jorge bleibt noch lange wach, hört eine Tangoplatte nach der anderen und denkt über seine Zukunft nach.

Heute ist Jorge spät dran und stößt auf dem Flur im Präsidium beinah mit Fernando zusammen.
»Schlechte Nachrichten Jorge. Wir bekommen weder einen Beschluss zum Auswerten der Mobilfunkdaten von Portello noch die Einsicht in die Kontodaten. Der Staatsanwaltschaft reicht das, was wir haben nicht aus.«
»Hab ich fast befürchtet.«

Jorge sieht resigniert zu seinem Chef, der zuckt mit den Schultern. »Können wir nichts machen.«

In diesem Moment betritt Letizia das Büro.

»Guten Morgen Letizia, schön das sie wieder hier sind. Ich sehe, sie sind wieder gesund.«

Die sieht fragend zu Jorge der ihr zu verstehen gibt mitzuspielen. »Mir geht es gut Chef, danke.«

»Gut dann lasse ich Sie beide mal ermitteln, wir brauchen Ergebnisse.« Fernando verlässt das Büro.

»Ich habe ihm gesagt, Sie hätten sich krankgemeldet«, erklärt Jorge die Situation kurz.

»Ich hoffe, es ist alles gut gelaufen Letizia. Ich habe sie noch nicht so schnell zurückerwartet.«

»Alles bestens Jorge. Wir haben eine ganze Nacht am Strand miteinander geredet und wir wollen es nochmal versuchen. Danke nochmal für Ihre Hilfe ohne Sie hätte ich den Schritt wohl nicht gewagt.«

»Das freut mich sehr für Sie Letizia und danken Sie mir nicht, Sie haben den Schritt getan.«

»Wie sieht es mit dem Fall aus, gibt es was Neues?«

Jorge informiert Letizia bis sie durch das Klingeln des Telefons unterbrochen werden.

»Christina«, sagt er zu seiner Kollegin und stellt das Telefon laut.

»Hola Kommissar Costanini, hier ist Rios Castillo. Sie haben mir die Fotos geschickt. Den einen der älter aussieht, den kenne ich, das ist einer der Mexikaner, die hier einen Rennstall eröffnen.«

»Señora Rios Castillo, Sie sind sich da sicher? Wissen Sie seinen Namen?«

»Ich bin mir sicher, er hielt sich allerdings eher im Hintergrund bei den Verhandlungen. Den Namen kenne ich nicht, kann aber versuchen ihn herauszubekommen.«

»Was den für Verhandlungen Señora?«

»Nun wenn jemand im Hippodromo einen Rennstall eröffnet, muss das im Konsortium abgestimmt werden, da bin ich mit dabei.«

»Verstehe und wann wird der neue Rennstall eröffnet?«

»Die sind bereits dabei, haben ihre Pferde bereits dort aber offiziell zum nächsten Ersten. Erst dann können die auch an den Start gehen.«

»Wissen Sie, wer Trainer im neuen Rennstall wird, Señora Rios Castillo?«

»Und ob, Portello, Roberto Portello. Herr Kommissar, wenn Sie noch Fragen haben, meine Nummer haben Sie, ich muss.«

»Danke für die Informationen Señora. Sie haben uns sehr geholfen.« Jorge legt auf.

»Nun das ist interessant, der liebenswerte Portello wechselt den Stall und will einen seiner zukünftigen Arbeitgeber allerdings nicht kennen.«

»Da sollten wir nochmal nachhaken, Jorge.«

»Da erwarte ich nichts Konstruktives. Der sagt uns kein Wort und er wird sich rausreden von wegen nicht erkannt, schlechtes Foto und so weiter. Ich bin sicher die Zeit können wir uns sparen. Wo waren wir vor dem Anruf stehen geblieben?«

»Das wir von der Staatsanwaltschaft keinen Beschluss zur Handyauswertung und Kontenprüfung bekommen haben.«

»Genau, wir treten also weiter auf der Stelle, es sei denn Sie kommen jetzt noch mit einer zündenden Idee, Letizia. Mir sind die nämlich ausgegangen.«

»Jorge ich bin dafür, dass wir Portello befragen. Der hat uns angelogen. Laden wir ihn vor, dann sehen wir wie er sich verhält.«

»Nun gut, einen Versuch ist es wert, ich rufe Fernando an und wir schicken jemanden der ihn abholt.«

Zwei Stunden später öffnet ein Kollege die Tür.

»Kommissar Costanini, Señor Portello ist jetzt hier, wir haben ihn in den Verhörraum gebracht. Er ist nicht gerade erfreut und er hat seinen Anwalt angerufen.«

»Danke Kollege. Letizia sagen Sie bitte Fernando Bescheid.« Jorge nimmt eine Flasche Wasser und öffnet die Tür zu dem Raum, in dem Portello wartet. Dessen Gesichtsausdruck lässt kein entspanntes Gespräch erwarten.

»Was fällt Ihnen ein Kommissar, wieso lassen Sie mich wie einen Verbrecher hier herbringen?«, fährt Portello Jorge direkt an. »Im Übrigen sage ich nichts, mein Anwalt muss in wenigen Minuten hier sein.«

Jorge setzt sich Portello gegenüber und stellt ihm ein Glas Wasser hin.

»Das ist Ihr Recht. Warten wir also bis Ihr Anwalt hier ist.«

In diesem Moment wird die Tür aufgerissen.

»Guten Tag, mein Name ist Perez ich bin der Anwalt von Señor Portello und möchte mit meinem Mandanten allein sprechen.«

»Selbstverständlich, bitte kommen Sie.« Jorge führt beide in einen Nebenraum.

»Klopfen Sie an die Tür, wenn Sie soweit sind.« Jorge schließt die Tür. Nach etwa zehn Minuten klopft es.

»Kommissar, wir können.«

Die drei Männer betreten erneut den Verhörraum und setzen sich.

»Es macht Ihnen sicher nichts aus, wenn wir unser Gespräch aufzeichnen.« Jorge schaltet den Recorder ein. Portellos Anwalt nickt und beginnt.

»Kommissar, warum ist mein Mandant hier, was wird ihm vorgeworfen. Und ich wäre Ihnen dankbar, wenn Sie sich beeilen würden. Mein Mandant hat seine Arbeit zu machen und ich hab auch noch Termine.«

»Señor Perez, Ihr Mandant ist hier als Zeuge geladen und die Dauer der Befragung hängt ganz von ihm ab.« Jorge beginnt. »Señor Portello, als ich ihnen dieses Foto gezeigt habe, sagten Sie, dass Sie diesen Mann nie zuvor gesehen hatten. Richtig?« Jorge schiebt das Phantombild über den Tisch.

Portello sieht zu seinem Anwalt, der nickt und antwortet knapp. »Stimmt.«

»Wie erklären Sie nun folgendes? Sie werden Trainer eines neuen Rennstalls und einer der Eigentümer, also ihr neuer Arbeitgeber ist dieser Mann hier auf dem Foto. Wollen Sie noch immer behaupten, den Mann noch nie gesehen zu haben?« Jorge sieht Portello direkt in die Augen.

Portello will gerade antworten als sich erneut der Anwalt einschaltet. »Herr Kommissar, wer soll denn auf einem solchen Phantombild jemanden erkennen. Mein Mandant hat mir soeben versichert, dass er den Mann auf dem Foto nicht erkannt hat. Sehen Sie hier.« Perez holt sein Mobiltelefon heraus und zeigt Jorge das Foto zweier Männer und deutet auf einen der Beiden.

»Hier, das ist Señor Arbello, einer der neuen Arbeitgeber meines Mandanten und der daneben soll wohl der hier auf dem Foto, Señor Silva, sein. Sie müssen schon zugeben, dass die Ähnlichkeit nicht leicht auszumachen ist.«

Jorge sieht sich das Foto an. »Nicht leicht auf den ersten Blick, doch bei genauerem hinsehen durchaus, Señor Perez.«

»Nun wie auch immer Herr Kommissar mein Mandant beschwört, den Mann in dem Moment nicht erkannt zu haben.«

»Señor Portello, trifft es zu, dass sie den Mann auf dem Phantombild nicht als einen Ihrer neuen Arbeitgeber erkannt haben?«, wendet sich Jorge nun an den Trainer.

»Genau ich habe ihn nicht erkannt auf dem Bild, das Sie mir gezeigt hatten. Können wir jetzt gehen, wir haben noch zu tun.«

»Eine Sache noch, ich würde gern mit Ihren neuen Arbeitgebern sprechen.«

»Das geht nicht Herr Kommissar.« Perez ist kurz davor die Geduld zu verlieren. »Beide sind bereits nach Mexiko zurückgeflogen und wenn das nun alles war, wünsche ich noch einen schönen Tag.« Portello und sein Anwalt verlassen den Raum.

»Also gut wie ich dachte, verlorene Zeit.« Jorge geht resigniert in sein Büro zurück.Letizia und Fernando folgen ihm.

»Es war einen Versuch wert.«

»Lassen Sie uns Feierabend machen Letizia, mir fällt heute nichts mehr ein.«

»Gehen Sie nur Jorge, ich schreibe noch den Bericht fertig.«

Heute nimmt Jorge ausnahmsweise den Bus nach Hause. Als er an der Ecke, einen Block vor einer Wohnung aussteigt, hört er das bekannte Geräusch, wenn jemand im Takt auf einen Kochtopf schlägt und ein Rufen im Chor »Wir wollen Strom. Wir wollen Strom...«

Ein Cacerolazo die Nachbarschaft protestiert. Als Jorge um die Ecke biegt, sieht er, dass die ganze Straße dunkel ist.

»Mal wieder kein Strom im ganzen Block«, sagt er halblaut vor sich hin.

Eine Frau, die ihn gehört hat, stimmt ihm im Vorbeigehen zu und entgegnet, »Jedes Jahr das Gleiche in den Sommermonaten das veraltete Stromnetz ist hoffnungslos überlastet. Gut, dass die den Piquete machen. Man kann sich ja nicht alles gefallen lassen.« Die Frau geht vor sich hin schimpfend weiter.

Die ganze Straße ist absperrt, hier geht nichts mehr und das Hupkonzert wird daran auch nichts ändern. Jorge sieht sich einer illusteren Protestgemeinschaft gegenüber. Wenn das alles nicht so verdammt ernst wäre und wenn die Stromausfälle nicht bereits zum Alltag gehören würden, könnte er dieser Situation durchaus was Komisches abgewinnen. Hier verbrüdern sich Menschen, die sonst nicht einmal einen Gruß füreinander übrig haben. Da ist der Gemüsehändler, bei dem wegen seiner hohen Preise niemand im Viertel kauft. Heute leiht er den Nachbarn seine Obstkisten für die Straßensperre. Die Hausfrau, die unermüdlich auf ihren Topf einschlägt und mit den anderen im Chor ruft. »Wir wollen Strom, wir wollen Strom, wir wollen Strom….« Der Besitzer des chinesischen Supermarktes, dessen Kinder im Einkaufswagen aufwachsen und der mit seiner Familie nach Ladenschluss auf ausgerollten Matratzen zwischen den Regalen schläft ist auch dabei. Genau wie der von allen verachtete Zuhälter, der im Viertel Drogen verkauft; klar für seine Geschäfte braucht er freie Straßen damit ihm die Kunden nicht wegbleiben. Die über achtzigjährige Rentnerin mit ihrem alten, halbblinden Pekinesen der den ganzen Tag auf dem Balkon kläfft und alle Nachbarn in den Wahnsinn treibt, steht ganz vorn in der Reihe. Der Friseur und selbst die Anwälte aus der kleinen Kanzlei sind auf der Straße. Von weiten sieht Jorge Orfilio mit einer Nachbarin aus dem Hochhaus einen Einkaufswagen hinter sich herziehend in Richtung seines Hauses gehen, einen braunen Dackel im Schlepptau. Jorge beeilt sich und ruft ihn von weitem. »Hola, hola kann ich helfen?«, fragt er als Orfilio sich umdreht.

»Jorge mein Freund, darf ich dir Señora Anita vorstellen. Sie wohnt hier im Hochhaus und wegen des Stromausfalls helfe ich ihr, verderbliche Sachen aus ihrem Kühlschrank in meinen zu bringen. Ich habe ja noch Strom.«

Jorge kennt die Señora vom sehen.

»Orfilio hat mir schon viel von Ihnen erzählt«, begrüßt Anita Jorge.

Inzwischen haben sich weitere Menschen versammelt, einige um den Protest zu unterstützen, andere um ihrem Unmut über die Sperrung der Straße Luft zu machen. Auch ein Streifenwagen war in der Nähe und beobachtet die Situation. Jorge geht hinüber zu dem Wagen und erfährt von den Beamten, dass Mitarbeiter des Stromanbieters unterwegs sind um den Generator zu reparieren. Als die dann eintreffen, werden sie mit großem Applaus begrüßt. Nun sperrt die Streife auch den anderen Teil der Straße ab damit die Männer ihre Arbeit machen können. Die öffnen das im Bürgersteig eingelassene Depot für den Generator und trauen Ihren Augen nicht, das Depot ist leer. Der Generator wurde gestohlen. Jorge spricht kurz mit den Beamten, die den Diebstahl in der Zentrale melden, die Mitarbeiter der Stromfirma fahren unter lauten Protesten ab und versprachen so schnell es geht mit einem neuen Generator zurückzukommen. Kopfschüttelnd geht Jorge zu Orfilio und Señora Anita. Ihm platzt der Kragen.

»Ich fasse es nicht. Hier an der Ecke steht Rund um die Uhr ein Polizist, vierundzwanzig Stunden. Es ist unmöglich, nicht zu bemerken, dass direkt vor seinen Augen ein Stromgenerator gestohlen wird. Diese korrupten Hunde.« Jorge sieht sich um. »Ich vermute, heute wird da nicht mehr viel passieren. Ich gehe mal fragen, wer noch Hilfe braucht.«

Der Protest geht unterdessen weiter.

Dann, nach einer Stunde die Überraschung. Die Mitarbeiter der Stromfirma kommen mit einem neuen Generator zurück und bauen ihn ein. Jorge ist müde, er verabschiedet sich von Orfilio, Señora Anita ist bereits wieder nach Hause gegangen.

Über Nacht zog ein schweres Gewitter über die Stadt, Jorge hatte von all dem nichts mitbekommen, so tief hat er geschlafen. Teile der Stadt stehen unter Wasser. Aus den Nachrichten erfährt er auch, dass es in der Provinz von Buenos Aires rund um La Plata starke Überschwemmungen gibt und zahlreiche Menschen ihre Habe verloren und sich selbst gerade noch retten konnten. Er macht sich auf den Weg zur Arbeit. Letizia erwartet ihn bereits im Büro.

»Hola Jorge. Ist das nicht furchtbar, die armen Menschen.«

Jorge will gerade antworten da stürmt Fernando zur Tür herein.

»Jorge wir haben ihn, aber wir können ihn nicht befragen. Er ist tot.«

»Wir haben wen? Wer ist tot?«, fragt Jorge seinen Chef.

»Die Kollegen in La Plata. Du hattest doch die Phantombilder an die anderen Dienststellen weitergegeben und die haben heute Nacht einen Toten gefunden. Einer der Kollegen hat ihn auf dem Foto erkannt. Es ist der Junge den wir suchen, der aus El Salvador.«

Jorge sieht Fernando ungläubig an. »Wie ist er gestorben? Haben die Papiere bei ihm gefunden?«

»Ich habe veranlasst, dass die Leiche zu Louis in die Gerichtsmedizin gebracht wird. Alles was er bei sich hatte schicken sie auch mit. Sobald die Leiche im Institut ist, wird er sich darum kümmern. Die waren dort sogar ganz froh drüber, dass wir denen die Arbeit abnehmen. Die haben jetzt wegen der Überschwemmung ganz andere Sorgen. So Kollegen, ich muss weiter zur Pressekonferenz.« Fernando macht auf dem Absatz kehrt und stürmt aus dem Raum.

Jorge greift zum Telefon und ruft Louis an. »Hola Louis, ist die Leiche schon da? Bitte mach gleich einen DNA Abgleich, wir haben doch diese Spuren auf der Tatwaffe gefunden, die wir bisher nicht zuordnen konnten.«

Es vergeht eine Stunde. Jorge geht im Büro nervös auf und ab, Letizia sieht zu ihm rüber.

»Bitte Jorge, es geht nicht schneller, wenn Sie hier alle verrückt machen. Wir wissen ja nicht einmal, ob die Leiche bereits in der Gerichtsmedizin eingetroffen ist.«

»Entschuldigung. Vielleicht sollte ich hinfahren.«

»Um dort die Kollegen auch noch zu nerven?« Letizia schüttelt den Kopf.

»Louis wird sich sicher melden, sobald er Ergebnisse hat. Lassen Sie uns was zum Mittagessen besorgen.«

In diesem Moment klingelt das Telefon.

»Louis, wie sieht es aus?« Jorge hört was Louis zu sagen hat. Nach wenigen Sekunden ist das Gespräch beendet. Letizia sieht fragend zu ihm herüber.

»Der Leichenwagen steckt im Stau, die Autobahn ist dicht. Louis meint, es wird wohl noch ein bis zwei

Stunden dauern. Heute wird er ihn nicht mehr obduzieren aber er will sehen, dass er die DNA Analyse noch starten kann. Dann hätten wir morgen früh erste Ergebnisse.«

»Okay, dann können wir nur warten. Wenn es ihnen nichts ausmacht, würde ich gern früher nach Hause gehen.«

»Ja kein Problem, ich werde noch etwas Schreibkram erledigen und auf den Anruf von Louis warten. Bis morgen dann.«

Nachdem Letizia das Büro verlassen hat, fängt Jorge erneut an nervös auf und ab zu gehen. Wenn die Fingerabdrücke und die DNA Spuren des Jungen mit denen auf der Tatwaffe identisch sind, bleibt wohl kein Zweifel, dass er den Mord begangen hat. Doch was ist das Motiv und warum ist er jetzt auch tot? Wusste Leandro etwas über Betrügereien in Renngeschäft? Stand er in der Schuld von jemandem? Und wenn es ein Auftragsmord war? So könnte es gewesen sein. Leandro hat sich nicht bestechen lassen, wusste aber womöglich zu viel und sollte zum Schweigen gebracht werden. Er hat mitten in der Nacht die Nachricht von Facundos Handy bekommen und fährt sofort in den Stall. Dort wartet der Junge aus El Salvador. Der war zwei Tage zuvor allein in der Sattelkammer. Facundo lässt, während er im Stall arbeitet, sein Handy dort liegen. So hatte der Junge die Gelegenheit die Nachricht einzugeben und zeitversetzt zu versenden, dann brauchte er nur noch warten, um Leandro zu töten. Irgendwoher bekam er die Information, dass die Kameras nicht funktionieren, so kam er ungesehen hinein und wieder hinaus. Aber warum der ganze Aufwand? Ein Mord um ein Rennen zu gewinnen und ein Pferd überteuert zu verkaufen? Oder um einen neuen Rennstall zu eröffnen? Wenn es Bedingung war? Geld in den neuen Rennstall fließt nur, wenn man sich gefällig zeigt, also wenn der Verkauf des Pferdes wie geplant über die Bühne geht. Und der klappt nur, wenn das Rennen gewonnen wird. Das Telefon klingelt und reißt Jorge aus seinen Gedanken.

Es ist Louis. »Jorge, die sind noch immer nicht da. Ich muss los, morgen fange ich gleich früh mit der Obduktion an.«

»Dann hat es wohl keinen Sinn noch länger hier zu warten, ich komme morgen früh zu dir in die Gerichtsmedizin. Ciao, bis morgen«

Jorge legt auf und macht sich auf den Weg nach Hause.

Luis ist schon mitten in der Obduktion, als Jorge den Obduktionssaal betritt.

»Der Junge ist erschossen worden. Es sieht aus wie eine Hinrichtung. Ein aufgesetzter Schuss.«

»Hingerichtet? Das sieht nach Mafia oder den Kartellen aus. Hatte er Papiere bei sich?«

Mit dem Skalpell in der Hand deutet Louis auf seinen Schreibtisch. »Dort drüben.«

Jorge sieht den Pass und eine Geldbörse.

»Der Junge war gerade achtzehn Jahre alt, Gonzalo Samira, geboren in San Salvador.«

»Ich frage mich, woher er das Geld für einen Flug wohl hatte? Er ist nicht gut ernährt und auch die Kleidung lässt nicht darauf schließen, dass er aus einer wohlhabenden Familie kommt.«

Jorge tritt an den Toten heran. »Hier Louis siehst du die Tätowierung auf dem Handrücken, die dreizehn hier?«

»Ja. Was ist damit? Viele Jungs in dem Alter haben Tattoos.«

»Schon, aber das hier, das ist nicht einfach nur ein Tattoo. Das ist das Symbol einer der Jugendbanden aus El Salvador.«

Louis sieht ihn fragend an.

»Du hast wirklich keine Ahnung Louis, oder? Die Jugendgangs? Maras? In El Salvador? Inzwischen arbeiten sie auch für die mexikanischen Kartelle. Sie kontrollieren ihre Viertel und ihre Mitglieder tragen ein Tattoo zum Zeichen ihrer Zugehörigkeit. Sie erpressen, sind im Drogengeschäft aktiv und erledigen auch andere Aufträge. Die Gangs schützen ihr Viertel und kassieren dafür ab. Für viele der Jungs die dort aufwachsen ist die einzige Möglichkeit etwas Geld zu verdienen, für die Maras zu arbeiten. Die Jungs arbeiten dann als Geldeintreiber, Drogenkuriere oder bewachen das Viertel. Auch Auftragsmorde gehören dazu. Sie gehen extrem brutal vor, wenn ihnen jemand was schuldet. Ein Menschenleben, inklusive das eigene, hat für die meisten keinen Wert.«

Louis schüttelt den Kopf. »Also dann ist unser Toter hier einer von denen gewesen?«

»Sieht ganz danach aus. Aber die Frage ist, was hat ihn hierher verschlagen?«

»Das herauszufinden ist dein Job, Jorge.«

Louis widmet sich nun wieder der Obduktion als seine Assistentin hereinkommt. Sie hält ein Papier hoch.

»Meine Herren. Hier die Ergebnisse der Fingerabdrücke. DNA Analyse dann in einer halben Stunde.«

Jorge und Louis stürzen sich gleichzeitig drauf. Jorge ist schneller. »Bingo, die stimmen mit den bisher nicht zugeordneten Fingerabdrücken überein. Also ein erstes Indiz. Hast du was dagegen, wenn ich auch auf die DNA Ergebnisse hier warte?«

»Solange du mich meine Arbeit machen lässt. Außerdem würdest du dich eh nicht davon abbringen lassen. Kannst in meinem Büro warten.«

Jorge geht nach nebenan und ruft im Büro an, um Letizia über die Neuigkeiten zu informieren. Nach einer Weile kommen Louis und seine Assistentin herein.

»Es hat sich bestätigt, auch die DNA Spuren stimmen mit denen an der Tatwaffe überein. Also die Indizien sagen aus, dass wir hier den Mörder auf dem Tisch haben.«

»Danke gute Arbeit.«

Jorge nimmt die Berichte und die Papiere des Toten und verabschiedet sich. »Ich fahre ins Büro, bis dann. Hast was gut bei mir.«

Jorge ist sich sicher, dass Letizia Fernando bereits informiert hat, so überrascht es ihn nicht, dass die beiden bereits im Büro auf ihn warten.

»Also wie sieht es aus mit den DNA Spuren?« Fernando ist sichtlich ungeduldig.

»Die sind identisch, es besteht kein Zweifel. Anhand der Indizien muss der Tote der Mörder von Leandro sein.«

»Gut dann will ich gleich einen Termin mit der Presse machen.« Fernando öffnet die Tür.

»Halt! Warte einen Moment. Was willst du denn denen von der Presse sagen, wenn sie nach dem Motiv fragen? Und das werden sie.« Jorge schließt die Tür wieder.

»Nun so wie ich die Sache sehe, hat der sich in die Stallungen geschlichen, um etwas zu stehlen und wurde von Leandro überrascht.«

»Ist eine Möglichkeit«, stimmt Jorge seinem Chef zu, »aber ich sehe da noch eine.«

»Ich bin ganz Ohr.«

»So wie der Junge starb Fernando, das war eine Hinrichtung. Der Junge ist erschossen worden, in den Kopf. Für mich sieht das nach organisierter Kriminalität aus.«

Fernando schüttelt den Kopf. »Wie kommst du nur auf so etwas?«, fragt er und setzt sich wieder.

Letizia, die bisher nur zugehört hatte, schaltet sich ein. »Er war Mitglied einer der Banden aus El Salvador. Richtig Jorge?«

»Genau. Und die arbeiten mit den mexikanischen Kartellen zusammen und wie unsere Ermittlungen ergeben hatten, scheinen die Kartelle sich über Mittelsmänner hier im Hippodromo in den Pferderennsport eingekauft zu haben. Wir wissen, dass es Bestechungsversuche gab. Mariano und möglicherweise auch Leandro wurden angesprochen Rennen zu manipulieren. Wir wissen auch, dass Leandro ein grundehrlicher Mensch gewesen ist, deshalb musste er wohl sterben, vielleicht wollte er den Betrug anzeigen.«

»Jorge das, was du da behauptest, würde ja bedeuten das auch Mariano in Gefahr ist.«

»Nein, das ist er ganz sicher nicht. Das Geschäft ist gelaufen. Der neue Rennstall wurde mit Hilfe der mexikanischen Geldgeber eröffnet. Das ist es, was sie wollten. Und das Geld aus dem gekauften Rennen ist geflossen. Jetzt wollen die hier mitmischen, Geld verdienen und Geld waschen, da brauchen sie keine Skandale.«

»Aber Jorge, was denkst du, warum musste denn dann der Mörder sterben?«

»Der Junge war Mittel zum Zweck, ein Bauernopfer. Für ihre Geschäfte brauchen die keine Zeugen. Ich bin mir ziemlich sicher, dass der Junge nur eingeflogen wurde, um den Job zu erledigen. Er war kein professioneller Killer. Einer der möglicherweise sogar gezwungen worden ist, den Mord zu begehen. Vielleicht hatte er Schulden bei der Gang, die mit diesem Auftrag abgegolten werden sollten. Eingereist ist er über Ezeiza. Der Pass ist erst kurz vor der Reise ausgestellt worden. Was weiß ich? Dummerweise können wir ihn ja nicht mehr fragen.«

»Also, nun auch noch die Kartelle und Auftragsmord. Jorge, das wird ja immer undurchsichtiger. Was sage ich denn nun der Presse? Ich kann denen ja schlecht auf bloßen Verdacht hin etwas von den Kartellen und Gangs aus El Salvador erzählen, denn Beweise haben wir ja nicht. Außerdem, allein die Tatsache öffentlich solch einen Verdacht auszusprechen, bringt uns in die Schusslinie und das meine ich durchaus auch wörtlich. Ausgerechnet so was hier. Warum nicht ein normaler Mord, wir bringen den Mörder hinter Gitter und werden von allen gelobt. Aber nein, es muss auch noch

222

Geldwäsche, Betrug und Auftragsmord sein und all das lässt sich noch nicht einmal beweisen.« Kopfschüttelnd vor sich hin grummelnd verlässt Fernando das Büro.

»Nun es scheint, als könne unser Chef nicht wie geplant vor der Presse glänzen.« Jorge sieht zu Letizia rüber.

»Tja den Mörder haben wir, doch an die Hintermänner kommen wir wohl nicht heran. Was ich trotz allem nicht verstehe Jorge. Warum der Aufwand jemanden aus El Salvador einzufliegen, die hätten doch ganz sicher hier auch jemanden für diesen 'Job' finden können?«

»Diese Frage stelle ich mir immer wieder. Ich kann es mir nur so erklären. Die wollten wirklich sicher gehen, dass wenn wir Spuren des Mörders finden, die hier in keiner Datenbank auftauchen. Ist aber nur eine Theorie. Ich hab wirklich keine Ahnung. Lassen Sie uns Schluss machen, den Bericht können wir auch morgen noch schreiben. Haben sie Lust auf ein Feierabendbier?«

Jorge und Letizia gehen in die Bar gegenüber, der Fernseher läuft, die Pressekonferenz mit ihrem Chef wird gerade übertragen.

»… ist es der hervorragenden Ermittlungsarbeit unserer Dienststelle zu verdanken, dass wir nun den Mörder des Starjockeys Leandro Quispe aufgrund von Indizien dank modernster Methoden wie der DNA Analyse identifizieren konnten. Wir danken in dem Zusammenhang auch den Kollegen aus La Plata für die Zusammenarbeit. Die Ermittler nehmen an, dass Leandro Quispe seinen Mörder bei einem Einbruch im Stallgelände des Hippodromos überrascht hat und deswegen sterben musste. Ich danke Ihnen. Fragen werden nicht beantwortet.«

Der Kommissar und seine Assistentin sehen sich vielsagend an.

»Nun dann Jorge, die Ermittler nehmen an; darauf lassen Sie uns anstoßen, Salut.«

»Salut Letizia.«

»Glauben Sie, dass im Fall des toten Mörders ermittelt wird Jorge?«

»Schwer zu sagen.«

»Warum?«

»Es muss natürlich wie in jedem Mordfall ermittelt werden. Ich denke allerdings, dass die Priorität nicht besonders hoch sein wird. Die Mittel werden entsprechend gering sein und ein besonderes öffentliches Interesse besteht nicht. Außerdem müsste auch international mit den Ermittlern aus El Salvador zusammengearbeitet werden.«

»Das bedeutet, es wird zwar Ermittlungen geben die dann im Sande verlaufen?« Letizia schüttelt den Kopf.

»Gut möglich.«

»Ich könnte meinen Onkel fra...«

»Lassen Sie es bitte bleiben«, schneidet Jorge ihr das Wort ab, »wir würden den Fall sowieso nicht bekommen, sondern die Kollegen aus La Plata.«

»Sie würden schon gern weitermachen Jorge, oder?«

»Ach wissen Sie Letizia, ich bin lange genug dabei, um nicht darüber nachzudenken, was ich gern würde. Das bestimmen andere. Ich überlege eine längere Auszeit zu nehmen, ich muss beginnen über den Rest meines Lebens nachzudenken.«

Erschrocken sieht Letizia ihn an.

»Sind Sie etwa krank?«

»Nicht das ich wüsste«, lacht Jorge, »aber in einem Alter um darüber nachzudenken, was ich mit meiner restlichen Lebenszeit anfangen will.«

»Jorge, das klingt irgendwie, hm wie soll ich sagen, traurig?«

»Das Gegenteil ist der Fall. Wenn jemand nicht mehr davon überzeugt ist, das Richtige zu tun, oder anders gesagt. Ich sehe in dem, womit ich einen großen Teil meiner Lebenszeit verbracht habe, nicht mehr den Sinn, den es für mich einmal hatte. Darüber nachzudenken ist für mich etwas absolut Positives.«

»Und ich dachte, Sie sind Ermittler durch und durch.«

»Stimmt, ich habe immer gern ermittelt und war immer gern Kommissar, doch ich verzweifle mitunter an den Strukturen, durch die Ermittlungen oftmals behindert werden oder über die Gründe dafür, mit welcher Intensität in welchem Fall ermittelt wird. Nehmen wir unseren Mörder hier. Würde es sich um einen Sohn, sagen wir, aus wohlhabenden Verhältnissen handeln, würde nicht drüber nachgedacht, wie gründlich ermittelt wird. Verstehen Sie?«

Letizia schüttelt ungläubig den Kopf. »Kann ich mir nicht vorstellen. Vor dem Gesetz sind doch alle gleich.«

»Letizia, Sie sind jung und optimistisch, studieren Jura und es wäre schlimm, wenn Sie nicht an die Gerechtigkeit der Justiz glauben würden und ich will Ihnen auch Ihre Zuversicht nicht nehmen. Doch die Archive sind voll mit unaufgeklärten Fällen armer Mordopfer. Überzeugen Sie sich. Komisch jetzt erinner ich mich gerade an eine Textzeile aus einem Song einer spanischen Punkband *La*

Polla Records. Es ging sinngemäß so: *Der Reiche kommt niemals rein ins Gefängnis und der Arme niemals wieder raus…* - oder so ähnlich.«

»Sie haben Punk gehört Jorge?«

»Ja und das zu Zeiten der Militärdiktatur. Wir haben die Musik heimlich gehört. Ich erinnere mich daran, dass einer aus unserer Clique im Haus seiner Großeltern ein geheimes Zimmer hatte. Dort haben wir uns getroffen. Irgendjemand hatte immer Musik von irgendwoher besorgt. Eines Tages kam ich dann mit einem Freund zum Haus der Großeltern und die sagten uns dann, dass ihr Enkel mit seinen Eltern nach Spanien geflogen ist und sie auch in wenigen Tagen abreisen. Seit dem habe ich nie wieder was von ihm gehört. Ich habe mich öfter gefragt was wohl aus ihm geworden ist.«

»Suchen Sie ihn Jorge.«

»Ja, das habe ich mir schon oft überlegt, ich sollte es wirklich tun.« Nachdenklich blickt Jorge aus dem Fenster der Bar, es ist bereits dunkel. »Es ist spät geworden Letizia, lassen Sie uns aufbrechen, ach und morgen brauchen Sie nicht so früh ins Büro zu kommen. Ich werde erst gegen Mittag da sein.«

Jorge winkt Letizia ein Taxi heran, er geht die paar Blocks zu seiner Wohnung zu Fuß.

Der Anrufbeantworter blinkt. Erleichtert hört er die Nachricht von Maria, es geht ihr gut. Auch Orfilio hat ihm eine Nachricht hinterlassen. Jorge ruft ihn zurück.

»Hola Orfilio, hast du Lust rüber zu kommen, ich hab noch eine Flasche Wein, wir können uns Empanadas bestellen und hören ein paar alte Tangoplatten.«

Eine halbe Stunde später klingelt Orfilio an der Tür. Die beiden Männer gehen ins Wohnzimmer und setzen sich an den Esstisch. Orfilio nimmt die Karaffe, die die Form eines Pinguins hat und gießt den Wein hinein.

»Gratuliere, nun ist der Fall also abgeschlossen. Ich habe es in den Nachrichten gesehen. Wie geht es jetzt weiter bei dir?«

»Ich habe mich entschlossen eine Auszeit zu nehmen und werde Maria vorschlagen, für eine Zeit zu ihr nach Brasilien zu kommen. Ich muss über vieles nachdenken.«

»Jorge«, sagt Orfilio in einem bisher nicht gekannten väterlichen Ton, »du tust das Richtige. Ich finde es ist Zeit für dich, etwas anders zu wagen. Du kannst immer auf mich zählen.«

»Danke mein Freund, ich weiß es zu schätzen.«

»Hör mal mein lieber, übermorgen ist Rennen in Palermo, ich würde mich freuen, wenn du mich begleitest. Edgardo kommt auch.«

»Es wird mir ein Vergnügen sein.«

Die beiden Männer sitzen bis in die späten Nachtstunden zusammen, die Augen geschlossen, geben sie sich ganz der Musik hin und sprechen nur noch wenig.

Jorge kommt gegen Mittag ins Büro, er begrüßt Letizia, die bereits den Bericht schreibt.

»Hola Jorge, ich bin fast fertig, dann schicke ich Ihnen meinen Entwurf.«

»Danke, ich gehe hoch zum Chef.«

»Sie machen es also wirklich, oder?«

»Wissen Sie, seit ich Maria damals gebeten haben mich zu heiraten, war ich nicht mehr so überzeugt von einer Entscheidung. Bis gleich.«

Jorge stürmt die Treppen zum Büro seines Chefs hoch und betritt keuchend das Vorzimmer, wo Lorena am Schreibtisch sitzt.

»Hola Jorge, seit langem hab ich dich nicht mehr so voller Energie gesehen.«

»Ich hab mich auch schon lange nicht mehr so klar gefühlt Lorena.«

»Was bedeutet das Jorge?« Sie sieht ihn fragend an.

»Ich erzähle es dir später. Ist er drin?«

»Ja und er hat auch schon vor zwei Stunden nach dir gefragt.«

Jorge klopft an und öffnet die Tür. Fernando sitzt hinter seinem Schreibtisch und bietet Jorge einen der Stühle an.

»Ist gut gelaufen gestern, die Pressekonferenz! Hast du es gesehen?«, beginnt Fernando.

Jorge nickt. »Ja war gut. Fernando ich muss etwas mit dir besprechen.«

»Jorge du weißt so gut wie ich, dass es aussichtslos ist den Fall des Toten Mörders zu bekommen«, unterbricht ihn sein Chef.

»Das ist es nicht, was ich mit dir besprechen will Fernando.« Jorge sieht ihn ernst an. »Ich gehe raus aus dem Job hier und nehme eine Auszeit, das will ich dir sagen.«

Fernando starrt Jorge einige Sekunden mit offenem Mund an. Dann findet er seine Sprache wieder.

»Das ist nicht dein Ernst, du bist kurz davor die nächste Stufe auf der Leiter nach oben zu nehmen. Ich habe morgen einen Termin mit dem Polizeipräsidenten, da wollte ich genau das mit ihm besprechen. Deine Chance war nie besser als jetzt.«

»Fernando, ich danke dir doch ich habe mich entschieden. Ich brauche diese Auszeit, jetzt.«

»Ist ja gut, versteh ich. Nimm drei oder vier Wochen Urlaub, dann kommst du erholt zurück.«

»Fernando, du verstehst nicht. Es ist mehr als ein paar Wochen Urlaub, ich bin dabei über ein neues Leben nachzudenken.«

»Und was willst du dann machen?«

»Genau darüber will ich nachdenken, Fernando.«

»Du gibst deine Sicherheit auf. Jorge, ist dir das klar? In einem Land wie unserem ist das viel wert.«

»Ich weiß, ich weiß. Es gibt ganz sicher tausende von Menschen, die sich darum reißen würden, diese Sicherheit zu haben und es ist vielleicht undankbar meinem Schicksal gegenüber, alles so hinzuwerfen. Es ist mir klar, dass ich privilegiert bin das zu tun. Aber gibt es die wirklich, die Sicherheit? Ist nicht die einzige Sicherheit die wir haben, dass wir alle früher oder später diese Welt verlassen werden? Und ist es dann nicht legitim die Zeit, die einem bleibt zu nutzen und Neues kennenzulernen? Etwas auszuprobieren? Ich bin einfach neugierig auf das, was da noch ist. Es geht doch immer irgendwie weiter.«

Fernando sieht Jorge sprachlos an.

»Versteh doch Fernando, ich muss das tun. Jetzt.«

»Weißt du Jorge, du sagst mir gerade, dass ich meinen besten Ermittler verliere. Ich stehe unter Schock.«

Fernando geht zu der kleinen Anrichte an der Wand neben seinem Schreibtisch und holt eine Flasche Whisky und zwei Gläser.

»Darauf brauch ich einen Schluck.«

Er gießt beide Gläser halbvoll. Beide sitzen sich für einen Moment schweigend gegenüber.

»Übrigens Fernando«, unterbricht Jorge das Schweigen, »das war eine gute Zusammenarbeit mit Letizia. Den Bericht hast du in drei Stunden. Mach's gut.«

»Viel Glück Jorge und lass von dir hören. Ich kann es immer noch nicht glauben was du mir da antust.«

Jorge überhört die Theatralik in der Stimme seines nun bald Ex Chefs schließt die Tür hinter sich. Lorena hat wegen der geöffneten Tür den letzten Satz mitbekommen und sieht Jorge fragend an. Er erzählt ihr von seinen Plänen. Anders als ihr Chef ist Lorena begeistert, sie freut sich, dass Jorge plant zu Maria nach Brasilien zu gehen und nimmt ihn fest in die Arme.

»Trotzdem, ich werde dich hier vermissen.«

»Wir werden doch immer in Kontakt bleiben Lorena, das weißt du.«

Erleichtert kehrt Jorge ins Büro zurück, setzt sich ein letztes Mal an seinen Schreibtisch und überarbeitet den Bericht.

»Bis auf ein paar Kleinigkeiten kann alles so bleiben. Tolle Arbeit Letizia. Was werden Sie jetzt mit dem Rest Ihrer Semesterferien anfangen?«

»Wissen Sie Jorge, dank Ihrer Unterstützung hab ich ja wieder eine Beziehung. Ich werde nochmal an die Küste fahren. Gestern habe ich noch lange darüber nachgedacht, was Sie mir über die nicht gelösten

Mordfälle in den Archiven erzählt haben. Und wissen Sie, das hat mich auf eine Idee gebracht.«

»Aha?« Jorge sieht Letizia fragend an.

»Was, wenn ich versuche die nochmal auszugraben? Ich könnte mich um eine Doktorarbeit im Archiv bewerben und vielleicht kann ich ja doch helfen den ein oder anderen Fall zu lösen.«Begeistert von Ihrer Idee sieht Letizia Jorge erwartungsvoll an.

»Ja warum eigentlich nicht, hört sich gut an und wenn Sie mal Hilfe brauchen, melden Sie sich.«

»Mach ich, darauf können Sie Wetten.«

Jorge druckt den Bericht aus und ruft den Büroboten an, damit er ihn abholt. Er packt seine wenigen privaten Sachen zusammen und räumt seinen Schreibtisch. Beide verlassen das Gebäude.

»Nun ist es also so weit, alles Gute für Sie Jorge, wir bleiben in Kontakt.«

Zum Abschied umarmen sich der Kommissar und seine Assistentin. »Alles Gute Letizia.«

Die schwere Tür fällt hinter ihnen ins Schloss. Jorge atmet tief durch, er steht vor seinem neuen Leben und fühlt als würde eine schwere Last von ihm abfallen.

Orfilio und Jorge holen Edgardo mit dem Taxi ab. Die drei Männer lassen sich zur Ecke Avenida Dorrego und Libertador bringen.

»An diesem Eingang kommen wir direkt zu dem Führring, wo die Pferde für das nächste Rennen präsentiert werden.«

Orfilio bezahlt den Fahrer und die drei Männer betreten das Hippodromo. Sie kaufen das Rennprogramm. Orfilio und Edgardo sehen sich die Starter für das erste Rennen an und beginnen sofort zu fachsimpeln. Jorge hörte schmunzelnd mit einem Ohr zu und sieht sich dabei um. Auf der rechten Seite befinden sich Boxen, die nach vorne offen sind, in einigen stehen Pferde mit ihren Pflegern.

»Hier werden die Pferde gesattelt, bevor sie in den Führring gehen. Sieh mal, dort drüben in der Box, mit dem Schimmel, ist das nicht Facundo?«

Edgardo, zeigt zur letzten Box. Jorge macht sich auf den Weg, um den Jungen zu begrüßen. Der ist sichtlich überrascht den Kommissar hier zu sehen.

»Hola Facundo, wie geht es dir?«

»Herr Kommissar, sie haben den gefunden, der Leandro das angetan hat. Es war der, der bei mir im Stall nach einem Job gefragt hat, der Junge aus El Salvador nicht?«

Während Facundo mit Jorge spricht, tätschelt er liebevoll dem Pferd an seiner Seite den Hals.

»Ja Facundo, so war es wohl.«

»Wissen Sie Herr Kommissar, ich habe viel an Leandro gedacht und werde ihn nie vergessen. Nur wegen ihm habe ich jetzt ein zu Hause bei den Pferden hier. Er war der einzige richtige Freund, den ich hatte und darum wird Leandro auch immer bei mir sein.«

Facundo dreht sich kurz weg und lehnt für einen Moment seine Stirn an den Hals des Pferdes.

Nun kamen auch Orfilio und Edgardo herüber zu der Box.

»Hola Facundo.«

Edgardo begrüßt den Pfleger.

»Du kennst meinen Freund Orfilio?«

»Ja wir haben uns einmal am Stall gesehen, stimmts?« Facundo sieht Orfilio fragend an.

»Genau. Na was sagst du, hat er eine Chance heute?« Orfilio deutet auf den Schimmel.

»Lief immer gut im Training und ist jetzt auch ganz cool, dafür das es erst sein zweites Rennen ist. Wenn er nicht bedrängt wird, das mag er nicht, hat er ne Chance.«

»Hola die Herren.«

Ohne das sie sein Kommen bemerkt hatten, steht Mariano neben ihnen. Er hat das Sattelzeug unterm Arm.

»Mariano, schön Sie zu sehen.«

»Herr Kommissar, haben sie ihre Liebe zum Galoppsport entdeckt?«

Hinter Jorge steht plötzlich Christina Rios Castillo, ein paar Meter hinter ihr kommt auch Alfredo und begrüßt die Männer.

»Wissen Sie Señora, ich bin einfach neugierig. Ich gebe zu, es hat seine Faszination, außerdem habe ich zwei Pferdenarren und Fachmänner an meiner Seite.«

»Na dann haben die Ihnen bestimmt dazu geraten auf ihn hier zu setzen.« Sie zeigt auf den Schimmel.

»Wenn der den Platz hat sein Rennen zu laufen, gewinnt er. Meine neue Nachwuchshoffnung. Nicht wahr Mariano?«

Er nickt während er gemeinsam mit Alfredo damit beschäftigt ist, das Pferd zu satteln.

»Herr Kommissar, ich bin froh, dass es endlich vorbei ist. Sie haben den Mörder und wir können wieder in Ruhe arbeiten.«

»Ja Señora Rios Castillo, nur eine Sache lässt mich trotzdem nicht zur Ruhe kommen. Das Motiv. Ich bin nicht davon überzeugt, dass es Zufall war, aber es lässt sich nicht beweisen.«

Christina sieht Jorge fragend an. »Bedeutet das etwa, dass Sie weiter ermitteln?«

»Nein, der Fall ist gelöst, der Mörder tot, es wird keine weiteren Ermittlungen geben. Das war nicht meine Entscheidung. Ich bin nach wie vor davon überzeugt, dass Leandro sterben musste, weil er irgendwelchen Manipulationen auf die Spur gekommen ist.«

Mariano und Alfredo stehen inzwischen wieder bei den Anderen.

»Nun das zu wissen, würde ihn schließlich auch nicht wieder lebendig machen.«

Da war sie wieder, die pragmatische Seite von Christina Rios Castillo.

»Wir müssen los. Und vergessen Sie nicht, Herr Kommissar, die zwei auf Sieg setzen«, ruft Christina ihm zu während sie mit Mariano und Alfredo dem Pfleger mit seinem Pferd in den Führring folgen.

»Sieh mal wie ruhig und gelassen Facundos Pferd seine Runden dreht, ein wundervolles Tier.«

Orfilio bekommt leuchtende Augen und auch Jorge, der absolut nichts von Pferden versteht, sieht, dass es wohl ein besonderes Pferd sein muss.

»Wenn der gesund bleibt, wird das ein ganz großer«, stimmt Edgardo begeistert zu.

Die Jockeys sitzen nun auf ihren Pferden und eins nach dem anderen wird auf der Rennbahn vorgestellt. Jorge, Orfilio und Edgardo gehen auf die Tribüne, während die

Pferde nacheinander in die Startboxen geführt werden. Dann ertönt die Glocke, die Pferde sind gestartet. In der Kurve liegt Christinas Pferd noch eine Länge hinter dem Starterfeld. Doch in der Zielgeraden lässt es mit scheinbarer Leichtigkeit einen nach dem anderen hinter sich und liefert ein packendes Finish, Kopf an Kopf galoppiert es mit einem Konkurrenten über die Ziellinie. Orfilio und Edgardo sind begeistert aufgesprungen.

»Sieh dir nur diesen Galopp an. Reserven hat der auch noch.«

Edgardo und Orfilio verlieren sich in ihrer Faszination und auch Jorge kann sich dem nicht entziehen. Das Zielfoto wird ausgewertet, Christinas Pferd hat das Rennen gewonnen. Stolz nimmt Facundo seinen vierbeinigen Schützling nach dem Rennen in Empfang und kann ihn gar nicht genug tätscheln. Dann wird ein Siegerfoto mit allen beteiligten gemacht. Fotos wie diese hatte Jorge damals bei Mariano und auch bei Leandro gesehen. Die drei Männer bleiben bis zum Abend, als die Flutlichter eingeschaltet werden und sehen sich ein Rennen nach dem anderen an. Einige von Christinas Pferden haben gewonnen oder gute Platzierungen erlaufen. Als sie nach dem letzten Rennen zum Ausgang gehen, holt Mariano die drei ein.

»Kommissar«, wendet er sich an Jorge, »jetzt wo der Fall abgeschlossen ist, brauchen Sie doch die Sachen von Leandro nicht mehr. Meine Tochter und ich wollen Leandros Familie besuchen und würden die Sachen gern mitnehmen.«

»Natürlich Mariano.« Jorge schreibt ihm die Telefonnummer von Lorena auf. »Meine Kollegin wird ihnen alles heraussuchen. Rufen Sie sie an.«

»Danke und noch einen schönen Abend.«

»Wir wollen noch was essen gehen, haben Sie Lust mitzukommen?« Orfilio sieht zu seinen beiden Freunden, die zustimmend nicken.

»Nein, vielen Dank, meine Tochter wartet auf mich.« Mariano verabschiedet sich. Die drei Freunde stoppen ein Taxi und fahren zu einem Restaurant in der Nähe der Plaza Almagro.

Epilog

Ehe sich Gonzalo versah, hatte er einen Pass und saß im Flugzeug nach Buenos Aires. Nun kauert er seit Stunden in seinem Versteck hinter einem Stapel Gerümpel zwischen den Stallgebäuden. Im Dunkeln ist Gonzalo über den Zaun geklettert, sie haben ihm genau gesagt wo. Von Zeit zu Zeit verlagert er sein Gewicht von einem Bein aufs andere, damit ihm die Beine nicht einschlafen. Er muss im entscheidenden Moment aufspringen können.

Immer wieder denkt er zurück an die letzten Wochen. Seit ihm das Geld gestohlen wurde, hat er die Hölle erlebt. Gonzalo war viel zu nah am Gebiet der verfeindeten Gang unterwegs, irgendwer muss ihn gesehen haben. Er hatte das ganze Schutzgeld dabei. Gonzalo wollte nach seiner Runde nur kurz seine Freundin besuchen. Da standen sie plötzlich vor ihm, einer hatte eine Pistole. Was hätte er denn machen sollen allein gegen acht, ohne seine Pistole? Grün und blau haben sie ihn geschlagen. Blutend und mit zerrissenen Sachen kommt er zum Treffpunkt der Gang. Er erzählte ihnen von dem Überfall und hatte gehofft, sie würden gemeinsam losziehen und das Geld zurückholen. Doch seine Freunde halfen ihm nicht. Er soll das Geld allein wiederbeschaffen, sonst müssen seine Schwester und seine Freundin seine Schulden abarbeiten. Angefleht hatte er sie, er würde alles tun, damit sie die Mädchen in Ruhe lassen. Dann gaben sie ihm eine allerletzte Chance.

Sie haben einen speziellen Auftrag für ihn. Wenn er den erfüllt, muss er sich keine Sorgen mehr machen, nicht um seine Familie, nicht um seine Freundin versprachen sie ihm. Schon lange ist er einer von ihnen, die Maras sind seine Freunde, seine Familie. Gonzalo war stolz damals mit zehn Jahren, als er aufgenommen wurde. Ab dem Moment musste er nicht mehr mit dem Vater über den Müllplatz laufen und nach essbarem oder verwertbarem suchen. Sein Vater war dagegen, das sind kriminelle, hat er ihm immer gesagt, lass dich nicht mit denen ein. Doch Gonzalo machte was er wollte. Jeden Tag zog er los, um Aufträge zu erledigen. Er war klein und schnell und kannte sich im Labyrinth der Favela aus. Er sorgte jetzt für die Familie, sie hatten jeden Tag genug zu essen. Jetzt sitzt er hier und wartet. Er lässt den Eingang nicht aus den Augen und wird ungeduldig. Die Nachricht wurde versendet, da ist er sich sicher. In etwa zwei Stunden wird die Sonne aufgehen. Bevor es hell wird, muss alles erledigt sein damit er ungesehen verschwinden kann. Gonzalo ist kein Killer. Er hat noch nie jemanden getötet und er will es schnell hinter sich bringen. Für seine Schwester und seine Freundin, für seine Familie. Seine Gedanken spielen verrückt. Was ist, wenn er es nicht schafft? Er muss ruhig bleiben damit alles gut geht. Plötzlich hört Gonzalo Schritte, jemand kommt eilig auf das Gebäude zu. Im Dämmerlicht sieht er, dass es der ist, den er erwartet. Er spannt seinen Körper an. Die Angst weicht der Wut. Es ist die Wut auf die Umstände die ihn zu alldem hier zwingen. Als der junge Mann an ihm vorbeigeht, wagt Gonzalo nicht zu atmen. Plötzlich springt er mit aller Kraft nach vorne. Mit dem rechten Arm holt er zum Schlag aus, in der Hand hält Gonzalo einen Ziegelstein. Den ersten Treffer auf den Kopf seines Opfers landet er im Sprung. Der junge Mann taumelt und Gonzalo blickt für Sekunden in ein entsetztes Gesicht. Dann trifft er ein zweites Mal und sein Opfer fällt. Gonzalo schlägt wie von Sinnen immer und immer wieder zu, bis der junge Mann sich nicht mehr bewegt. Es ist vorbei. Er lauscht reglos in die Morgendämmerung. Kein Geräusch, niemand scheint etwas mitbekommen zu haben. Vorsichtig öffnet er die kleine Tür und zieht sein Opfer hinein. Er legt ihn in die nächstgelegene Box, schiebt das Stroh zusammen und bedeckt den Toten notdürftig. Er wirft den Stein in hohem Bogen weg und verschwindet.

Morgennebel steigt aus den Teichen auf, er wird sich mit den ersten Sonnenstrahlen auflösen. Die Silhouette der Stadt im Hintergrund ist schon zu erkennen. Gonzalo legt sich auf eine Bank im Park. Jetzt wird alles wieder gut, er hat sein Wort gehalten. Doch in seinem Kopf dreht sich alles. Er hat jemanden getötet, jemanden der ihm nichts getan hat, den er nicht einmal kannte. Er weiß nicht warum. Er will nur noch nach Hause. Der Kontaktmann kommt, Gonzalo steigt ins Auto, sie fahren los. Er sieht das Schild Ezeiza, das ist der Flughafen. Er fliegt zurück nach Hause. Dann nimmt der Fahrer eine Ausfahrt und fährt nach ein paar Kilometern auf eine Schotterstraße. Hier ist nichts und niemand. Der Fahrer stoppt das Auto. Gonzalo soll aussteigen. Dann fällt der Schuss.